Lições do velho professor

Lições do velho professor

Rubem Alves

Capa: Fernando Cornacchia
Foto de capa: Rennato Testa
Coordenação: Beatriz Marchesini
Copidesque: Lúcia Helena Lahoz Morelli
Diagramação: DPG Editora
Revisão: Ana Carolina Freitas,
Daniele Débora de Souza,
Isabel Petronilha Costa e Maria Lúcia A. Maier

Dados Internacionais de Catalogação na Publicação (CIP)
(Câmara Brasileira do Livro, SP, Brasil)

Alves, Rubem
    Lições do velho professor/Rubem Alves. – Campinas, SP:
Papirus, 2013.

    ISBN 978-85-308-0993-5

    1. Crônicas brasileiras 2. Educação I. Título.

13-02195   CDD-370

Índice para catálogo sistemático:
1. Educação: Crônicas brasileiras 370

Algumas das crônicas que compõem esta
obra foram publicadas na *Revista Educação*.
Exceto no caso de citações, a grafia
deste livro está atualizada segundo o
Acordo Ortográfico da Língua Portuguesa
adotado no Brasil a partir de 2009.

2ª Reimpressão
2015

Proibida a reprodução total ou parcial
da obra de acordo com a lei 9.610/98.
Editora afiliada à Associação Brasileira
dos Direitos Reprográficos (ABDR).

DIREITOS RESERVADOS PARA A LÍNGUA PORTUGUESA:
© M.R. Cornacchia Livraria e Editora Ltda. – Papirus Editora
R. Dr. Gabriel Penteado, 253 – CEP 13041-305 – Vila João Jorge
Fone / fax: (19) 3790-1300 – Campinas – São Paulo – Brasil
E-mail: editora@papirus.com.br – www.papirus.com.br

SUMÁRIO

Sobre professores e cozinheiras 7

É preciso não se esquecer das bananas... 12

Viver não é preciso 15

Carpe diem 17

A gripe literária 21

Sonhos 23

O rio São Francisco 25

O caminho apócrifo 29

Ensinar com o coração 31

Gansos & patês 34

Sirenes ou música 37

Sem notas e sem frequência 40

Anedota 43

Mude! 47

Diretoria 49

Leitura 51

A libélula e a tartaruga 54

O aluno perfeito 57

Uma fábula para crianças 59

A máquina do tempo 62

A formação do educador 64

As pessoas ainda não foram terminadas 67

Sobre cisternas e fontes 70

A árvore que floresce no inverno 74

Avaliação 78

Como conhecer uma vaca 81

Homeschooling 84

Ler pouco 87

O sexto sentido 90

Gaiolas ou asas? 93

Receita para comer queijo... 97

O prazer da leitura 100

Cálculos cerebrais 105

A pedagogia do furto 108

A autoridade de fora 110

A autoridade de dentro 112

Mapas e receitas 115

Conchas e casas 118
O carrinho. 120
Meditação sobre a felicidade. 124
A música. 127
A lei de Charlie Brown 130
A Jai. 133
"... e uma criança pequena os guiará" 135
A ilha de Páscoa 140
Um segredo que nunca revelei 142
Meu "uaicai". 145
O país dos chapéus 147
Escutatória 150
Depois do esquecimento. 155
Proposta inusitada. 158
Um jequitibá de 3.000 anos 160
Criatividade. 162
Portador de deficiência física 164
Esquecer. 166
Sobre a ciência e a *sapientia* 169
Sobre os sonhos da humanidade. 174
Pensamentos soltos sobre educação 176
Os livros e a infidelidade 179
O caqui 181
Ferramentas são melhorias do corpo. 184
As ferramentas 186
Tocar para ver 188
O canto do galo 192
O fogo. 196
Professores jovens, mestres velhos 198
Sobre a pipoca estourada que virou piruá. 201
Ensinando a tristeza 206
Carta aos educadores e aos pais 209
A Bela Azul 214
Quanto custa um diploma 216
A hora da poesia 219
Sobre moluscos, conchas e beleza 223
A sala da diretora 226
O rei nu 229
A vaca e os bernes 232
O que ensinar? 234
Sobre a interpretação. 237
Caro Senhor Ministro da Educação 240
Raposa não pega urubu 244
Outros significativos. 247
É brincando que se aprende. 249
"Muito cedo para decidir" 253
Amor ao saber. 257
"O homem deve reencontrar o paraíso..." 261
Resumindo... 265

SOBRE PROFESSORES E COZINHEIRAS

Antes de dizer o que tenho a dizer sobre educação, sinto necessidade de dar aos meus leitores uma informação sobre a minha idade. Sei que isso pode parecer irrelevante de um ponto de vista científico, pois, para a ciência, a verdade não tem idade. Mas eu não sou um cientista. Apenas sigo um conselho de Kierkegaard que dizia que "a pessoa que fala sobre a vida humana, que muda com o passar dos anos, deve ter o cuidado de declarar a sua idade a seus leitores". Isso para que os leitores, conscientes do tipo de olhos que está sendo usado por aquele que escreve, possam fazer os devidos ajustamentos nos seus próprios olhos.

(O mundo visto através de um olhar matinal não é o mesmo quando visto através de um olhar crepuscular. Uma linda ilustração deste fato se encontra nas telas de Monet, que pintava o mesmo monte de feno muitas vezes, pelas diferentes horas do dia; sob cada luz diferente o monte de feno se transformava em outra coisa. Meu olhar é crepuscular.)

É possível que Barthes tenha lido Kierkegaard, pois é fato que, ao final de sua "Aula", ele confessa que seu jeito de pensar decorria do momento crepuscular em que vivia. Partindo dessa confissão, ele descreve os três momentos na vida de um professor.

Há um tempo na vida em que o professor ensina aquilo que sabe: transmite a seus alunos os conhecimentos sedimentados, as receitas que a experiência passada testou e aprovou. Vem depois o tempo em que o professor ensina o que não sabe. Havendo navegado por muitos mares, o professor se encontra com um aluno que lhe diz: "Quero navegar naquele mar!" – e ao dizer isso aponta para um vazio nos mapas que pendem na parede. "Aquele mar eu não conheço" – responde o professor. "Nunca fui lá. Mas posso lhe dar um saber que o ajudará a se aventurar pelo desconhecido." É o tempo da pesquisa. Na pesquisa o mestre ensina o que não sabe.

Mas aí, surpreendentemente, Barthes anuncia que a passagem do tempo o fizera chegar a um novo momento: o momento de esquecer e desaprender os saberes que o passado sedimentara sobre seu corpo. Esquecer e desaprender os saberes a fim de chegar a um saber esquecido: *sapientia*, que quer dizer nada de poder, uma pitada de saber, uma pitada de sabedoria, e o máximo de sabor possível. É possível tomar essa confissão de Barthes como manifestação da suave loucura que, frequentemente, se apossa dos velhos. Ou é possível ouvir nele o barulho das asas da coruja de Minerva, levantando voo ao crepúsculo, tal como Hegel profetizara: Barthes, o sábio.

"Sábio" se prende etimologicamente a *sapio*: eu saboreio, e *sapientis* é conhecimento saboroso. Barthes, ao ficar velho, libertava-se da maldição ocular da filosofia denunciada por Bachelard, um jeito de pensar a partir do olhar, pensar para ver, e se transferia para o lugar do sabor, a boca. Filosofia a partir da boca, pensar para ter prazer.

(Atrevo-me, assim, com a proteção da velhice, a confessar que meu pensamento sobre a educação, à semelhança do pensamento de Barthes, se faz do lugar onde o prazer é preparado: a cozinha.)

Se, aos que só sabem pensar de maneira ocular, tal proposta parece ser coisa não séria, lembro que semelhanças entre processos da inteligência, aos quais a educação se liga, e processos digestivos já foram amplamente reconhecidas por filósofos respeitáveis. Lembro-me que entre eles estão santo Agostinho, Nietzsche e Ludwig Feuerbach, que chegava a ponto de afirmar que "somos o que comemos". E bem no nosso quintal se encontra o movimento antropofágico, que propunha uma teoria de assimilação cultural de educação, portanto, à semelhança do canibalismo.

As especialistas nos prazeres da boca são as cozinheiras. O pensamento da cozinheira se inicia com um sonho de amor. Babette e Tita queriam matar de amor aqueles que iriam provar a sua comida. Eram especialistas no *Kama Sutra* da mesa. Não comendo, mas apenas provando a comida que preparavam, elas se alimentavam da pura fantasia do prazer que os convidados iriam ter. É com esse sonho que se inicia o preparo do banquete, muito antes que qualquer coisa prática seja feita. O sonho, apossando-se magicamente do corpo, convoca a inteligência, a razão prática para o trabalho. A inteligência é a Bela Adormecida: só acorda do seu sono quando tocada por um beijo de amor.

(Assim como os corpos das crianças e dos adolescentes, castelos de muitos quartos, em cada um deles dormindo uma inteligência à espera de alguém que as acorde.)

Acordada, a inteligência se põe a trabalhar para realizar o sonho. A ciência é serva do amor. Isso é a essência da minha filosofia de educação.

(Blake disse que o "prazer engravida; o sofrimento faz parir". O trabalho de produção do objeto do amor é o sofrimento alegre do parto, que se iniciou com o prazer da concepção.)

Assim, pois, as cozinheiras, mestras, resumem sua filosofia: o "sabor", o prazer, é o objetivo da vida, o fim de todas as coisas. Para ele vivemos. O "saber", a ciência das receitas e dos utensílios, é apenas o meio necessário e indispensável para o fim último do prazer. Isso que digo sobre a filosofia das cozinheiras, santo Agostinho, 15 séculos atrás, o disse teologicamente sobre a vida inteira. Todos os objetos do mundo, ele diz, se dividem em duas classes. De um lado está a "classe das utilidades": utensílios, ferramentas, panelas, facas, canetas, martelos, a técnica, as receitas, o conhecimento. Esses objetos, úteis e indispensáveis, são apenas "meios e pontes". Por isso, não nos dão felicidade.

Do outro lado está a "classe dos objetos de fruição", que nos dão prazer: a fruta, a sonata, o poema, o quadro, o pôr do sol, o beijo. É o mundo do sabor. Esses são os objetos que nos dão felicidade. Para eles vivemos. São o propósito da vida. Olho para a educação com os olhos de cozinheira e me pergunto: que comidas se preparam com os corpos e as mentes das crianças e dos adolescentes, nesses imensos caldeirões chamados escolas? Porque a educação é isto: um processo de transformações alquímicas que acontecem pela magia da palavra. Que prato se pretende servir? Que sabor está sendo preparado?

Reconheço a hipertrofia da "classe das utilidades": teses sem fim sobre os mecanismos psicológicos, sociais, econômicos e políticos da educação, uma infinidade de métodos para o controle de qualidade e avaliação da aprendizagem, e uma exuberância da parafernália tecnológica (ah, o fascínio dos micros!) a ser usada no ensino.

Mas as panelas não garantem a qualidade da comida. Os meios não resolvem os fins. Para que se educa? Por que enviamos nossos filhos às escolas? Responde a nossa filosofia econômica que é para formar bons profissionais, para que os jovens consigam se encaixar no mercado de trabalho. Mas isso equivale a dizer que o objetivo da educação é transformar crianças e adolescentes em ferramentas, utensílios, objetos úteis. Pois é isto que é um profissional: um corpo que foi transformado em ferramenta. Mas isso não pode ser o objetivo da educação. Como disse o professor do filme *A sociedade dos poetas mortos*, engenharia, medicina, química, eletrônica e saberes semelhantes são coisas boas, "meios" para viver. Mas esses saberes não nos dão "razões" para viver.

É isto que aprendi das cozinheiras: que é preciso pensar a partir do fim. E é isso que não vejo acontecendo. Sabemos muito sobre a ordem dos meios. Pouco ou nada sabemos sobre a ordem dos fins. É compreensível. Para pensar nos fins é preciso ser sábio. Mas sabedoria é coisa fora de moda, da qual os próprios filósofos se envergonham. Coisa da velhice, o momento da coruja de Minerva.

É PRECISO NÃO SE ESQUECER DAS BANANAS...

Vou contar para vocês uma estória. Não importa se verdadeira ou imaginada. Por vezes, para ver a verdade é preciso sair do mundo da realidade e entrar no mundo da fantasia...

Um grupo de psicólogos se dispôs a fazer uma experiência com macacos. Colocaram cinco macacos em uma jaula. No meio da jaula, uma mesa. Acima da mesa, pendendo do teto, um cacho de bananas. Os macacos gostam de bananas. Viram a mesa. Perceberam que, subindo na mesa, alcançariam as bananas. Um dos macacos subiu na mesa para apanhar uma banana. Mas os psicólogos estavam preparados para tal eventualidade: com uma mangueira deram um banho de água fria nos macacos. O macaco que estava sobre a mesa, ensopado, desistiu provisoriamente do seu projeto. Passados alguns minutos, voltou o desejo de comer bananas. Outro macaco resolveu comer bananas. Mas, ao subir na mesa, outro banho de água fria. Depois de o banho se repetir por quatro vezes, os macacos concluíram que havia uma relação causal entre subir na mesa e o banho de água fria. E como o medo da água fria era maior que o desejo de comer bananas, resolveram que o macaco que tentasse subir na mesa levaria uma surra. Quando um macaco subia na mesa, antes do banho de água fria os outros lhe aplicavam a surra merecida.

12

Aí os psicólogos retiraram da jaula um macaco e colocaram no seu lugar um outro macaco que nada sabia dos banhos de água fria. Ele se comportou como qualquer macaco. Foi subir na mesa para comer as bananas. Mas, antes que o fizesse, os outros quatro lhe aplicaram a surra prescrita. Sem nada entender, e passada a dor da surra, voltou a querer comer a banana e subiu na mesa. Nova surra. Depois da quarta surra, ele concluiu: "Nessa jaula macaco que sobe na mesa apanha". Adotou então a sabedoria cristalizada pelos políticos humanos que diz: "Se você não pode derrotá-los, junte-se a eles".

Os psicólogos retiraram então um outro macaco e o substituíram por outro. A mesma coisa aconteceu. Os três macacos originais mais o último macaco, que nada sabia da origem e da função da surra, lhe aplicaram a sova de praxe. Este último macaco também aprendeu que naquela jaula quem subia na mesa apanhava.

E assim continuaram os psicólogos a substituir os macacos originais por macacos novos, até que na jaula só ficaram macacos que nada sabiam sobre o banho de água fria. Mas, a despeito disso, eles continuavam a surrar os macacos que subiam na mesa. Se perguntássemos aos macacos sobre a razão das surras, eles responderiam: "É assim porque é assim. Nessa jaula macaco que sobe na mesa apanha". Haviam se esquecido completamente das bananas e nada sabiam sobre os banhos. Só pensavam na mesa proibida.

Vamos brincar de "fazer de conta". Imaginemos que as escolas são as jaulas e nós estamos dentro delas. Por favor, não se ofenda, é só "faz de conta", fantasia, para ajudar o pensamento. Nosso desejo original é comer bananas. Mas já nos esquecemos delas. Há, nas escolas, uma infinidade de coisas e procedimentos cristalizados pela rotina, pela burocracia, pelas repetições, pelos melhoramentos. À semelhança dos macacos aprendemos que "é assim que são as escolas". E nem fazemos perguntas sobre o sentido daquelas coisas e daqueles procedimentos para a educação das crianças. Vou dar alguns exemplos.

Primeiro, a arquitetura das escolas. Todas as escolas têm corredores e salas de aula. As salas servem para separar as crianças em grupos, segregando-as umas das outras. Por que é assim? Tem de ser assim? Haverá uma outra forma de organizar o espaço que permita a interação e a cooperação entre crianças de idades diferentes, tal como acontece na vida? A escola não deveria imitar a vida? Programas. Um programa é uma organização de saberes numa determinada sequência. Quem determinou que esses são os saberes e que eles devem ser aprendidos na ordem prescrita? Que uso fazem as crianças desses saberes na sua vida de cada dia? As crianças escolheriam esses saberes? Os programas, servem eles igualmente para crianças que vivem nas praias de Alagoas, nas favelas das cidades, nas montanhas de Minas, nas florestas da Amazônia, nas cidadezinhas do interior? Os programas são dados em unidades de tempo chamadas "aulas". As aulas têm horas definidas. Ao final, toca-se uma campainha. A criança tem de parar de pensar o que estava pensando e passar a pensar o que o programa diz que deve ser pensado naquele tempo. O pensamento obedece às ordens das campainhas? Por que é necessário que todas as crianças pensem as mesmas coisas, na mesma hora, no mesmo ritmo? As crianças são todas iguais? O objetivo da escola é fazer com que as crianças sejam todas iguais?

A questão é fazer as perguntas fundamentais: Por que é assim? Para que serve isso? Poderia ser de outra forma? Temo que, como os macacos, concentrados no cuidado com a mesa, acabemos por nos esquecer das bananas...

VIVER NÃO É PRECISO

Eu penso por meio de metáforas. Minhas ideias nascem da poesia. Descobri que o que penso sobre a educação está resumido num verso célebre de Fernando Pessoa: "Navegar é preciso. Viver não é preciso".

Navegação é ciência, conhecimento rigoroso. Para navegar, barcos são necessários. Barcos se fazem com ciência, física, números, técnica. A navegação, ela mesma, se faz com ciência: mapas, bússolas, coordenadas, meteorologia. Para a ciência da navegação é necessária a inteligência instrumental, que decifra o segredo dos meios. Barcos, remos, velas e bússolas são meios.

Já o viver não é coisa precisa. Nunca se sabe ao certo. A vida não se faz com ciência. Se faz com sapiência. É possível ter a ciência da construção de barcos e, ao mesmo tempo, o terror de navegar. A ciência da navegação não nos dá o fascínio dos mares e os sonhos de portos aonde chegar. Conheço um erudito que tudo sabe sobre filosofia, sem que a filosofia tenha jamais tocado sua pele. A arte de viver não se faz com a inteligência instrumental. Ela se faz com a inteligência amorosa.

A palavra amor se tornou maldita entre os educadores que pensam a educação como ciência dos meios, ao lado de barcos, remos, velas e bússolas. Envergonham-se de que a educação seja coisa do amor –

piegas. Mas o amor – Platão, Nietzsche e Freud o sabiam – nada tem de piegas. Amor marca o impreciso círculo de prazer que liga o corpo aos objetos. Sem o amor tudo nos seria indiferente – inclusive a ciência. Não teríamos sentido de direção, não teríamos prioridades. A ciência desconhece o amor – tem de desconhecer o amor para ser ciência. Tem de ser assim para que ela seja a coisa eficaz que é. Mas a vida, toda ela, é feita com decisões e direções. E essas direções e decisões são determinadas pela relação amorosa com os objetos. Se assim não fosse, todas as comidas seriam indiferentes; todas as mulheres seriam iguais; seria o mesmo ficar com esse ou aquele homem; e as músicas, os quadros e os poemas teriam o mesmo sem-gosto.

A inteligência instrumental precisa ser educada. Parte da educação é ensinar a pensar. Mas essa educação, sendo necessária, não é suficiente. Os meios não bastam para nos trazer prazer e alegria – que são o sentido da vida. Para isso é preciso que a sensibilidade seja educada. Fernando Pessoa fala, então, na educação da sensibilidade. Educação da sensibilidade: Marx, nos *Manuscritos* de 1844, diz que a tarefa da história, até agora, tem sido a de educar os sentidos: aprender os prazeres dos olhos, dos ouvidos, do nariz, da boca, da pele, do pensamento (Ah! O prazer da leitura!). Se fôssemos animais, isso não seria necessário. Mas somos seres da cultura: inventamos objetos de prazer que não se encontram na natureza: a música, a pintura, a culinária, a arquitetura, os perfumes, os toques. No corpo de cada aluno se encontram, adormecidos, os sentidos. Como na estória da Bela Adormecida... É preciso despertá-los, para que sua capacidade de sentir prazer e alegria se expanda. Todos os objetos de prazer que foram dados pela natureza e acumulados pela cultura se encontram à sua disposição. Eles sentirão seu prazer e sua alegria se não tiverem sentidos castrados. Há, assim, uma outra tarefa para o professor, além do ensino abstrato das disciplinas: é preciso que ele se transforme num mestre de prazeres... Foi o que aconteceu com Roland Barthes, ao chegar ao fim da vida.

CARPE DIEM

Comovo-me ao recordar-me do poema do Vinicius "O haver". É um poema crepuscular. Ele contempla o horizonte avermelhado, volta-se para trás e faz um inventário do que sobrou. Fiquei com vontade de fazer algo parecido, sabendo que não sou Vinicius, não sou poeta, nada sei sobre métrica e rimas. E eu começaria cada parágrafo com a mesma palavra com que ele começou suas estrofes: Resta...

Resta a luz do crepúsculo, essa mistura dilacerante de beleza e tristeza. Antes que comece ao fim do dia, o crepúsculo começa na gente. O Miguelim menino já sentia assim: "O tempo não cabia. De manhã já era noite...". Assim eu me sinto, um ser crepuscular. Um verso de Rilke me conta a verdade sobre a vida: "Quem foi que assim nos fascinou para que tivéssemos um ar de despedida em tudo o que fazemos?".

Restam os amigos. Quando tudo está perdido, os amigos permanecem. Lembro-me da antiga canção de Carole King "You've got a friend":

Se você está triste, no fundo do abismo e tudo está dando errado, precisando de alguém que o ajude – feche os olhos e pense em mim. Logo, logo estarei ao seu lado para iluminar a noite escura. Basta que você chame o meu nome. Você sabe que eu virei correndo pra ver

17

você de novo. Inverno, primavera, verão ou outono, basta chamar que eu estarei ao seu lado. Você tem um amigo...

Eu tenho muitos amigos que continuam a gostar de mim a despeito de me conhecerem. E tenho também muitos amigos que nunca vi.

Resta a experiência de um tempo que passa cada vez mais depressa: *tempus fugit*. "Quando se vê, já são seis horas. Quando se vê, já é sexta-feira. Quando se vê, já é Natal. Quando se vê, já terminou o ano. Quando se vê, perdemos o amor da nossa vida. Quando se vê, já passaram 50 anos..." (Mario Quintana).

Resta um amor por nossa Terra, nossa namorada, tão maltratada por pessoas que não a amam. Meu deus mora nas fontes, nos rios, nos mares, nas matas. Mora nos bichos grandes e nos bichos pequenos. Mora no vento, nas nuvens, na chuva. Eu poderia ter sido um jardineiro. Como não fui, tento fazer jardinagem como educador, ensinando às crianças, minhas amigas, o encanto pela natureza.

Resta um Rubem por vezes áspero, com quem luto permanentemente e que, frequentemente, burlando a minha guarda, aflora no meu rosto e nas minhas palavras, machucando aqueles que amo.

Resta uma catedral em ruínas onde outrora moravam meus deuses. Agora ela está vazia. Meus deuses morreram. Suas cinzas, então, voaram ao vento.

Restam, na catedral vazia, a luz dos vitrais coloridos, o silêncio, o repicar dos sinos, o canto gregoriano, a música de Bach, de Beethoven, de Brahms, de Rachmaninoff, de Fauré, de Ravel...

Resta ainda, nos pátios da catedral arruinada, a música do Jobim, do Chico, do Piazzola...

Resta uma pergunta para a qual não tenho resposta. Perguntaram-me se acredito em Deus. Respondi com versos do Chico: "Saudade é o revés do parto. É arrumar o quarto para o filho que já morreu". Qual é a mãe que mais ama? A que arruma o quarto para o filho que vai voltar ou a que arruma o quarto para o filho que não vai voltar? Sou um construtor de altares. É o meu jeito de arrumar o quarto. Construo meus altares à beira de um abismo escuro e silencioso. Eu os construo com poesia e música. Os fogos que neles acendo iluminam o meu rosto e me aquecem. Mas o abismo permanece escuro e silencioso.

Resta uma criança que mora nesse corpo de velho e procura companheiros para brincar. De que é que a alma tem sede? "De qualquer coisa como tudo que foi a nossa infância. Dos brinquedos mortos, das tias idas. Essas coisas é que são a realidade, embora já morressem. Não há império que valha que por ele se parta uma boneca de criança" (Bernardo Soares).

Resta um palhaço... Na véspera de minha volta ao Brasil, a jovem ruiva sardenta que havia sido minha aluna entrou na minha sala e me disse: "Sonhei com você. Sonhei que você era um palhaço". E sorriu. Tenho prazer em fazer rir os outros com minhas palhacices. O que escrevo, frequentemente, é um espetáculo de circo. Faço malabarismos com palavras. Pois a vida não é um circo?

Resta uma ternura por tudo o que é fraco, do pássaro de asa quebrada ao velho trôpego e surdo. Fui um adolescente fraco e amedrontado. Apanhei sem reagir. Cresceu então dentro de mim uma fera que dorme. Toda vez que vejo uma pessoa humilde e indefesa sendo humilhada por uma pessoa que se julga grande coisa, a fera acorda e ruge. Tenho medo dela.

Resta a minha fidelidade às minhas opiniões que teimo em tornar públicas, o que me tem valido muitas tristezas e sucessivos exílios. Mas sei que minhas opiniões, todas as opiniões, não passam de opiniões. Não são a verdade. Ninguém sabe o que é a verdade. Meu passado está cheio de certezas absolutas que ruíram com os meus deuses. Todas as pessoas que se julgam possuidoras da verdade se tornam inquisidoras. Por isso é preciso tolerância.

Resta uma tristeza de morrer. A vida é tão bonita. Não é medo. É tristeza mesmo. Lembro-me dos versos da Cecília, que sentia a mesma coisa. "E fico a meditar se depois de muito navegar a algum lugar enfim se chega. O que será, talvez, até mais triste. Nem barcas nem gaivotas. Apenas sobre-humanas companhias. De longe o horizonte avisto, aproximado e sem recurso. Que pena a vida ser só isso..."

Resta um medo do morrer – daquelas coisas que vêm antes que a morte chegue. Acho que as pessoas deveriam ter o direito de dizer, se quisessem: "É hora de partir...". E partir. Se Deus existe e se Deus é bondade, não posso crer que Ele ou Ela nos tenha condenado ao sofrimento, como última frase da nossa sonata. A última frase deve ser bela.

Resta, quanto tempo? Não sei. O relógio da vida não tem ponteiros. Só se ouve o tique-taque... Só posso dizer: *carpe diem* – colha o dia como um morango vermelho que cresce à beira do abismo. É o que tento fazer.

A GRIPE LITERÁRIA

Epitáfio é uma frase que se grava numa lápide, contando algo sobre o enterrado. Já escolhi a minha. Não é original. É a mesma de Robert Frost: "Ele teve um caso de amor com a vida...".

Caminhando pelo cemitério, as lápides vão se sucedendo graves e fúnebres, afirmando: "Aqui jaz...", "Aqui jaz...". De repente os olhos batem num epitáfio estranho: "Eu não estou aqui...". É o epitáfio que o Mario Quintana escolheu para si mesmo. Ele gostava de brincar...

Desde menino, brincava com coisas graves: "Sempre fui metafísico. Só penso na morte, em Deus e em como passar uma velhice confortável". E esses urubus negros que nos assombram, ele os transformava em passarinhos: "Não tenho medo do sono eterno. O que me dá medo é a insônia eterna..."; "Um dia... pronto... me acabo. Pois seja o que tem de ser. Morrer, que me importa?... O diabo é deixar de viver".

Sofreu. Para dizer do seu sofrimento, escreveu: "Da vez primeira em que me assassinaram, perdi um jeito de sorrir que eu tinha. Depois, a cada vez que me mataram, foram levando qualquer coisa minha...". Mas, passado o sofrimento, ele se vingou: "Todos esses que aí estão atravancando o meu caminho, eles passarão... Eu passarinho...". Para ler Mario Quintana há de pular de galho em galho, como passarinho...

Pois eu ia pulando de galho em galho como passarinho. E quanto mais alegre eu ficava, mais triste eu ficava. É que eu estava lendo sozinho. E a alegria na solidão é triste. Eu queria mesmo era estar numa roda de gente, professores e alunos, compartilhando a alegria de ler.

Aí me veio uma ideia doida: "Não seria possível que toda aula, de física, química, história, matemática, fosse iniciada com um poema ou um curto texto literário?". Por que não? Antigamente as aulas em colégios católicos se iniciavam sempre rezando a "ave-maria". Por que não rezar um poema? Todo poema é uma oração.

Quando se fala em poesia ou literatura, joga-se logo a bola para o professor de português. Mas na aula de português acontece uma coisa ruim: poesia e literatura passam a ser matéria obrigatória, coisa de programa, dever, fichamentos, avaliações. E isso destrói o essencial: o prazer. Já nas aulas das outras disciplinas, poesia e literatura seriam prazer puro, prazer por prazer...

Esses cursos de reciclagem... Pressupõe-se que um professor mais bem-informado ensine melhor. Tenho minhas dúvidas. Conheço enciclopédias ambulantes que não conseguem ensinar coisa alguma. Que tal, então, em vez de reciclagens sobre conteúdos e teorias, seminários de literatura e poesia para todos os professores, principalmente os que não são professores de português? Para que eles fiquem mais bonitos! A poesia "embonitece". Começar pelo Mario Quintana, passando pelo Manoel de Barros, o Leminski, a Adélia Prado, o Bashô, o Mia Couto... Assim vai-se espalhando o vírus da gripe literária que faz o milagre de transformar patos bamboleantes em passarinhos voantes... Eu gostaria de ter tido um passarinho voante como professor...

SONHOS

Pensando sobre a minha vida de educador, acho que ela pode ser dividida em três fases, semelhantes às fases que Roland Barthes, já velho, encontrou no seu passado. Jovem, eu me dediquei a ensinar as coisas que sabia. É assim que se perpetua a sociedade: as gerações mais velhas transmitem às gerações mais novas os saberes necessários para que a vida continue. Esse é o primeiro dever dos mais velhos: legar, como herança, às gerações mais novas as suas "caixas de ferramentas", os saberes já testados. Aí fiquei mais velho. Procurei então ensinar coisas que eu não sabia. Eu não as sabia, mas tinha intuições dos caminhos que poderiam levar a elas. Uma das funções mais importantes do educador é encorajar o aluno a ter a ousadia de trilhar caminhos desconhecidos. Nos caminhos desconhecidos não há certezas. Frequentemente eles não levam a nada e é necessário voltar atrás e começar de novo. Mas o mestre tranquiliza o aluno: "Nenhum erro será castigado". Eu gostaria de participar de uma banca de mestrado ou doutoramento em que a tese do candidato terminasse com esta afirmação: "E depois de testar todas as nossas hipóteses concluímos que todas elas estavam erradas. Fim". Todos os que se aventuram por caminhos desconhecidos correm esse risco. Riscos só não há nos caminhos velhos.

Hoje já não me interesso por ensinar o que eu sei nem por ensinar o que não sei. Hoje eu vivo um novo amor: desejo ensinar os meus sonhos. "Deus quer. O homem sonha. A obra nasce" – assim escreveu Fernando Pessoa. Atrevo-me, então, com a autoridade do poeta, a alterar o primeiro verso do evangelho de João: "No princípio era o sonho...". Tudo nasce do sonho. A acreditar nos poemas bíblicos da Criação, Deus sonhou primeiro e criou depois. Sonhou porque estava infeliz. Criou para ficar feliz. Tudo o que Deus fez foi feito para que o sonho se tornasse realidade. A Criação começou do fim, daquilo que não existia, o sonho que Deus sonhou: um Paraíso.

C. Wright Mills comparou o momento em que vivemos a uma galera em cujos porões estão remadores que remam cada vez mais rápido. Eles aprenderam bem a sua arte. Remam com competência. A galera corta os mares com velocidade cada vez maior. Mas há um problema sobre o qual ninguém pensa, tão ocupados estão os remadores com a velocidade que devem imprimir ao barco: nada se sabe sobre o destino da galera...

Num dos seus poemas, Cecília Meireles escreveu: "Se te perguntarem quem era essa que às areias e aos gelos quis ensinar a primavera...". Nas areias e gelos não existe primavera. Nas areias e gelos a primavera só existe como sonho. Ali a primavera é apenas uma esperança.

É isso que desejo fazer agora que sou velho. Não ensinar o que sei. Não ensinar o que não sei. Quero falar sobre o destino da galera, essa terra em que vivemos. E que destino mais belo pode haver que o sonho de Bachelard: "O universo tem, para além de todas as misérias, um destino de felicidade. O homem deve reencontrar o Paraíso".

O RIO SÃO FRANCISCO

O voo era de São Paulo para Londrina. Já estava quase chegando. Lá embaixo um rio serpenteava no meio dos campos. Que rio seria aquele? Eu não sabia o seu nome. Fiquei curioso. Os grandes rios, seus nomes eu sabia de cor e podia localizá-los num mapa virtual dentro da minha cabeça. Mas aquele eu não conhecia. Nisto a aeromoça passou. E logo percebi o jeito fácil de satisfazer minha curiosidade. A aeromoça fazia aquela viagem quase todo dia. Com certeza ela sabia o nome do rio. Eu a chamei. Ela veio sorridente, pronta a atender ao meu pedido. "Aquele rio lá embaixo", eu disse, "que rio é? Você sabe?". Sem perder o sorriso, ela me respondeu tranquila: "Acho que é o rio São Francisco".

Não tive jeito de esconder o susto. Meu espanto ficou evidente no meu rosto, embora eu tivesse ficado mudo. Ela percebeu, e embora estivesse quase certa do que me dissera, prontificou-se a procurar confirmação numa autoridade superior à sua. "Vou me certificar com o comandante", ela disse, e se afastou. Voltou logo a seguir. "Não é o rio São Francisco", ela me reassegurou. "É o Paranapanema."

Era uma aeromoça. Para isso ela tinha de ter alguma escolaridade – se primeiro ou segundo grau, eu não sei. Estudara geografia. Aprendera sobre os rios do Brasil. Vira o São Francisco nos mapas, rio

25

enorme, que nasce em Minas, na serra da Canastra. Hoje, quem gosta da natureza vai visitar suas nascentes e tomar banho nas suas águas. Se fosse, como no poema do Alberto Caeiro, o rio da minha aldeia, tudo bem que ninguém soubesse o nome. Nem mesmo ele, Alberto Caeiro, diz o nome dele. Rio que todo mundo sabe é o Tejo. Rio que todo mundo sabe é o São Francisco. O rio São Francisco nasce no meio de Minas e vai para o Norte. A gente estava no norte do Paraná. E ela pensava que aquele fosse o rio São Francisco.

Posso jurar que ela não colou para passar de ano. Ela sabia direitinho os nomes. Sabia também olhar os mapas. Nas provas, marcou certo o rio São Francisco. Todo mundo marca, porque não tem jeito de errar. Na escola tirou 10. Então, como explicar que ela visse o São Francisco no norte do Paraná? A resposta é simples: não foi ensinado a ela que o mapa, coisa que se faz com símbolos para representar o espaço, só tem sentido se estiver ligado a um espaço que não é símbolo, feito de montanhas, rios de verdade, planícies e mares. Saber um mapa é ver, por meio dos símbolos, o espaço que ele representa. Pobre aeromoça! Se o avião caísse naquele momento, ela pensaria que estava caindo ao lado do rio São Francisco e invocaria o santo do mesmo nome para protegê-la.

Nietzsche disse que as palavras são pontes iridescentes que ligam coisas separadas. Símbolo é ponte: tem de me levar a algum lugar. Quem se contenta com símbolos é louco. Os psicóticos vivem de símbolos. Até mesmo o Álvaro de Campos, poeta, profissional dos símbolos, disse estar farto deles. "Símbolos! Estou farto de símbolos... Todos me dizem nada."

Símbolos que não são pontes? Passagens que não levam a um destino? Repentinamente, o erro sorridente da aeromoça gentil foi, para mim, símbolo do que acontece com a educação. As crianças e os adolescentes aprendem símbolos (aprendem bem. Com eles passam no vestibular, essa monstruosidade escolar) que não significam nada. Não sei explicar isto, mas o fato é que os seres humanos têm a capacidade de armazenar conhecimentos inúteis. Esses conhecimentos ficam guardados num "arquivo" que não tem conexões com a vida. Ah! Quantos símbolos inúteis eu carrego! Alfred North Whitehead se referia às "ideias inertes" – ideias que carregamos como malas cheias de tijolos. Não servem para nada. Só tornam pesado o caminhar. Símbolos inúteis que carrego: os nomes das fases da mitose. O seno e o cosseno que nunca usei nem vou usar. As causas da "guerra dos cem anos". As pirâmides de Malpighi. A lista é interminável. Pergunto: que diferença há entre essas coisas que "sei" e o rio São Francisco no estado do Paraná, da aeromoça? Se pelo menos essas coisas nos dessem prazer... Carrego muitas coisas que não servem para nada, mas são objetos de deleite: poemas, sonatas, biografias, informações. São meus brinquedos. Brinquedo é o nome dos objetos inúteis que dão prazer. Brinco com eles. Mas brincar com tijolos? Somente um tolo montaria uma oficina com todas as ferramentas existentes e se dedicaria a aprender o seu uso com a alegação de que "pode ser que algum dia eu precise delas". Mas é essa, precisamente, a filosofia dos nossos currículos! O aumento da eficácia do ensino é o aumento dos tijolos na mala. O símbolo, para ser bom, tem de ser luz que ilumina o mundo. O certo seria que as provas e os provões fossem feitos não sobre os símbolos ensinados, mas sobre o mundo não ensinado – para ver se os símbolos iluminam o mundo.

Olho com desconfiança para os laboratórios que as escolas exibem com orgulho. A primeira lição que ensinam é ensinada antes que se entre neles. Ensinam que ciência é uma coisa que se produz dentro deles. Isso é mentira. Mário Turassi, extraordinário matemático, inquirido pelos arquitetos acerca das necessidades do departamento que ele chefiava, respondeu curto e preciso: "Para fazer matemática três coisas são necessárias: papel, lápis e cérebro". Parodio: para fazer ciência duas coisas são necessárias: olho e cérebro. Ciência não é algo que se faz em laboratórios nem o resultado desse fazer. Ciência é um jeito de ver as coisas. Esse jeito de ver as coisas nasce dos objetos do cotidiano, na casa, na rua, na oficina. Os olhos produzem o jeito científico de ver as coisas quando eles estão a serviço da inteligência. Pelo jeito científico de ver as coisas o mundo inteiro ganha sentido. O mapa explica o espaço. A aeromoça aprendeu o mapa. Não aprendeu a olhar para o espaço através do mapa. Muito saber científico é símbolo que não sai do laboratório. Como o rio São Francisco da aeromoça, que não saiu do mapa. Não ilumina nem o mundo nem a vida. Conhecimento que não decifra a vida e não ilumina o mundo não é conhecimento. É enganação. Não importa que tire nota alta no provão.

O CAMINHO APÓCRIFO

A Adélia Prado confessa ser uma católica herege. Diz que seu caminho é apócrifo. E explica: caminho apócrifo é entender a palavra pelo seu reverso.

Isso, de entender pelo reverso, não é coisa de doidos. É coisa de inteligentes. Vejam o caso de Galileu. Pois não é óbvio que o desejo do pêndulo é o repouso? O pêndulo vai, o pêndulo volta, cada vez o arco que descreve é menor. Até que para e repousa. É isso que nos diz a experiência. Aí o Galileu diz o absurdo: que o desejo do pêndulo é não parar nunca. Girar sem parar. Haverá coisa mais contrária ao senso comum que o princípio da inércia? A ciência progrediu graças àqueles que viam ao contrário. E a sociologia? Peter Berger, um dos poucos sociólogos que leio com prazer, diz que o sociólogo é uma pessoa que, diante da porta de uma casa de família respeitável, põe o olho no buraco da fechadura, certo de que lá dentro está acontecendo uma orgia. Nisso os sociólogos se parecem com os psicanalistas. Os psicanalistas veem com o canto do olho. A verdade é sempre o contrário...

O filósofo polonês Leszek Kolakowski escreveu um delicioso artigo com o título "O sacerdote e o bufão". Diz ele que sacerdotes e bufões são tipos que se encontram em todas as sociedades. Sacerdotes são aqueles que acreditam nas aparências e as sacralizam. Os bufões,

29

ao contrário, levantam as saias das aparências e caem na risada. O riso acontece quando se vê ao contrário. Nessa arte, os grandes especialistas foram os mestres *zen*. Seu prazer era dar rasteiras no pensamento.

Eu sempre tive vocação para os caminhos apócrifos, caminhos em que poucos andam. Gosto de pensar ao contrário. Movido por esse impulso, tenho me dedicado a reescrever as estórias infantis ao contrário. Vejam, por exemplo, a estória dos três porquinhos. O que ela diz é que o porquinho sério era o Prático, que fazia coisas úteis, sólidas casas de pedra e cimento. Seus outros irmãos, o Flautista e o Violinista, eram irresponsáveis. Não tinham senso da realidade. Gastavam seu tempo inutilmente, fazendo música. A moral da estória é: não se deve confiar nos artistas. Pois eu fiquei bravo com essa estória e a reescrevi ao contrário. Dei-lhe um novo fim. Depois de expulso o lobo, o Prático deu uma gargalhada e trouxe para a sala algo que nunca havia mostrado a seus irmãos: um contrabaixo novinho! Aí ele revela seu verdadeiro ser: "Vamos agora formar a nossa banda de *jazz*!". Nesse final ao contrário, a estória diz que todas as coisas práticas existem por causa da beleza.

Faz muitos anos chamou a minha atenção a estória do Pinóquio. O que a estória do Pinóquio diz é que os meninos nascem de pau e se obedecerem a seus pais e forem à escola se transformarão em meninos de verdade. Gepeto mandou o Pinóquio à escola. Mas ele não foi. Desobedeceu. Foi seduzido pela vocação de artista. E o que foi que a vocação para a arte fez com ele? Ele quase se transformou num burrinho, com orelhas grandes e rabo. Quem não vai à escola fica burro. É a mesma trama do filme *A sociedade dos poetas mortos*. O jovem queria ser artista. Seu pai queria que ele fosse médico. O fim, todos nós sabemos.

Pensei então em escrever a estória do Pinóquio às avessas: um menino de carne e osso que, depois de passar pela escola, se transforma num boneco de madeira... Depois de 25 anos finalmente a escrevi. Não é para as crianças. É para ajudar pais e educadores a ficar desconfiados e começar a ver ao contrário...

ENSINAR COM O CORAÇÃO

Minha neta Camila tem 11 anos. Ela estava almoçando quando, de repente, sem razão aparente, começou a chorar. Saiu da mesa e foi para a sala de televisão, onde se deitou num sofá, continuando a chorar. Fui até ela para saber o que estava acontecendo e foi isso que ela me disse: "Vovô, eu não consigo ver uma pessoa sofrendo sem sofrer. Quando vejo uma pessoa sofrendo, o meu coração fica junto ao coração dela...".

Tão menina e já sofre da poesia. Ela pensa usando imagens: o meu coração fica junto ao coração dela...

Isso tem o nome de compaixão. Talvez devêssemos abandonar a definição tradicional do ser humano como o animal que pensa e substituí-la por uma nova definição, tão mais verdadeira: "O homem é o animal que sente compaixão". Compaixão quer dizer "sentir junto". Eu não estou sofrendo. Mas vejo alguém sofrendo. Duas crianças, numa noite de garoa, num semáforo, me pedem um trocado. Elas me olham com seus olhos pingando de chuva. Seu olhar rompe a minha tranquilidade. E eu sofro com elas. Compaixão também se tem por um animal. Consta que Nietzsche, vendo um carroceiro a chicotear um cavalo, abraçou-se ao cavalo e ficou louco, definitivamente. Um mundo onde homens chicoteiam animais é um hospício de loucos.

31

Lembro-me de uma amiga chorando com o seu pássaro preto nas mãos, morrendo. Afinal de contas, quanto vale um pássaro preto? E pode até mesmo ser compaixão por uma planta. Fernando Pessoa sentia compaixão pelos arbustos: "Aquele arbusto fenece, e vai com ele parte da minha vida. Em tudo quanto olhei fiquei em parte. Com tudo quanto vi, se passa, passo. Nem distingue a memória do que vi do que fui". Os olhos movidos pela compaixão colocam o coração junto ao coração do ser que está sofrendo.

A ética é uma disciplina filosófica que se dedica a investigar o bem que devemos fazer. Um dos grandes teóricos da ética foi Kant. Mas Kant se assombrou com o fato de que os homens, inteligentes, capazes de conhecer com a sua razão o bem que deve ser feito, não o fazem. O conhecimento da ética não nos torna seres éticos. Um professor que ensina ética numa sala de aulas pode ser um monstro quando ninguém está vendo.

E os políticos corruptos – há tantos por esse mundo afora – não são ignorantes. São seres inteligentes. Estudaram em boas escolas. Têm diplomas. Sabem o que é certo e o que é errado. E até mesmo se gabam de sua excelência em público, sem se envergonhar. Bom é pouco. Muito bom não chega. Excelentíssimo, bom acima de qualquer comparação: é assim que eles se tratam.

A corrupção não decorre de uma falta de conhecimento. Decorre de uma doença na alma. Não aprenderam a compaixão. Não se enquadram, portanto, em nossa definição de homem. Seus corações não sofrem ao ver o sofrimento. Veem as crianças nas ruas, os velhos abandonados, os adolescentes confusos, os pobres com fome. Mas isso não faz sofrer seus corações. Não são capazes de repetir o que disse o poeta: "Em tudo quanto olhei fiquei em parte". Os corações sem compaixão batem sozinhos. Não saem de si mesmos.

Aí comecei a pensar nas escolas. Tantas coisas se ensinam lá! Os programas são enormes. Mas onde se ensina compaixão?

Como se ensina compaixão? O lugar da compaixão não é o lugar do conhecimento. É no coração. É do coração que a ética surge, como determinação viva do corpo. Mas como se educa o coração? Conhecimento sem coração é demoníaco. As maiores atrocidades são perpetradas por meio dos conhecimentos de PhDs.

Se alguma escola estiver interessada em ensinar a compaixão, chame a minha neta Camila. Ela sabe...

GANSOS & PATÊS

Tenho uma amiga que tem ideias curiosas sobre as escolas. Vivendo numa cidade do interior, viu-se diante da encruzilhada difícil: "Qual a melhor escola para o meu filho?". Pôs-se a campo visitando as escolas tidas como as melhores e conversando com os diretores. A cena se repetia. O diretor ou diretora se encantava com a perspectiva de uma matrícula a mais. Fazia seus melhores esforços para convencer a mãe. Mostrava-lhe as salas, os laboratórios, as quadras de esportes. Terminada a excursão, de volta à sala da diretoria, minha amiga tinha duas perguntas a fazer.

– O senhor sabe, nosso mundo é competitivo, há o vestibular no horizonte, o mercado de trabalho, e eu gostaria de saber como é que sua escola lida com esses problemas...

O diretor, seguro de sua filosofia de educação, respondia:

– Essa é nossa grande preocupação. Precisamos preparar as crianças para o futuro. Assim, nossos professores são orientados no sentido de "apertá-las" ao máximo para que sejam vencedoras. Quanto a isso a senhora pode estar tranquila.

Aí ela continuava:

– Sua resposta me esclareceu muito. Mas há uma última pergunta que quero fazer. As crianças passam apenas um período na escola.

No outro período, elas ficam com o tempo livre. O que fazer com esse tempo?

Respondia o diretor:

– A resposta a essa pergunta já está implícita no que eu lhe disse. Não permitimos que as crianças tenham esse tempo ocioso. Damos tanta lição de casa que elas têm de trabalhar o dia inteiro.

Aí minha amiga concluía:

– Sabe, senhor diretor, eu acho que a infância é um tempo tão bonito, que é triste "apertar" as crianças em nome de um futuro hipotético. As crianças não podem viver hoje em função do amanhã. A vida delas é no hoje. Se forem "apertadas", elas vão acabar por odiar a escola e o aprender. Além disso, acho que as crianças devem ter um tempo livre para viver suas próprias fantasias, tempo para brincar. Se tiverem todo o seu tempo tomado por deveres de casa, elas perderão a alegria...

E, com essas palavras, despedia-se do diretor perplexo.

Ela peregrinou de escola em escola e era sempre a mesma coisa. Até que chegou a uma escola de periferia, condições físicas precárias, um diretor esquisito. Perguntado sobre sua filosofia de educação, ele respondeu:

– Acho que a coisa mais importante para as crianças nessa fase é que elas aprendam a se comunicar. Que aprendam a amar os livros. Que gostem de escrever. Uma criança que ama os livros tem o mundo aberto à sua frente...

Minha amiga matriculou seu filho nessa escola e ainda fez propaganda.

É preciso reconhecer que essa amiga anda na direção contrária. A maioria dos pais caminha na outra direção. Querem escolas fortes, que "apertam", que preparam seus filhos para o vestibular, que enchem o tempo dos alunos com um mundo de lições para fazer em casa.

Eles não estão interessados na educação de seus filhos. Talvez nem saibam o que isso seja.

Vi, na antiga revista *Life*, a foto de um ganso sendo engordado para que seu fígado ficasse dilatado, próprio para ser transformado em patê. O cuidador do ganso segurava a cabeça da ave apontando para cima e um funil era introduzido em seu bico, por onde a comida era enfiada, à força. Terminada a operação, para evitar que ele vomitasse a comida que não queria comer, seu pescoço era amarrado. Essa imagem dispensa explicações. Quem é o ganso? Quem é aquele que segura a cabeça do ganso? Quem é aquele que lhe enfia comida goela abaixo? E o patê? Quem vai comer o patê? De uma coisa eu sei: não será o ganso...

SIRENES OU MÚSICA

Os marcadores de tempo foram inventados para ensinar aos homens que o tempo do corpo não é igual ao tempo da sociedade. O tempo do corpo é dormir quando tem sono, acordar quando não tem sono, comer quando tem fome... Vivendo ao seu ritmo o corpo está feliz.

Mas essa felicidade só é dada aos indivíduos isolados, fora da sociedade. A sociedade é um grande relógio que bate horas e nos obriga a fazer as coisas segundo o seu tempo, tempo da máquina. Vivemos espremidos entre o corpo e a máquina...

Primeiro foram os sinos das igrejas. Tocar para despertar os dorminhocos. Hora de ir à missa. O tempo de Deus não é o tempo do corpo. Os sinos tocam para que homens, mulheres e crianças se levantem com sono e contra a vontade para ir à igreja para não ir para o Inferno. O medo do Inferno é um poderoso estímulo para que os homens obedeçam ao relógio de Deus. Há uma pedagogia baseada no medo.

Com o advento das fábricas os sinos foram substituídos por apitos. As fábricas apitavam às 7 horas da manhã para despertar os operários que tinham de entrar no trabalho às 8. Também os faltosos e retardatários sofriam punições. Não era o perigo do Inferno; era o perigo de perder o emprego. No tempo do trabalho o corpo não tem vontade própria. Ele deve aprender as lições das engrenagens.

Pois eu estava no pátio de uma escola conversando com um grupo de adolescentes quando a nossa conversa foi interrompida por uma sirene estridente. Verruma no tímpano. Também o tempo da escola não é o tempo do corpo. Os alunos devem aprender a fazer o que o tempo da escola determina. Se não obedecerem às ordens das sirenes, sofrerão punições. O modelo é a fábrica, a linha de montagem. Todos pensando as mesmas coisas, no mesmo lugar, nas mesmas horas, no mesmo ritmo.

Toca a sirene. Aula de português. Toca a sirene de novo. Fim da aula de português. Início da aula de matemática. Toca a sirene. É o fim da aula de matemática. É o início da aula de ciências. Assim vão os alunos marchando no tempo certo.

As sirenes ordenam mudanças no pensamento. É preciso parar de pensar o que se estava pensando e passar a pensar outros pensamentos, tal como determina a grade curricular. Grade curricular, magnífica expressão inventada por um carcereiro que perdeu o emprego por chegar atrasado. A televisão é assim. Os programas acontecem nos horários predeterminados. O pensamento dos alunos deve seguir o mesmo modelo temporal dos programas de televisão.

Não há psicologia que explique. O pensamento não funciona ao tempo das sirenes e dos relógios. Bom seria que não houvesse sirenes. Mas sou realista. Acho que, pelo menos por enquanto, não há formas de abolir os barulhos que marcam o tempo.

Mas o barulho da sirene me fez pensar: "Não vão abolir o barulho da sirene como marcador de tempo. Mas bem que poderiam substituí-lo por música". Música! As marcações do tempo seriam feitas com pedaços de peças musicais. Semana Beethoven: acordes da *Nona sinfonia*, acordes da *Quinta sinfonia*. Semana Mozart: *Pequena serenata*, *Missa da coroação*, *Marcha turca*. E assim por diante. Semana Villa-Lobos, semana Tom Jobim, semana Pixinguinha, semana Brahms.

E talvez surgisse, a pedido dos próprios alunos, a prática de tocar música baixinho, durante as aulas. Dizem que as vacas dão mais leite quando escutam música clássica. Por analogia afirmo que os alunos, como as vacas, produzem mais pensamentos inteligentes quando ouvem música enquanto pensam.

SEM NOTAS E SEM FREQUÊNCIA

Havia um sorriso de criança no seu rosto rechonchudo. Olhava-nos com um olhar curioso. Professor novo de literatura. Ele devia saber que não gostávamos de literatura. Era chato e não servia para nada. Nós, alunos, já havíamos desenvolvido uma capacidade de conhecer o professor a partir dos primeiros dez minutos de sua primeira aula. Mas aquele professor, Leônidas Sobrinho Porto, era um enigma. E o que ele disse como início de conversa foi tão inesperado que ficamos sem saber onde enquadrá-lo. Cheguei a pensar que ele estava se divertindo... Começou sua aula assim:

Há dois assuntos preliminares que precisamos resolver de início para que possamos nos dedicar ao que importa. O primeiro deles é a presença. Todos vocês já têm 100% de presença. E o segundo são as provas e as notas. Todos vocês já passaram. Resolvidas essas questões irrelevantes que perturbam o prazer de aprender, podemos agora nos dedicar ao que interessa: literatura...

E aí começou. Ele não ensinava literatura. Não discorria sobre escolas literárias. Não prescrevia leituras a serem feitas. Ele se transformava em literatura. Encarnava os personagens. Ria e sofria como um ator. E nós ficávamos em silêncio absoluto, enfeitiçados, como se estivéssemos num teatro. Lembro-me dele possuído, vivendo o amor de Cyrano de Bergerac por Roxana. "Beijo é o ponto róseo no 'i' da palavra 'paixão'..." E ele explicava que no francês não era "paixão", era "amor", *aimer* – impossível em português. Se ele nos tivesse obrigado a ler dez livros de literatura e a aprender as características das principais correntes literárias, é certo que teríamos colado e, ao final do semestre, estaríamos do mesmo jeito que estávamos quando havíamos começado. Mas ele preferiu tomar o atalho secreto dos mágicos, fugiu dos caminhos da burocracia.

Nós o ouvíamos porque sua fala encantava. Hoje me veio a ideia de que o flautista de Hamelin deveria se parecer com ele. Ele não nos ensinou literatura. Ensinou-nos a amar a literatura. Por isso nunca esqueci.

Foi só um semestre. Nunca mais o vi. É possível que tenha sido mandado embora pela direção do colégio por justa causa: suas cadernetas de presença eram falsas e suas notas também eram falsas. Os mágicos são sempre trocados pelos técnicos e burocratas...

Paul Goodman foi um educador esquecido. Hoje ninguém fala nele. Também ele se horrorizava com aquilo que se fazia nas escolas para ensinar literatura. "Nunca ouvi de qualquer método que pretenda ensinar as humanidades (literatura, artes) que não termine por matá-las", ele escreveu. E disse ainda:

> Lembro-me de que aos 12 anos, mexendo nos livros da biblioteca, descobri o *Macbeth* e o li com paixão. Mas na sala de aulas eu não conseguia entender uma única palavra do Júlio César e o odiava. Parece que a sobrevivência das humanidades depende de milagres aleatórios que estão ficando cada vez menos frequentes. (*New reformation: Notes of a neolithic conservative.* Nova York: Random House, 1970, p. 71)

Um bibliotecário de verdade não é um guarda-livros. É alguém que conhece os cenários que os livros desenham para orientar-nos em nossas viagens. Acho que cada professor, na sua área, deveria ser um bibliotecário. Sua função não é caminhar por trilhas batidas olhando para o chão. É mostrar os cenários literários que podem ser vistos da sua trilha, se olharmos para cima... Assim se aprende um mundo.

ANEDOTA

Uma anedota se faz assim: constrói-se uma trama de expectativas que levam o ouvinte a esperar um certo final, mas, de repente, numa rasteira rápida, a narrativa termina com um final totalmente inesperado... mas lógico. Tem de ser lógico. Se não for lógico não tem graça. E tem de ser inesperado. Se não for inesperado também não tem graça. Quer destruir o riso? Comece a piada contando o fim. É nesse final inesperado que o riso explode, quando a realidade, por meio de um salto, subverte a expectativa. Por que rimos com o final da anedota? Talvez porque a anedota nos revele algo sobre a própria estrutura da realidade. Rimos por sentir que a realidade é mais rica e divertida que nossas projeções científicas a seu respeito. Aconteceu na minha vida. Se minhas projeções para a minha vida tivessem se cumprido, eu seria hoje, talvez, um engenheiro ou um médico. Sou o que sou porque tudo o que planejei deu errado. Jamais passou pelos meus planos que um dia eu seria um escritor.

A vida me ensinou que a realidade é como uma piada e que não existe nada mais inútil que nossas projeções futurológicas: o final é sempre inesperado. Daí a tolice das profecias.

Assim, sinto-me andando em areia movediça ao tentar imaginar como serão a escola e a educação daqui a 25 anos. Mas a pergunta me foi feita e eu tenho de imaginar um final... sem graça. Vou, assim, simplesmente indicar algumas das tendências que percebo no presente e imaginar qual poderia ser o seu desenvolvimento no futuro.

Em primeiro lugar, há as instituições de ensino que se enquadrariam no modelo a que poderíamos dar o nome de "escola tradicional". As "escolas tradicionais" têm sido, por séculos, o modelo dominante de escola no mundo ocidental. Eu frequentei uma "escola tradicional" porque na minha infância e na minha juventude não havia outras, embora não seja certo dizer que foi numa "escola tradicional" que estudei. Eu estudei muito por minha conta, perseguindo meus próprios interesses. A "escola tradicional" se caracteriza por ser baseada em "programas" em que os saberes, organizados numa determinada ordem, são estabelecidos por autoridades burocráticas superiores. Os professores são aqueles que sabem o programa e o ensinam. Os alunos são aqueles que não sabem e aprendem. Os professores são ativos; os alunos são passivos. A grande preocupação burocrática e funcional dos professores é "dar o programa". Os alunos são agrupados em turmas independentes que não se comunicam umas com as outras, e a atividade de pensar é fragmentada em unidades de tempo chamadas aulas, que também não se relacionam umas com as outras. Para que as atividades de aprendizagem se deem de maneira uniforme e possam ser mais facilmente avaliadas empregam-se "livros-texto". A aprendizagem é avaliada numericamente por meio de testes e provas nos quais os professores fazem as perguntas e os alunos dão as respostas. Todas as instituições são resistentes a mudanças. As "escolas tradicionais", instituições, são extremamente resistentes a mudanças, superando mesmo a instituição do casamento. Vale para elas a parábola dos macacos que contei em um dos meus artigos anteriores. Muitas das "escolas tradicionais" são estatais. As instituições estatais, por garantirem um emprego vitalício, retiram do trabalho os desafios que as impulsionariam na direção de mudanças e favorecem o imobilismo. "É a necessidade que faz o sapo pular." A segurança põe a inteligência a dormir. Por força da lei, elas detêm o monopólio do poder de "certificar" o conhecimento. Conhecimento real sem o devido "certificado" da "escola tradicional" é como se não existisse. O que obriga os pretendentes ao trabalho a se submeter às suas regras, posto que, numa enorme variedade de situações, o que se exige não é conhecimento real, mas o "certificado" oficial de conhecimento. Prevejo que daqui a 25 anos essas escolas estarão do mesmo jeito, talvez pintadas com cores mais alegres.

Mas, de repente, os saberes começaram a pulular fora dos limites oficiais do saber definidos pela "escola tradicional". Circulam livres no ar, sem depender de turmas, salas, aulas, programas, professores, livros-texto, dotados do poder divino de onipresença: o "aprendiz" aperta um botão e viaja instantaneamente pelo espaço. O "aprendiz" se descobre diante de um mundo imenso onde não há caminhos predeterminados por autoridades exteriores. É o seu desejo que dá as ordens. Viaja ao sabor da sua curiosidade, quer explorar, experimenta a surpresa, o inesperado, a possibilidade de comunicação com outros aprendizes companheiros de viagem. Mas o fato é que ele se encontra diante de uma tela de computador. O que ali aparece não é a realidade onde a vida acontece. É um mundo virtual, de símbolos. Trata-se apenas de um "meio". E é somente isso, essa alienação da realidade vital, que torna possível a sua imensidão potencialmente infinita. Mas, como disse McLuhan, "o meio" – fascinante! – "é a mensagem". E a "massagem"... Há o perigo de que os "fins", a vida, sejam trocados pelo fascínio dos meios – mais seguros e mais extensos. Não se pode comparar a imensidão que assim se abre, via internet, com a experiência pequena e localizada onde a vida acontece. Fascinante essa nova escola, não é preciso ser profeta para prever que ela irá se expandir além daquilo que podemos imaginar. Mas é preciso perguntar: Qual o sentido desses meios para os milhões de pobres que não têm o que comer? Serão deixados à margem da educação? E a possibilidade de trocar o "real" pelo "virtual"? Meio ambiente é coisa real, não virtual.

Há, finalmente, um extraordinário florescimento de experimentos educacionais alternativos centralizados no aluno e no mundo real em que ele vive. Por oposição ao conhecimento virtual, essas experiências de aprendizagem se constroem com base nos problemas vitais com que os alunos se defrontam no seu cotidiano, no seu lugar. Não há programas universais definidos por uma burocracia ausente, porque a vida não é programável. E não existe a possibilidade de alienação, porque os desafios partem da vida, em toda a sua diversidade e imprevisibilidade. Os problemas das crianças nas praias de Alagoas, nas favelas do Rio, nas matas da Amazônia, nas montanhas de Minas não são os mesmos. O que esses experimentos educacionais buscam, além dos saberes que porventura venham a ser aprendidos, é o desenvolvimento da capacidade de ver, de se maravilhar diante do mundo, de fazer perguntas e de pensar – sem medo de errar. Tenho a esperança de que esses experimentos continuem a pipocar, porque é neles que o meu coração se sente mais feliz e esperançoso.

MUDE!

Queridas diretoras: eu gostaria que vocês lessem o livro *Viagem a Ixtlan*, escrito pelo antropólogo Carlos Castañeda. Ele relata suas experiências com os índios Iaqui, em cujo meio se encontrava fazendo pesquisas sobre uma planta alucinógena, o *peiote*. Acidentalmente ele fez amizade com um bruxo, D. Juan, que o tomou como discípulo. No livro não há nenhuma receita de feitiçaria. Nele se encontra a sabedoria de D. Juan. Para quem a sabedoria começa quando conseguimos fazer o mundo parar...

Não, não é fazer a Terra parar de rodar nem fazer os eventos parar de acontecer. Esses fenômenos acontecem de fora, e não é aí que mora a sabedoria. A sabedoria mora dentro da gente.

Para D. Juan, todos nós somos presas que caíram dentro de uma armadilha, um poço profundo. De tanto morar dentro desse poço profundo, esquecemo-nos de que somos seus prisioneiros e passamos a acreditar que o buraco é do tamanho do mundo. O meu poço pode ser um partido político, o casamento, uma religião, um emprego, a escola... Esse poço engaiola minhas percepções, meus pensamentos, minhas ações. Sou um prisioneiro das suas rotinas que se repetem sempre, todo dia, do mesmo jeito.

O primeiro passo no caminho da sabedoria é ver com clareza. E para ver com clareza é preciso fazer parar esse mundo do qual somos prisioneiros. Quando isso acontece, ocorre uma grande transformação: as coisas que nos apareciam como sólidas e fixas se revelam como espuma. As coisas não têm "ser". Elas apenas "parecem ser".

Quando o mundo para e nos damos conta de que as coisas não têm "ser", percebemos que tudo poderia ser diferente. E o caminho para essa iluminação é simples: basta deixarmos de fazer as coisas da forma como sempre as fizemos e começarmos a fazê-las de um jeito diferente.

Suspeito que o poema "Mude!", de Edson Marques, tenha encontrado sua sabedoria na sabedoria de D. Juan.

Mude! Mas comece devagar, porque a direção é mais importante que a velocidade. Sente-se em outra cadeira, no outro lado da mesa, mais tarde mude de mesa. Quando sair, procure andar pelo outro lado da rua. Depois, mude de caminho. Ande por outras ruas, calmamente, observando com atenção os lugares por onde você passa. (...) Veja o mundo de outras perspectivas. Abra e feche as gavetas e portas com a mão esquerda. (...) Assista a outros programas de TV, compre outros jornais, leia outros livros. Não faça do hábito um estilo de vida. Ame a novidade. (...) Tome banhos em novos horários. Use caneta de outras cores. Vá passear em outros lugares. Ame muito, cada vez mais, de modos diferentes. Troque de bolsa, de carteira, de malas. Troque de carro, compre novos óculos. Escreva outras poesias. (...)

A poesia é comprida. Tive de fazer cortes.

Eu transcrevi esses versos pensando em vocês e no mundo em que vocês estão presas. É um mundo feito com regras precisas, ditadas pela burocracia, pela tradição, pelos seus pensamentos costumeiros, pelas teorias pedagógicas e pela linguagem. Ah! A linguagem... "Os limites da minha linguagem denotam os limites do meu mundo", escreveu Wittgenstein.

Fiquei imaginando: o que é que as diretoras mudariam se, de repente, o mundo sólido em que vivem se transformasse em espuma...

DIRETORIA

As cigarras vivem muitos anos debaixo da terra, nas raízes das árvores. Seu mundo é feito de túneis escuros. Mas então, de repente, chega o momento de fazer amor. E o amor faz com que elas mudem. Saem então da terra, sobem nos troncos das árvores, onde deixam suas cascas, ganham asas e se põem a tocar violino para atrair namoradas.

Acontece também com as lagartas moles e nojentas, com as taturanas de fogo, pragas dos jardins. De repente deixam de ser o que eram. Mudam. Constroem casulos, entram neles, dormem e, depois de passado o tempo devido, nascem como borboletas leves e coloridas que se alimentam do mel das flores.

A vida, à medida que vai passando, vai cobrindo nosso corpo com conchas duras, à semelhança dos moluscos. Nossos pensamentos e ações passam, então, a ser moldados por nossas conchas. Roland Barthes, já velho, sentiu a prisão de sua concha e se dispôs a sair de dentro dela. Eis o que ele disse: "Empreendo, pois, o deixar-me levar pela força de toda vida viva: o esquecimento. (...) Vem talvez agora a idade de uma outra experiência, a de *desaprender*, de deixar trabalhar o remanejamento imprevisível que o esquecimento impõe à sedimentação dos saberes, das culturas, das crenças que atravessamos". Somente assim, esquecendo-nos das conchas que o costume impõe,

49

podemos voltar a ser jovens. Jovem é molusco que ainda não construiu concha.

Sua concha imediata é o seu escritório. É provável que, à porta, esteja escrito um nome pomposo: "Diretoria". É o lugar mais importante da escola: todo mundo sabe disso. Você é pessoa que manda, que tem poder, que dá ordens. Confiável. É por isso que as professoras mandam os alunos indisciplinados para a diretoria. A diretora é a instância suprema de punição na escola.

Mas mais importante que o poder é a sabedoria. Frequentemente pessoas de poder que não têm sabedoria fazem besteiras. Barthes definiu a sabedoria como "nenhum poder, um pouco de saber, um pouco de sabedoria, e o máximo de sabor possível".

Você já pensou que sua sala deveria ser um lugar de sabor? Sabor é coisa de prazer... O mesmo Barthes definiu uma aula como "maternagem". Maternagem: a mãe se assenta, o filhinho se move à sua volta, pega uma pedrinha, pega um barbantinho, mostra-os para a mãe, que recebe essas dádivas com um sorriso... O que importa, diz ele, não é nem a pedrinha (a matemática!) nem o barbantinho (a gramática!), mas o espaço de liberdade e exploração no qual pedrinha e barbantinho são apenas peças de um jogo tranquilo estabelecido pela simples presença da mãe... Isso é o que importa, na escola. A escola precisa ter um centro manso.

Mude! Que outro nome você colocaria à sua porta e que sugerisse "maternagem" ou "sabor"? Nada de poder... Uma coisa é certa: você pode ter poder sobre muitas coisas na escola, mas não há ato de poder que faça as crianças aprender.

LEITURA

Nietzsche estava certo: "De manhã cedo, quando o dia nasce, quando tudo está nascendo – ler um livro é simplesmente algo depravado...". É o que sinto ao andar pelas manhãs pelos maravilhosos caminhos da Fazenda Santa Elisa, do Instituto Agronômico de Campinas. Procuro esquecer-me de tudo que li nos livros. É preciso que a cabeça esteja vazia de pensamentos para que os olhos possam ver. Aprendi isso lendo Alberto Caeiro, especialista inigualável na difícil arte de ver. Dizia ele que "pensar é estar doente dos olhos...". Mas meus esforços são frustrados. As coisas que vejo são como o beijo do príncipe: elas vão acordando os poemas que aprendi de cor e que agora estão adormecidos na minha memória. Assim, ao não pensar da visão une-se o não pensar da poesia. E penso que o meu mundo seria muito pobre se em mim não estivessem os livros que li e amei. Pois, se não sabem, somente as coisas amadas são guardadas na memória poética, lugar da beleza. "Aquilo que a memória amou fica eterno", tal como o disse a Adélia Prado, amiga querida. Os livros que amo não me deixam. Caminham comigo. Há os livros que moram na cabeça e vão se desgastando com o tempo. Esses, eu deixo em casa. Mas há os livros que moram no corpo. Esses são eternamente jovens. Como no amor, uma vez não chega. De novo, de novo, de novo...

Um amigo me telefonou. Tinha uma casa em Cabo Frio. Convidou-me. Gostei. Mas meu sorriso entortou quando ele disse: "Vão também cinco adolescentes". Adolescentes podem ser uma alegria. Mas podem ser também uma perturbação para o espírito. Assim, resolvi tomar minhas providências. Comprei uma arma de amansar adolescentes. Um livro. Uma versão condensada da *Odisseia*, as fantásticas viagens de Ulisses de volta a casa, por mares traiçoeiros...

Primeiro dia: praia, almoço, sono. Lá pelas 5 os dorminhocos acordaram, sem ter o que fazer. E antes que tivessem ideias próprias, eu tomei a iniciativa. Com voz autoritária dirigi-me a eles, ainda sob o efeito do torpor: "Ei, vocês! Venham cá na sala. Quero lhes mostrar uma coisa". Não consultei as bases. Teria sido terrível. Uma decisão democrática das bases optaria por ligar a televisão. Claro. Como poderiam decidir por uma coisa que ignoravam? Peguei o livro e comecei a leitura. Ao espanto inicial seguiram-se silêncio e atenção. Vi, pelos seus olhos, que já estavam sob o domínio do encantamento. Daí para frente foi uma coisa só. Não me deixavam. Por onde quer que eu fosse, lá vinham eles com a *Odisseia* na mão, pedindo que eu lesse mais. Nem na praia me deram descanso.

Essa experiência me fez pensar que deve haver algo errado na afirmação que sempre se repete de que os adolescentes não gostam da leitura. Sei que, como regra, não gostam de ler. O que não é a mesma coisa que não gostar da leitura. Lembro-me da escola primária que frequentei. Havia uma aula de leitura. Era a aula que mais amávamos. A professora lia para que nós ouvíssemos. Leu todo o Monteiro Lobato. E leu aqueles livros que se liam naqueles tempos: *Heidi*, *Poliana*, *A ilha do tesouro*. Quando a aula terminava era a tristeza. Mas o bom mesmo é que não havia provas ou avaliações. Era prazer puro. E estava certo. Porque esse é o objetivo da literatura: prazer. O que os exames vestibulares tentam fazer é transformar a literatura em informações que podem ser armazenadas na cabeça. Mas o lugar da literatura não é a cabeça: é o coração. A literatura é feita com as palavras que desejam morar no corpo. Somente assim ela provoca as transformações alquímicas que deseja realizar. Se não concordam, que leiam Guimarães Rosa, que dizia que literatura é feitiçaria que se faz com o sangue do coração humano.

Quando minha filha estava sendo introduzida na literatura, o professor lhe deu como dever de casa ler e fichar um livro chatíssimo. Sofrimento para os adolescentes, sofrimento para os pais. A pura visão do livro provocava uma preguiça imensa, aquela preguiça que Barthes declarou ser essencial à experiência escolar. Escrevi carta delicada ao professor lembrando-lhe que Borges havia declarado que não há razão para ler um livro que não dá prazer quando há milhares de livros que dão prazer. Sugeri-lhe começar por algo mais próximo da condição emotiva dos jovens. Ele me respondeu com o discurso de esquerda, que sempre teve medo do prazer: "O meu objetivo é produzir a consciência crítica...". Quando eu li isso, percebi que não havia esperança. O professor não sabia o essencial. Não sabia que literatura não é para produzir consciência crítica. O escritor não escreve com intenções didático-pedagógicas. Ele escreve para produzir prazer. Para fazer amor. Escrever e ler são formas de fazer amor. É por isso que os amores pobres em literatura ou são de vida curta, ou são de vida longa e tediosa. Parodiando as palavras de Jesus, "nem só de beijos e transas viverá o amor, mas de toda palavra que sai das mãos dos escritores".

A LIBÉLULA E A TARTARUGA

Dizem que é estória para crianças. De fato, as crianças acham-na divertida. Mas existe, nas entrelinhas, uma estória para os grandes... Ah! Como as entrelinhas são importantes! É nelas que estão escritas as coisas que só a alma pode entender. Por isso Jesus disse que "a letra mata, mas o espírito vivifica".

O nome da estória é "A libélula e a tartaruga". Uma libélula é fragilidade, leveza, capacidade de pairar no ar, sem ponto de apoio, de fazer voos rápidos e inesperados. As libélulas são feito as crianças... A tartaruga, ao contrário, é pesada, vagarosa, cartesiana, sólida, confiável: símbolo de um adulto maduro.

Mas o que é um adulto maduro? Eis o que o sociólogo Peter Berger diz dessa coisa a que damos o nome de maturidade:

> A maturidade é um estado da mente que se acomodou, que está em paz com as coisas do jeito como elas são, que abandonou os sonhos mais loucos de aventura e realização. Não é difícil perceber que essa noção de maturidade é funcional na medida em que ela dá ao indivíduo uma racionalização por ter encolhido os seus horizontes.

Os sólidos-maduros, por lhes faltar leveza, podem ter um fim trágico. Aconteceu com os dinossauros. Na estória que escrevi, a tartaruga foi transformada numa sopa deliciosa...

Gostaria de seduzir você, diretora, você, diretor, a brincar de libélula, ainda que seja só por um mês, para ver o que acontece.

Brincar de libélula é assim:

Comece por se livrar de tudo que lhe dá peso. Tire as fotografias de secretários, governadores e presidentes da sua sala. Ponha em seus lugares fotografias de crianças, bichos e flores. Passe mais tempo fora da sala. Atrás de sua escrivaninha, você faz os trabalhos que os burocratas mandam. Mas, fora da sala, você pode fazer as coisas que as crianças desejam. Elas desejariam ser suas amigas.

Proíba que crianças e adolescentes sejam enviados à diretoria por indisciplina. Eles acabarão por identificar a sua sala com um pelourinho. Recuse a função de guardador do patrimônio público. Fique mais com as crianças como animador de atividades. Você ficará mais jovem e as crianças o amarão.

Mande fazer balanços para adultos no pátio da sua escola. E seja você aquele que inaugurará o balanço. Convide o prefeito para a inauguração. Garanto que ele tem saudades dos tempos em que podia balançar sem vergonha... Não dê muita bola para os relatórios. Eles não serão lidos e, se o forem, isso em nada contribuirá para a educação das crianças.

Você mesmo: transforme-se em contador de estórias. Para isso você deverá se preparar como um artista: passe a gastar parte do seu tempo doméstico numa coisa deliciosa, lendo estórias infantis. Olhe para os professores com um olhar manso. Não os tenha por subordinados. Tenha-os por amigos. Afinal de contas, você não é diretor, você está diretor, provisoriamente. Tenha tempo para conversar com eles fora de reuniões burocráticas. Fale pouco. Ouça muito. Não se esforce por ter razão. O desejo de ter razão é prova de mediocridade.

Jamais destrua uma opinião, por mais tola que lhe pareça. A pessoa que a emitiu acredita nela. E bem pode ser que a ideia tola seja a sua. Seja um pouco como Sócrates. Aprenda a fazer perguntas e deixe que as pessoas concluam por elas mesmas. Cuidado com os fuxicos. Eles nascem sempre da inveja. Leia a estória da Coleção Asterix "A cizânia", cujo personagem central é um fuxiqueiro de nome Túlius Detritus. Cada professor e cada aluno têm um coração. Os corações dos alunos e dos professores valem mais que o programa. Cuide deles.

O ALUNO PERFEITO

Era uma vez um jovem casal que estava muito feliz. Ela estava grávida e eles esperavam com grande ansiedade o filho que iria nascer.

Transcorridos os nove meses de gravidez, ele nasceu. Ela deu à luz um lindo computador! Que felicidade ter um computador como filho! Era o filho que desejavam ter! Por isso eles haviam rezado muito durante toda a gravidez, chegando mesmo a fazer promessas.

O batizado foi uma festança. Deram-lhe o nome de "Memorioso" porque julgavam que uma memória perfeita é o essencial para uma boa educação. Educação é memorização. Crianças com memória perfeita vão muito bem na escola e não têm problemas para passar no vestibular.

E foi isso mesmo que aconteceu. Memorioso memorizava tudo que os professores ensinavam. Mas tudo mesmo. E não reclamava. Seus companheiros reclamavam, diziam que aquelas coisas que lhes eram ensinadas não faziam sentido. Suas inteligências recusavam-se a aprender. Tiravam notas ruins. Ficavam de recuperação.

Isso não acontecia com Memorioso. Ele memorizava com a mesma facilidade a maneira de extrair raiz quadrada, reações químicas, fórmulas de física, acidentes geográficos, populações de países longínquos, datas de eventos históricos, nomes de reis, imperadores, revolucionários, santos, escritores, descobridores, cientistas, palavras novas, regras de gramática, livros inteiros, línguas estrangeiras. Sabia de cor todas as informações sobre o mundo cultural.

A memória de Memorioso era igual à do personagem do Jorge Luis Borges por nome Funes. Só tirava 10, o que era motivo de grande orgulho para seus pais. E os outros casais, pais e mães dos colegas de Memorioso, morriam de inveja. Quando seus filhos chegavam em casa trazendo boletins com notas em vermelho, eles gritavam: "Por que você não é como o Memorioso?".

Memorioso foi o primeiro no vestibular. O cursinho que ele frequentara publicou sua fotografia em *outdoors*. Apareceu na televisão como exemplo a ser seguido por todos os jovens. Na universidade foi a mesma coisa. Só tirava 10. Chegou, finalmente, o dia tão esperado: a formatura. Memorioso foi o grande herói, elogiado pelos professores. Ganhou medalhas e mesmo uma bolsa para doutoramento no MIT.

Depois da cerimônia acadêmica, foi a festa. E estavam todos felizes no jantar quando uma moça se aproximou de Memorioso e se apresentou: "Sou repórter. Posso lhe fazer uma pergunta?". "Pode fazer", disse Memorioso, confiante. Sua memória continha todas as respostas.

Aí ela falou: "De tudo o que você memorizou, o que foi que você mais amou, que mais prazer lhe deu?".

Memorioso ficou mudo. Os circuitos de sua memória funcionavam com a velocidade da luz procurando a resposta. Mas aquilo não lhe fora ensinado. Seu rosto ficou vermelho. Começou a suar. Sua temperatura subiu. E, de repente, seus olhos ficaram muito abertos, parados, e se ouviu um chiado estranho dentro de sua cabeça, enquanto fumaça saía por suas orelhas. Memorioso primeiro travou. Deixou de responder a estímulos. Depois apagou, entrou em coma. Levado às pressas para o hospital de computadores, verificaram que seu disco rígido estava irreparavelmente danificado.

Há perguntas para as quais a memória, por perfeita que seja, não tem respostas. É que tais respostas não se encontram na memória. Encontram-se no coração, onde mora a felicidade...

UMA FÁBULA PARA CRIANÇAS

Os deuses sempre acharam que os homens tinham inteligência, mas não tinham juízo. Uma pessoa inteligente sem juízo é mais perigosa que uma pessoa burra sem juízo. Por isso eles os prenderam numa caverna escura, muito grande, tão grande que parecia não ter fim. Caverna fechada, sem entradas e sem saídas. Lá dentro era frio.

Foi então que um semideus que não gostava muito dos deuses chamado Prometeu teve pena dos mortais que tiritavam de frio. Valendo-se de uma distração dos deuses que estavam bêbados numa farra, roubou-lhes o fogo e deu-o aos homens.

Mas Prometeu advertiu: "Não deixem o fogo morrer. Se ele morrer, a escuridão voltará. E então não poderei ajudá-los porque não sei a arte de fazer nascer o fogo. Somente os deuses a sabem...". Ditas essas palavras, Prometeu desapareceu para nunca mais voltar.

Aceso o fogo, a caverna se iluminou e os homens viram pela primeira vez.

Os homens atentaram para sua advertência. Trataram de alimentar o fogo sem parar, para que ele não apagasse. Fizeram mais: como eram inteligentes, curiosos e mexedores, acabaram por descobrir o segredo da arte de fazer fogo que só os deuses sabiam.

Aí todo mundo queria possuir o fogo. Para que todos pudessem ter o seu fogo particular, inventaram-se as velas. Os homens e as mulheres passaram então a andar por onde quer que fossem com velas acesas nas mãos. A caverna se iluminou. Pelo poder do fogo, nasceram então a culinária, a cerâmica, o vidro, a fundição dos metais; em resumo, nasceu a civilização.

Mas os homens descobriram mais: que o fogo mora em muitos outros lugares que não a madeira. Mora no petróleo, nas quedas d'água, no vento, no carvão, nos átomos, no Sol. E o calor do fogo aumentou.

Pelo poder do fogo, as invenções se multiplicaram sem cessar, trazendo conforto e riqueza para todos os moradores da caverna. Passaram os homens então a avaliar o bem-estar dos habitantes da caverna pelo número de velas que gastavam. Ter velas acesas dava *status*... Os que queimavam muitas velas eram ricos; os que queimavam poucas velas (ou nenhuma) eram pobres. Milhares de velas, milhões de velas, bilhões de velas...

Mas a caverna, que era muito grande, tinha limites. Era uma caverna fechada, sem saídas. Fechada, nada podia sair de dentro dela. As nuvens de fumaça produzidas pelo fogo aumentavam sem parar. Quanto mais fogo, mais calor, mais riqueza, mais fumaça. E os moradores da caverna começaram a sofrer com o excesso de calor.

A solução era simples: bastava que os ricos apagassem metade de suas velas. Reuniram-se, então, todos os que queriam pôr fim àquela situação para chegar a um acordo sobre a diminuição de velas. Mas ninguém queria apagar suas velas... "O progresso não pode parar. Crescer, crescer sempre..."

Só tarde demais os homens se deram conta de que sua caverna, a nossa linda Terra, se transformara num forno. Mas já era tarde demais. Morreram então como leitões no forno que eles próprios haviam construído com seu progresso...

* * *

Usando uma metáfora doméstica: a Terra não tem chaminé. Acontecerá com ela aquilo que acontece numa casa fechada, com o fogão aceso e a chaminé entupida. Nessa casa há um recurso: abrir as janelas e portas e sair. Mas como poderemos abrir as janelas e portas da Terra? Elas não existem.

* * *

Todo organismo, para viver, tem de ter meios para colocar para fora de si os resíduos tóxicos que a vida produz: fezes, urina. Mas a Terra é um organismo sem ânus... Por isso morrerá.

A MÁQUINA DO TEMPO

Entre 1819 e 1823, Francisco de Goya pintou um quadro sinistro que representa o deus Cronos devorando um dos seus filhos. A brutalidade plástica e a verdade da tela estão em que ela nos confronta com o nosso destino: à medida que o tempo passa, a vida se vai.

O tempo faz o vivido desaparecer no esquecimento. Ricardo Reis, heterônimo de Fernando Pessoa, descreveu essa tristeza de sentir a vida escorrendo para o passado num poema: "O tempo passa, / Não nos diz nada, / Envelhecemos, / Saibamos, quase / Maliciosos, / Sentir-nos ir. / Não vale a pena / Fazer um gesto. / Não se resiste / Ao deus atroz / Que os próprios filhos / Devora sempre".

Por isso eu escrevo, para lutar contra o tempo. A escritura e a leitura fazem os mortos ressuscitar. A escritura e a leitura fazem o passado acontecer de novo. Por isso, ao ler o que aconteceu e não mais existe, nós rimos e choramos como se aquilo que aconteceu estivesse acontecendo de novo. E foi isso que aconteceu comigo. Envelhecendo, tive medo que o meu passado se perdesse.

Resolvi, então, escrever o meu passado, um passado feliz que o tempo me havia roubado, para oferecê-lo às minhas netas. Queria que, quando eu morresse, ele continuasse vivo na memória delas. Escrevi um livro contando a vida que vivi quando menino, na roça.

Descrevi a casa velha, pintada de branco. Contei sobre os riachos e as árvores, sobre as noites silenciosas, sobre os ruídos dos bichos na mata, sobre os céus escuros iluminados por milhares de estrelas, sobre o fogão de lenha e sobre a luz das lamparinas iluminando a sala. E sobre algo impensável para elas: não havia eletricidade. Não havia geladeira. As comidas eram guardadas em armários de tela chamados guarda-comida.

Publicado o livro, elas não demonstraram o menor interesse naquilo que eu contava porque o mundo em que eu vivera e amara lhes era estranho. Quem se interessou foram os velhos, porque aquele era um mundo que fora deles.

Passado algum tempo, recebi um *e-mail* em inglês, uma mulher. Desculpava-se pelo inglês. Era uma emigrante egípcia. Entendia bem o português, lia os meus livros e gostava deles. Escrevia-me para me dizer que, no meu livro para as minhas netas, eu usara uma palavra que a apunhalara.

Uma única palavra com o poder de apunhalar! Que palavra poderosa poderia ter sido essa?

"Fui apunhalada pelo 'guarda-comida'", ela disse. "Eu havia me esquecido de que essa palavra existia. O tempo a mergulhara no esquecimento. Mas, quando a li, o meu passado voltou, instantaneamente. Eu me vi menina de 6 anos na cozinha da minha casa no Cairo, 60 anos antes. Lá havia um 'guarda-comida'". E ela disse o nome em francês: *garde manger*. "A palavra anulou o espaço: atravessei o Atlântico. A palavra anulou o tempo: o passado ficou presente, ressuscitou do esquecimento..."

Aprendi então que máquinas do tempo existem. Elas se chamam "palavras". Podemos, então, pintar uma tela que é o inverso da tela que Goya pintou: a vida devorando o tempo.

A FORMAÇÃO DO EDUCADOR

Sonho com uma escola em que se cultivem pelo menos três coisas.

Em primeiro lugar, a sabedoria de viver juntos: o olhar manso, a paciência de ouvir, o prazer em cooperar. A sabedoria de viver juntos é a base de tudo o mais.

Em segundo, a arte de pensar, porque é a partir dela que se constroem todos os saberes. Pensar é saber o que fazer com as informações. Informação sem pensamento é coisa morta. A arte de pensar tem a ver com um permanente espantar-se diante do assombro do mundo, fazer perguntas diante do desconhecido, não ter medo de errar porque os saberes se encontram sempre depois de muitos erros.

Em terceiro lugar, o prazer de ler. Jamais o *hábito* da leitura, porque o hábito pertence ao mundo dos deveres, dos automatismos: cortar as unhas, escovar os dentes, rezar de noite. Não hábito, mas leitura amorosa. Na leitura amorosa entramos em mundos desconhecidos e isso nos faz mais ricos interiormente. Quem aprendeu a amar os livros tem a chave do conhecimento.

Mas essa escola não se constrói por meio de leis e parafernália tecnológica. De que vale uma cozinha dotada das panelas mais modernas se o cozinheiro não sabe cozinhar? É o cozinheiro que faz a comida boa mesmo em panela velha. O cozinheiro está para a comida boa da mesma forma como o educador está para o prazer de pensar e aprender. Sem o educador o sonho da escola não se realiza.

A questão crucial da educação, portanto, é a formação do educador. "Como educar os educadores?"

Imagine que você quer ensinar a voar. Na imaginação tudo é possível. Os mestres do voo são os pássaros. Aí você aprisiona um pássaro numa gaiola e pede que ele o ensine a voar. Pássaros engaiolados não podem ensinar o voo. Por mais que eles expliquem a teoria do voo, eles só ensinarão gaiolas.

Marshall McLuhan disse que a mensagem, aquilo que se comunica efetivamente, não é o seu conteúdo consciente, mas o pacote em que a mensagem é transmitida. "O meio é a mensagem." Se o meio para aprender o voo dos pássaros é a gaiola, o que se aprende não é o voo, é a gaiola.

Aplicando-se essa metáfora à educação, podemos dizer que a mensagem que educa não são os conteúdos curriculares, a teoria que se ensina nas aulas, a educação libertária etc. A mensagem verdadeira, aquilo que se aprende, é o "embrulho" em que esses conteúdos curriculares são supostamente ensinados.

Tenho a suspeita, entretanto, de que se pretende formar educadores em gaiolas idênticas àquelas que desejamos destruir.

Os alunos se assentam em carteiras. Os professores dão aulas. Os alunos anotam. Tudo de acordo com a "grade curricular". "Grade" = "gaiola". Essa expressão revela a qualidade do "espaço" educacional em que vivem os aprendizes de educador.

O tempo do pensamento também está submetido às grades do relógio. Toca a campainha. É hora de pensar "psicologia". Toca a campainha. É hora de parar de pensar "psicologia". É hora de pensar "método"...

Os futuros educadores fazem provas e escrevem *papers* pelos quais receberão notas que lhes permitirão tirar o diploma que atesta que eles aprenderam os saberes que fazem um educador.

Desejamos quebrar as gaiolas para que os aprendizes aprendam a arte do voo. Mas, para que isso aconteça, é preciso que as escolas que preparam educadores sejam a própria experiência do voo.

AS PESSOAS AINDA NÃO FORAM TERMINADAS

As diferenças entre um sábio e um cientista? São muitas e não posso dizer todas. Só posso dizer algumas.

O sábio conhece com a boca, o cientista conhece com a cabeça. Aquilo que o sábio conhece tem sabor, é comida, conhecimento corporal. O corpo gosta. A palavra *sapio*, em latim, quer dizer "eu degusto". O sábio é um cozinheiro que faz pratos saborosos com as coisas que a vida lhe oferece. O saber do sábio dá alegria, razões para viver. Já aquilo que o cientista oferece não tem gosto, não mexe com o corpo, não dá razões para viver. "Não tem gosto, mas tem poder", retruca o cientista. E isso é verdade. A sabedoria ensina o amor. A ciência ensina o poder.

Para o cientista, o silêncio é o espaço da ignorância; nele não mora saber algum; é um vazio que nada diz. Para o sábio, o silêncio é o tempo da escuta, quando se ouve uma melodia que faz chorar, como disse Fernando Pessoa num de seus poemas. Roland Barthes, já velho, confessou que abandonara os saberes faláveis e se dedicava, no seu momento crepuscular, aos sabores inefáveis.

Uma outra diferença é que, para ser um cientista, há de estudar muito, ao passo que, para ser um sábio, não é preciso estudar. Um dos aforismos do *Tao Te Ching* diz o seguinte: "Na busca dos saberes, cada dia alguma coisa é acrescentada. Na busca da sabedoria, cada dia alguma coisa é abandonada. O sábio sabe sem viajar". Basta prestar atenção e pensar. O cientista soma. O sábio subtrai.

O Riobaldo, herói de *Grande sertão: Veredas*, pelo que me consta, não tinha diploma. E, não obstante, era sábio. Vejam só o que ele disse: "O senhor mire e veja: o mais importante e bonito do mundo é isto: que as pessoas não estão sempre iguais, ainda não foram terminadas – mas que elas vão sempre mudando...".

É só por causa dessa sabedoria que há educadores. A educação é uma coisa que vai acontecendo enquanto as pessoas vão mudando. Se as pessoas estivessem prontas, não haveria lugar para a educação. Educar é ajudar as pessoas a ir mudando no tempo.

Eu mesmo já mudei nem sei quantas vezes. Acho mesmo que as pessoas da minha geração são as que viveram mais tempo não pelo número de anos contados pelos relógios e calendários, mas pela infinidade de mundos em que vivemos num tempo tão curto. Nos meus 74 anos, meu corpo e minha cabeça mudaram do mundo da pedra lascada e da madeira, monjolo, pilão, lamparina, até o mundo dos computadores e da internet.

Os animais e plantas também mudam, mas tão devagar que não percebemos. Para todos os efeitos práticos, eles não mudam. Estão prontos. Abelhas, vespas, cobras, formigas, pássaros, aranhas são o que são e fazem o que fazem há milhões de anos. Porque estão prontos, não precisam pensar e não podem ser educados. Sua programação, o tal de DNA, já nasce pronta. Seus corpos já nascem sabendo o que precisam saber para viver.

Conosco aconteceu diferente. Parece que, ao nos criar, o Criador cometeu um erro (ou nos pregou uma peça!): deu-nos um DNA incompleto. E porque nosso DNA é incompleto somos condenados a pensar. Pensar para quê? Para inventar a vida! É por isso, porque nosso DNA é incompleto, que inventamos poesia, culinária, música, ciência, arquitetura, jardins, religiões, esses mundos a que se dá o nome de cultura.

Para isso existem os educadores: para cumprir o dito do Riobaldo. Uma escola é um caldeirão de bruxas que o educador vai mexendo para *desigualizar* as pessoas e fazer nascer outros mundos.

SOBRE CISTERNAS E FONTES

William Blake foi um poeta inglês a quem aconteciam aforismos. Disse "aconteciam" porque aforismos são como relâmpagos. Acontecem. Iluminam repentinamente o céu vindos não se sabe donde. Como os relâmpagos, com um poder para rachar rochas.

Hoje, um dos seus relâmpagos aconteceu: "As cisternas contêm; as fontes transbordam".

"Cisternas" são buracos que se fazem na terra para guardar a água da chuva. São muito úteis em regiões áridas onde a chuva é rara e os rios não correm.

A água que a cisterna contém não brota dela. É um outro que a põe lá.

As fontes são outra coisa. São símbolos de vida. Parodiando o Riobaldo, eu digo: "Onde as fontes borbulham, tudo é alegria".

Para ter uma fonte não é preciso cavar. É a própria água que cava seu buraco. A terra não consegue conter sua pressão para sair. É uma erupção vulcânica, a terra ejaculando a vida.

Olhando-se para o fundo de uma fonte através de sua água cristalina a gente vê a areinha sendo lançada para cima pela força da água. A água vai saindo sem parar até que transborda dos limites do seu buraco, transformando-se num filete de água que pode, eventualmente, transformar-se num rio.

Um outro aforismo de Blake nos dá a chave para decifrar o sentido deste: "O homem que nunca altera suas opiniões é como água parada: gera répteis na sua mente". "Cisterna" é um lugar de água parada que pode gerar répteis. A "fonte" é um lugar de águas sempre novas que transbordam.

São metáforas de dois tipos de pessoas. Há pessoas que são "cisternas" e há pessoas que são "fontes".

E são metáforas de dois tipos de educação. Há uma educação-cisterna e uma educação-fonte.

A educação-cisterna quer encher o buraco chamado aluno com uma água que não brota dele. A educação-fonte não quer colocar água dentro do aluno. Quer é fazer brotar a fonte que mora dentro dele, escondida.

Lembrei-me do Pequeno Príncipe: "O deserto é belo porque em algum lugar ele esconde uma fonte". Uma criança é bela porque dentro dela há uma fonte escondida.

(Todo mundo tem uma fonte. Com frequência essa fonte está enterrada com entulho.)

A educação-cisterna não pode repetir o aforismo do Pequeno Príncipe porque, para ela, não há fontes. Tudo são cisternas.

Na educação-cisterna o aluno é um buraco vazio sem água. Seco. O aluno-cisterna tem é de guardar o que o professor despejou dentro dele.

A capacidade que tem o aluno-cisterna de reter água tem o nome de "memória". Há dois tipos de memória: memórias com poros e memórias sem poros.

Diz-se de uma pessoa que retém tudo o que foi posto dentro dela: "Tem boa memória...": não esquece. A esse tipo de memória

71

faltam os poros do "esquecimento". Incapaz de esquecer, incapaz de deixar a água filtrar para fora, ela retém indiferentemente tanto a água venenosa dos répteis quanto a água cristalina das fontes.

Essas memórias sem poros que jamais esquecem são raríssimas. Aparecem apenas em casos patológicos, os débeis mentais chamados *idiots savants*, sábios idiotas, que decoram um livro inteiro com uma só leitura, muito embora nada entendam do que foi memorizado.

Mas a educação-cisterna tem como seu ideal a memória sem poros que não esquece.

Os métodos de avaliação da educação-cisterna se restringem a medir a água que ficou retida. Se, por acaso, brotou água, se por acaso dentro da cisterna há uma mina, isso não lhe interessa. Sua avaliação se restringe a responder à pergunta: "Da água que foi despejada dentro do aluno, sobrou quanto?".

Aluno bom é cisterna boa: guarda a água que o professor despejou dentro dele. Aluno ruim é aluno que deixa escorrer, através dos poros do esquecimento, a água que o professor pôs dentro dele.

Desses pressupostos deduz-se o que é "aprendizagem". O aprendido é a água que ficou retida na cisterna. Assim, o "aprendido" pelo aluno é sempre igual ou menor que o sabido pelo professor.

"Provas" têm por objetivo medir a água que ficou. Preparar-se para uma prova é repor a água que o esquecimento filtrou. Por isso seus resultados são sempre falsos. Medir o tanto de água que restou numa cisterna logo depois de ela ter sido reenchida só pode produzir resultados mentirosos. Ninguém faz cursinho hoje para fazer o vestibular daqui a dois anos. Dois anos depois, o supostamente aprendido terá se escoado pelos poros do esquecimento e o que sobrou na cisterna é nada.

A memória esquece não por ser fraca, mas por ser sábia. A palavra "sábio", em latim, quer dizer "eu degusto". Degustar é discriminar entre o que é gostoso e o que não é gostoso. O gostoso, o corpo come e incorpora. O que não é gostoso, o corpo rejeita: o nenezinho cospe, o adulto vomita. A memória se livra do que foi reprovado pelo teste de degustação por meio do esquecimento. É preciso esquecer o que foi reprovado pelo teste da degustação para não adoecer.

O mesmo William Blake advertiu: "Espere veneno de água parada". Muitas pessoas que têm memórias sem furos são perfeitas idiotas.

Na educação-fonte o educador cuida das fontes. A água não jorra nem nos mesmos lugares nem com a mesma força. Mas jorra. Por vezes algum detrito entope o jorro. O educador vai lá e limpa a sujeira para que o jorro continue.

A ÁRVORE QUE FLORESCE NO INVERNO

Já recebi muito presente velho, usado. Guardados em alguma caixa por amor, durante muito tempo, de repente alguém que ama a gente os tira da caixa e nos dá de presente. Eu estava doente, era menino, sete anos, semana do Natal, e o pacote chegou: um livro e um quebra-cabeça, usados. O livro era *Alice no País das maravilhas*, e o quebra-cabeça, o primeiro que vi em minha vida, era uma cena da oficina do Gepeto: relógios de cuco, ferramentas de marceneiro, latas de tinta, o gato, o peixinho e o Pinóquio. Foi um Natal de muita alegria.

Pois eu resolvi dar de presente uma coisa velha, que escrevi faz muito tempo. Eu a reli, fiquei feliz e concluí que não conseguiria escrever nada melhor.

Os sinais eram inequívocos. Aquelas nuvens baixas, escuras... O vento que soprava desde a véspera, arrancando das árvores folhas amarelas e vermelhas. Não queriam partir... É, estava chegando o inverno. Deveria nevar. Viriam, então, a tristeza, as árvores peladas, a vida recolhida para funduras mais quentes, os pássaros já ausentes, fugidos para outro clima, e aquele longo sono da natureza, bonito quando cai a primeira nevada, triste com o passar do tempo... Resolvi passear, para dizer adeus às plantas que se preparavam para dormir, e fui, assim, andando, encontrando-as silenciosas e conformadas diante do inevitável, o inverno que se aproximava. Qualquer queixa seria inútil. E foi então que me espantei ao ver um arbusto estranho. Se fosse um ser humano, certamente o internariam num hospício, pois lhe faltava o senso da realidade, não sabia reconhecer os sinais do tempo. Lá estava ele, ignorando tudo, cheio de botões, alguns deles já abrindo, como se a primavera estivesse chegando. Não resisti e, me aproveitando de que não houvesse ninguém por perto, comecei a conversar com ele, e lhe perguntei se não percebia que o inverno estava chegando, que os seus botões seriam queimados pela neve naquela mesma tarde.

Argumentei sobre a inutilidade daquilo tudo, um gesto tão fraco que não faria diferença alguma. Dentro em breve tudo estaria morto... E ele me falou, naquela linguagem que só as plantas entendem, que o inverno de fora não lhe importava, o seu era um ritmo diferente, o ritmo das estações que havia dentro. Se era inverno do lado de fora, era primavera lá dentro dele, e seus botões eram um testemunho da teimosia da vida que se compraz mesmo em fazer o gesto inútil. As razões para isso? Puro prazer. Ah! Há tantas canções inúteis, fracas para entortar o cano das armas, para ressuscitar os mortos, para engravidar as virgens, mas não tem importância, elas continuam a ser cantadas pela alegria que contêm... E há os gestos de amor, os nomes que se escrevem em troncos de árvores, preces silenciosas que ninguém escuta, corpos que se abraçam, árvores que se plantam para gerações futuras, lugares que ficam vazios, à espera do retorno, poemas inúteis que se escrevem para ouvidos que não podem mais ouvir, porque alguma coisa vai crescendo por dentro, um ritmo, uma esperança, um botão – pela pura alegria, um gozo de amor. E me lembrei de um pôster que tenho no meu escritório, palavras de Albert Camus: "No meio do inverno eu finalmente aprendi que havia dentro de mim um verão invencível".

Agradeci àquele arbusto silencioso o seu gesto poético. Ah, sim! Quando os pássaros fugiam amedrontados, eles levavam no seu voo as marcas do inverno que se aproximava. Quando as árvores pintavam suas folhas de amarelo e vermelho, como se fossem ipês ou *flamboyants*, era o seu último grito, um protesto contra o adeus, aquilo que de mais bonito tinham escondido lá dentro, para que todos chorassem quando elas lhes fossem arrancadas. Sim, eles sabiam o que os aguardava. E os seus gestos tinham aquele ar de tristeza inútil ante o inevitável. Mas aquele arbusto teimoso vivia em um outro mundo, num outro tempo. E, a despeito do inverno, ele saudava uma primavera que haveria de chegar e que naquele momento só existia como um desejo louco. As outras plantas, eu as encontrei como nós, realistas e precavidas, inteligentes e cuidadosas. Já o arbusto tinha aquele ar de criança sonhadora, uma pitada de loucura em cada botão, um poema em cada flor. As outras, se fossem gente, construiriam casas que as protegessem do frio. Já o meu arbusto faria liturgias que anunciam o retorno da vida. Porque liturgia é isto: florescer pela manhã mesmo se for nevar pela tarde.

E aí a alucinação teológica tomou conta da minha cabeça e me lembrei da canção do profeta Habacuque:

Muito embora não haja flores na figueira,
nem frutos se vejam nos ramos da videira;
nada se encontre nos galhos da oliveira
e nos campos não exista o que comer;
no aprisco não se vejam ovelhas
e nos currais não haja gado:
todavia
eu me alegro.

Nos brotos do arbusto, as palavras do profeta: um gesto a despeito de tudo.

Lembrei-me, então, de uma velha tradição de Natal, ligada à árvore. As famílias levavam arbustos para dentro de suas casas. E ali, neve por todas as partes, elas os faziam florescer, regando-os com água aquecida. Para que não se esquecessem de que, em meio ao inverno, a primavera continuava escondida em alguma parte.

As primeiras liturgias cantaram este poema dizendo: "(...) nasceu da Virgem Maria". Virgindade: caminho bloqueado, sementes inúteis, jardins interditados, nascimentos proibidos, vida impossível.

Um botão que floresce no inverno?

Inverno é o frio, a neve, o silêncio, o torpor, a morte.

Herodes: cascos de cavalos, espadas de aço e queixos de ferro; a razão diz que a mansidão não pode triunfar contra a brutalidade.

No entanto, em algum lugar, um arbusto floresce no inverno e uma Virgem fica grávida. E quem a engravidou? O Vento, esperança, nostalgia. E o Vento se fez Evento. O afeto se fez feto...

Quando as plantas florescem na primavera, ali os homens escrevem os seus nomes. Mas quando as plantas florescem no inverno, ali se escreve o nome do Grande Mistério...

AVALIAÇÃO

Caro professor: compreendo a sua situação. Você foi contratado para ensinar uma disciplina e você ganha para isso. A escolha do programa não foi sua. Foi imposta. Veio de cima. Talvez você tenha ideias diferentes. Mas isso é irrelevante. Você tem de ensinar o que lhe foi ordenado. Pelos resultados do seu ensino você será julgado – e disso depende o seu emprego. A avaliação do seu trabalho se faz por meio da avaliação do desempenho dos seus alunos. Se seus alunos não aprenderem, sistematicamente, é porque você não tem competência.

O processo de avaliação dos alunos é curioso. Imagine uma pessoa que conheça uma série de ferramentas, a forma como são feitas, a forma como funcionam – mas não saiba para que servem. Os saberes que se ensinam nas escolas são ferramentas. Frequentemente os alunos dominam abstratamente os saberes, sem entretanto saber a sua relação com a vida. Como aconteceu com aquela aeromoça a quem perguntei o nome de um rio perto de Londrina, no norte do Paraná. Ela me respondeu: "Acho que é o São Francisco". Levei um susto. Pensei que tinha tomado o voo errado e estava chegando ao norte de Minas... Garanto que a moça, numa prova, responderia certo. Ela sabia onde o São Francisco se encontra, no mapa. Mas ela não aprendeu a relação entre o símbolo e a realidade. É possível que os alunos acumulem montanhas de conhecimentos que os levarão a passar nos vestibulares, sem saber o seu uso. Como acontece com os "vasos comunicantes" que qualquer pedreiro sabe para que servem, sem, entretanto, saber o nome. O pedreiro seria reprovado na avaliação escolar, mas construiria a casa no nível certo. Mas você não é culpado. Você é contratado para ensinar a disciplina.

Cada professor ensina uma disciplina diferente: física, química, matemática, geografia etc. Isso é parte da tendência que dominou o desenvolvimento da ciência: especialização, fragmentação. A ciência não conhece o todo, conhece as partes. Essa tendência teve consequências para a prática da medicina: o corpo como uma máquina formada por partes isoladas. Mas o corpo não é uma máquina formada por partes isoladas. (Kurt Goldstein escreveu um livro maravilhoso sobre o assunto, que deveria ser publicado em português: *O corpo*.) Às vezes as escolas me fazem lembrar o Vaticano. O Vaticano, 400 anos depois, se penitenciou sobre Galileu e está a ponto de fazer as pazes com Darwin. Os currículos, só agora, muito depois da hora, estão começando a falar de "interdisciplinaridade". "Interdisciplinaridade" é isto: uma maçã é, ao mesmo tempo, uma realidade matemática, física, química, biológica, alimentar, estética, cultural, mitológica, econômica, geográfica, erótica...

Mas o fato é que você é o professor de uma disciplina específica. Sai ano, entra ano, sai hora, entra hora, você ensina aquela disciplina. Mas você, um ser do dever, que tem de fazer de forma competente aquilo que lhe foi ordenado, a fim de sobreviver, faz o que deve para passar na avaliação. A disciplina é o deus a que você e os alunos devem se submeter.

O pressuposto desse procedimento é que o saber é sempre uma coisa boa e que, mais cedo ou mais tarde, fará sentido. Especialmente os adolescentes, movidos pela inteligência da contestação, perguntam sobre o sentido daquilo que têm de aprender. Frequentemente os professores não sabem dar respostas convincentes. "Para que aprender o uso dessa ferramenta complicadíssima se não sei para que serve e não vou usá-la?" A única resposta é: "Tem de aprender porque cai no vestibular" – resposta que não convence por não ser inteligente mas simplesmente autoritária.

O que está pressuposto em nossos currículos é que o saber é sempre bom. Isso talvez seja verdade abstratamente. Mas, nesse caso, teríamos de aprender tudo o que há para ser aprendido – o que é tarefa impossível. Quem acumula muito saber só prova um ponto: que é um idiota de memória boa. Não faz sentido aprender a arte de escalar montanhas nos desertos nem a arte de fazer iglus nos trópicos. Abstratamente todos os saberes podem, eventualmente, ser úteis. Mas, na vida, a utilidade dos saberes se subordina às exigências práticas do viver. Como diz a Cecília, o mar é longo, a vida é curta.

Eu penso a educação ao contrário. Não começo com os saberes. Começo com a criança. Não julgo as crianças em função dos saberes. Julgo os saberes em função das crianças. É isso que distingue um educador. Eles olham primeiro para o aluno e depois para as disciplinas a serem ensinadas. Educadores não estão a serviço de saberes. Estão a serviço de seres humanos – crianças, adultos, velhos. Dizia Nietzsche: "Aquele que é um mestre, realmente um mestre, leva as coisas a sério – inclusive ele mesmo – somente em relação aos seus alunos" (*Além do bem e do mal*).

COMO CONHECER UMA VACA

Meninos e meninas: o tema de nossa aula hoje é a "vaca". A vaca, vocês ainda não sabem o que é, porque essa matéria ainda não foi dada. Somente sabemos os saberes que se encontram nos livros e são dados na sala de aula. É sobre esses saberes que se fazem as avaliações.

Como Descartes mostrou, a coisa mais importante na procura do conhecimento é o "método". Método significa "caminho". Se você pensa que tem um saber, é preciso que você saiba o caminho que foi seguido para chegar até ele. O método é o caminho que se deve seguir para chegar a conhecer o objeto que se estuda.

Todo caminho tem um ponto de partida. Qual é o ponto de partida? Devemos começar pelo complexo – o *puzzle* pronto, montado – ou pelas peças, tomadas uma a uma?

É claro que as peças, tomadas uma a uma, são mais simples de ser compreendidas. É mais fácil compreender os acordes de uma sinfonia, tomados um a um, e os acordes, por sua vez analisados a partir das notas que os compõem, que a sinfonia inteira, de uma vez só. A inteligência procura o simples.

A mesma coisa pode ser dita de uma obra literária. É muito mais científico estudar *Grande sertão: Veredas* a partir das palavras

81

que compõem essa obra – o que pode ser feito com facilidade com a ajuda da gramática e da análise sintática – que compreender a obra inteira. Ela é muito grande, muito complexa...

Esse foi o caminho usado pela ciência moderna. Imagine que a realidade é uma peça de mortadela. O que a ciência fez foi tirar fatias dessa mortadela em cortes verticais, oblíquos, horizontais para compreender o todo. Cada corte é uma ciência. É isso que faz a matemática, mãe de todas as ciências. Ela toma o complexo em suas múltiplas variações e o reduz a fórmulas simples, válidas em todas as situações. Não é isso que fazem a física, a química – que vai em busca das "peças" que compõem esse *puzzle* chamado realidade –, a astronomia, a biologia?

Aplicando-se isso que se disse ao nosso objeto, surge a pergunta: as vacas podem ser vistas, em toda a sua infinita complexidade – milhões de partes, encaixes, movimentos, reações –, comendo capim pelos pastos. Mas elas, nessas condições, não são objeto de conhecimento pela precisa razão dessa misteriosa complexidade. A complexidade é sempre misteriosa, está além da razão. Temos, então, por exigência do método, de procurar as partes simples da vaca, animal que será conhecido quando essas partes simples forem ajuntadas.

E onde encontramos a vaca em suas partes simples? Nos açougues. O açougue é o lugar onde se veem, expostas na sua simplicidade, as partes simples das vacas: ossos, costelas, couro, miolo, bofes, fígado, rins, picanha, filé, coxão mole, coxão duro, músculos, lombo, rabo, língua, sem mencionar os chifres, que não são comestíveis.

Estudadas todas as partes da vaca, sua composição, seu tamanho, seu peso, suas conexões, vem então a segunda parte. Como num *puzzle*: tomam-se os milhares de peças e trata-se de encaixá-las umas nas outras para produzir o todo. O todo é a soma das partes. Da mesma forma, o que se há de fazer agora é tomar todas as partes da vaca e ir costurando cirurgicamente umas nas outras, nos lugares precisos. Ao final desse processo, temos, então, reconstituída a vaca na sua totalidade. Compreenderam o método para conhecer uma vaca?

Um menininho levantou a mão. "Professora, eu conheço bem as vacas porque moro numa fazenda. Sou até amigo de uma delas, mansinha... E sei que elas são vacas só de olhar pra elas. Nunca usei o método que a senhora ensinou para conhecer as minhas vacas..."

HOMESCHOOLING

Tradução literal: *home* = lar, casa + *schooling* = escolarização. Na nossa língua: educação domiciliar, que quer dizer "aprender fora das escolas institucionalizadas", isto é, "aprender em casa".

Em muitos lugares, especialmente nos países adiantados culturalmente, o *homeschooling* é uma opção prevista pela lei oferecida aos pais que desejam dar a seus filhos um ambiente de aprendizagem diferente daquele que existe nas escolas. Os motivos que levam os pais a optar pelo *homeschooling* são variados. Há, em primeiro lugar, uma insatisfação com as escolas, em geral. Depois, temor em relação ao ambiente onde se encontram as escolas. Os pais temem pelo destino dos filhos. O que é compreensível em ambientes onde existe violência. No caso brasileiro, até mesmo o temor pela integridade física da criança. Há as situações em que as crianças e os adolescentes são vítimas de *bullying. Bullying,* não há tradução para essa palavra. É derivada da palavra *bully,* que o dicionário *Webster* traduz como "atormentador dos mais fracos". O *bully* é o valentão, um tipo que, valendo-se de seu tamanho ou de sua musculatura, frequentemente acompanhados de atrofia de inteligência e de sentimentos, tem prazer em bater nos mais fracos. O *bullying* é diferente das brigas que acontecem entre iguais, provocadas por algum motivo. Essas brigas acontecem e acabam. O *bullying*, ao contrário, é contínuo e sem motivo. A vítima, ao se preparar para ir à escola, sabe que vão esperá-la na saída. Misturados ao medo, crescem o ódio, o desejo de vingança e as fantasias de destruir os agressores que, um dia, poderão se transformar em realidade. Ir à escola é um sofrimento diário e silencioso. A provisão legal da possibilidade de estudar em casa eliminaria esse sofrimento que atinge milhares de crianças e adolescentes.

Uma coisa apenas importa: que as crianças e os adolescentes aprendam, que eles se tornem competentes nos saberes que a vida e a profissão vão exigir deles.

Antes da criação das escolas, como existem, toda a aprendizagem acontecia em casa. Os filhos, nas zonas rurais, aprendiam com os pais a arte de cultivar a terra, fazer o vinho, cuidar dos animais. Nas vilas e cidades, eles aprendiam com os pais os ofícios que eram necessários na vida urbana. E a avaliação não se fazia por meio de provas. O aprendiz era avaliado pela qualidade daquilo que ele produzia. Entre os povos chamados "primitivos" – povos que vivem ainda segundo suas tradições milenares, suas vidas não tendo sido alteradas pela expansão da civilização –, é assim que o conhecimento é construído. Os jovens aprendem dos mais velhos aquilo que precisam saber para viver e participar da vida da comunidade.

Com o advento da revolução industrial e o crescimento das populações, essa forma de produzir e transmitir conhecimento ficou inviável. O lugar dos pais deixou de ser a casa e a oficina, e pais e mães, para sobreviverem, tiveram de se ligar às fábricas, não lhes sobrando tempo para ensinar seus filhos. Mas também os saberes que as fábricas e a vida urbana exigiam não eram saberes que podiam ser aprendidos em casa. Daí a necessidade das escolas. A existência das escolas, assim, atende a uma exigência social.

Mas há anos que existe um mal-estar em relação ao desempenho das escolas, o que levou vários educadores a levantar a questão: a aprendizagem só acontece nas escolas? O saber de uma pessoa tem de ser legitimado por um diploma expedido por escola oficial? E aquela pessoa que deseja aprender coisas diferentes das prescritas pelos programas escolares?

Ivan Illich chegou a sonhar com uma sociedade sem escolas. Nessa sociedade, os saberes ficariam disponíveis às pessoas em algo parecido com um supermercado. Um supermercado oferece todos os tipos de bens necessários para a vida nas casas. Os fregueses compram os produtos que desejam. De forma semelhante, os supermercados de saberes ofereceriam uma variedade de produtos e as pessoas "comprariam" os saberes que desejassem, de física quântica a música clássica.

O *homeschooling* é uma versão individual do sonho de Illich. A diferença: em vez de os saberes serem produzidos por meio de grandes instituições, eles seriam produzidos pelos pais ou por algum tutor.

Mas para que a coisa funcione há um pré-requisito essencial: os pais e tutores têm de ter competência educacional. Nem toda casa seria elegível para ser uma *home school*.

O Rafael Galvão fez uma caricatura divertida da situação por meio de um diálogo possível:

– Por que o senhor tirou seu filho da escola?

– Ah, *dotô*, agora ele *tá* fazendo *romiscúli* comigo. Eu *tô* ensinando ele.

– Mas por que ele está ali, cortando cana?

– Ele *tá* tendo aula prática de... de *pranta*.

– Certo. Então assine aqui, por favor.

– Onde é que eu boto um X?

Troque "cortando cana" por "vendendo bala no sinal", e o diálogo seria possível em absolutamente todo o país.

LER POUCO

Jovem, eu sonhava ter uma grande biblioteca. E fui assim pela vida, comprando os livros que podia. Tive de desenvolver métodos para controlar minha voracidade, porque o dinheiro e o tempo eram poucos. Entrava na livraria, separava todos os livros que desejava comprar e, ao me aproximar do caixa, colocava-os sobre o balcão e me perguntava diante de cada um: "Tenho necessidade imediata desse livro? Tenho outros, em casa, ainda não lidos? Posso esperar?". E assim ia pegando cada um deles e os devolvendo às prateleiras. A despeito desse método de controle, cheguei a ter uma biblioteca significativa, mais do que suficiente para as minhas necessidades.

Notei, à medida que envelhecia, uma mudança nas minhas preferências: passei a ter mais prazer na seção dos livros de arte nas livrarias. Os livros de ciência, a gente lê uma vez, fica sabendo e não tem necessidade de ler de novo. Com os livros de arte acontece diferente. Cada vez que os abrimos é um encantamento novo! Creio que meu amor pelos livros de arte tem a ver com experiências infantis. Talvez os psicanalistas interpretem esse amor como uma manifestação neurótica de regressão. Não me incomodo. Pois, em oposição à psicanálise que considera a infância como um período de imaturidade que deve ser ultrapassado para que nos tornemos adultos, eu, inspirado por teólogos e poetas, considero a maturidade como uma doença a ser curada. Bem reza a Adélia Prado: "Meu Deus, me dá cinco anos, me cura de ser grande...". E não pensem que isso é maluquice de poeta. Peter Berger, um sociólogo inteligente e com senso de humor, definiu "maturidade", essa qualidade tão valorizada, como "um estado de mente que se acomodou, ajustou-se ao *status quo* e abandonou os sonhos selvagens de aventura e realização". Menino de 5 anos, eu passava horas vendo um livro da minha mãe, cheio de figuras. Lembro-me: uma delas era um prédio de dez andares com a seguinte explicação: "Nos Estados Unidos há casas de dez andares". E havia a figura de um caçador de jacarés, e de crianças esquimós saudando a chegada do Sol.

O fato é que comecei a mudar os meus gostos e chegou um momento em que, olhando para aquelas estantes cheias de livros, eu me perguntei: "Já sou velho. Terei tempo de ler todos esses livros? Eu quero ler todos esses livros?". Não, nem tenho tempo nem quero. Então, por que guardá-los? Resolvi dar os livros que eu não amava. Compreendi, então, que não se pode falar em amor pelos livros, em geral. Um homem que diz amar todas as mulheres na verdade não ama nenhuma. Nunca se apaixonará. O mesmo vale para os livros. Assim, fui aos meus livros com a pergunta: "Você me ama?". (Acha que estou louco? É Roland Barthes que declara que o texto tem de dar provas de que me deseja. Há muitos livros que dão provas de que me odeiam. Outros me ignoram totalmente, nada querem de mim...) "Vou querer ler você de novo?" Se as respostas eram negativas, o livro era separado para ser dado.

Essa coisa de "amor universal aos livros" fez-me lembrar um texto de Nietzsche sobre o filósofo Tales de Mileto, em que ele recorda que

(...) a palavra grega que designa o "sábio" se prende, etimologicamente, a *sapio*, eu saboreio, *sapiens*, o degustador, *sisyphos*, o homem de gosto mais apurado; um apurado degustar e distinguir, um significativo discernimento, constitui, pois, (...) a arte peculiar do filósofo. (...) A ciência, sem essa seleção, sem esse refinamento de gosto, precipita-se sobre tudo o que é possível saber, na cega avidez de querer conhecer a qualquer preço; enquanto o pensar filosófico está sempre no rastro das coisas dignas de serem sabidas.

E depois, no *Zaratustra*, ele comenta com ironia: "Mastigar e digerir tudo – essa é uma maneira suína".

O fato é que muitos estudantes são obrigados a ler à maneira suína, mastigando e engolindo o que não desejam. Depois, é claro, vomitam tudo... Como eu já passei dessa fase, posso me entregar ao prazer de ler os livros à maneira canina. Nenhum cachorro abocanha a comida. Primeiro, ele cheira. Se o nariz não disser "sim", ele não come. Faço o mesmo com os livros. Primeiro, cheiro. O que procuro? O cheiro do escritor. Se não tem cheiro humano, não como. Nietzsche também cheirava primeiro. Dizia só amar os livros escritos com sangue.

Ler é um ritual antropofágico. Sabia disso Murilo Mendes quando escreveu: "No tempo em que eu não era antropófago, isto é, no tempo em que eu não devorava livros – e os livros não são homens, não contêm a substância, o próprio sangue do homem?". A antropofagia não se fazia por razões alimentares. Fazia-se por razões mágicas. Quem come a carne do sacrificado se apropria das virtudes que moravam no seu corpo. Como na eucaristia cristã, que é um ritual antropofágico: "Esse pão é a minha carne, esse vinho é o meu sangue...". Cada livro é um sacramento. Cada leitura é um ritual mágico. Quem lê um livro escrito com sangue corre o risco de ficar parecido com o escritor. Já aconteceu comigo...

O SEXTO SENTIDO

Os cinco sentidos são, a um tempo, seres da "caixa de ferramentas" e seres da "caixa de brinquedos". Como ferramentas, os sentidos nos fazem conhecer o mundo. A cor vermelha no semáforo diz que é preciso parar o carro. O som da buzina chama a minha atenção para um carro que se aproxima. O cheiro estranho na cozinha me adverte de que o gás está aberto. Como brinquedos, os cinco sentidos me informam que o mundo está cheio de beleza. Eles são órgãos sexuais: com eles fazemos amor com o mundo. Dão-nos prazer e alegria.

Os cinco sentidos, para realizarem suas funções de poder e prazer, exigem a presença do objeto a ser conhecido ou a ser amado. Para sentir a beleza de um ipê florido é preciso que haja ipês floridos – como agora. Em julho, os ipês-rosas, em agosto, os ipês-amarelos, em setembro, os ipês-brancos. Já até sugeri que um músico compusesse uma sinfonia em três movimentos dedicada aos ipês. Para sentir a beleza triste do canto de um sabiá é preciso que haja um sabiá cantando. Para sentir o perfume de um jasmim é preciso que haja um jasmim florido. Para sentir o gosto bom de uma laranja é preciso que haja uma laranja. E para sentir a delícia de um beijo é preciso que haja uma boca que me beije. Os cinco sentidos só fazem amor com coisas existentes, no presente. Eles vivem no "aqui" e no "agora".

Mas há um sexto sentido dotado de propriedades mágicas, um sentido que nos permite fazer amor com coisas que não existem. Esse sentido se chama "pensamento".

Digo que o pensamento é um sentido mágico porque ele tem o poder de chamar à existência coisas que não existem e de tratar as coisas que existem como se não existissem. E é dele que surge a grandeza dos seres humanos. O pensamento nos dá asas, ele nos transforma em pássaros.

"Mas que realidade têm as coisas que não existem?", poderão perguntar os filósofos. Aí serão os poetas que darão respostas aos filósofos. "Que seria de nós sem o socorro das coisas que não existem?", perguntava Paul Valéry. E Manoel da Barros acrescentaria: "As coisas que não existem são mais bonitas". Leonardo da Vinci pensava e desenhava máquinas que não existiam e que só poderiam existir num futuro distante. Mas que alegria aquelas entidades não existentes lhe davam! Por isso ele as guardava como segredos perigosos que, se conhecidos, poderiam levá-lo à Inquisição. Mas o prazer valia o risco.

Beethoven estava completamente surdo. No seu mundo os sons não existiam. Mas do silêncio dos sons que não existiam ele fez surgir, no seu pensamento, a *Nona sinfonia*, que canta a alegria da vida.

Faz uns meses resolvi reler *Cem anos de solidão*, de Gabriel García Márquez. Que amontoado de não existentes! Invencionices de alguém que trata o existente como se não existisse. Pensei, de brincadeira, que ele deveria estar bêbado quando escreveu o livro, tantos são os absurdos maravilhosos que ele constrói. Uns tolos disseram que aquele livro era uma parábola sobre a América Latina. Ou seja, disseram que o livro falava sobre uma coisa que existia: o realismo fantástico de Gabriel García Márquez, depois de passar pelo crivo da hermenêutica, nada mais seria que uma crônica histórica disfarçada. Nada mais longe da verdade. O livro *Cem anos de solidão* só existe no espaço imaginário do que não existe. E, apesar de saber que aquilo que estava escrito era mentira, que nunca acontecera porque era impossível que acontecesse, eu ri, sofri, vivi. Meu corpo fez amor com o inexistente. O que não existe nos faz viver. Não vivemos só de pão. Somos comedores de palavras. E as palavras operam em nós estranhas transformações. Quantas pessoas eu degolei com minha espada de samurai ao ler o *Sho-gun*!

Que extraordinário exercício de alienação é a literatura! Mergulhados num livro, a realidade que nos cerca deixa de existir. Estamos inteiramente no mundo do pensamento. Se Marx estava certo ao afirmar que "o homem é o mundo do homem", então, na literatura, tornamo-nos criaturas dos muitos mundos da fantasia. Tornamo-nos personagens de uma estória inventada, "atores" de teatro. "Não é incrível que um ator, por uma simples ficção, um sonho apaixonado, amolde tanto sua alma à imaginação, que tudo se lhe transfigure o semblante, por completo o rosto lhe empalideça, lágrimas vertam dos seus olhos, suas palavras tremam, e inteiro seu organismo se acomode a essa mera ficção?" (Shakespeare, *Hamlet*, ato 2º, cena II). Os atores são seres alienados da realidade por estar vivendo totalmente no mundo da ficção. É disso que fala Pennac quando afirma que "a virtude paradoxal da leitura é de nos abstrair do mundo para nele encontrar algum sentido" (Daniel Pennac, *Como um romance*. Lisboa, ASA, p. 17). Todo artista é um fingidor. Todo leitor tem de ser um fingidor. Fingir, brincar de fazer de conta, tratar as coisas que são como se não fossem e as coisas que não são como se fossem. É dessa loucura que surgem as mais belas criações da arte e da ciência. Por isso eu me daria por feliz se a educação fizesse apenas isto: se introduzisse os alunos no mundo mágico do pensamento tal como ele acontece na literatura. Quem experimentou a magia do pensamento uma única vez não se esquece jamais...

GAIOLAS OU ASAS?

Os pensamentos me chegam inesperadamente, na forma de aforismos. Fico feliz porque sei que Lichtenberg, William Blake e Nietzsche frequentemente eram também atacados por eles. Digo "atacados" porque eles surgem repentinamente, sem preparo, com a força de um raio. Aforismos são visões: fazem ver, sem explicar. Pois ontem, de repente, esse aforismo me atacou: "Há escolas que são gaiolas. Há escolas que são asas".

Escolas que são gaiolas existem para que os pássaros desaprendam a arte do voo. Pássaros engaiolados são pássaros sob controle. Engaiolados, seu dono pode levá-los para onde quiser. Pássaros engaiolados sempre têm um dono. Deixaram de ser pássaros. Porque a essência dos pássaros é o voo.

Escolas que são asas não amam pássaros engaiolados. O que elas amam são os pássaros em voo. Existem para dar aos pássaros coragem para voar. Ensinar o voo, isso elas não podem fazer, porque o voo já nasce dentro dos pássaros. O voo não pode ser ensinado. Só pode ser encorajado.

Esse simples aforismo nasceu de um sofrimento: sofri conversando com professoras de ensino médio, em escolas de periferia. O que elas contam são relatos de horror e medo. Balbúrdia, gritaria, desrespeito, ofensas, ameaças... E elas, timidamente, pedindo silêncio, tentando fazer as coisas que a burocracia determina que sejam feitas: dar o programa, fazer avaliações... Ouvindo seus relatos, vi uma jaula cheia de tigres famintos, dentes arreganhados, garras à mostra – e as domadoras com seus chicotes, fazendo ameaças fracas demais para a força dos tigres... Sentir alegria ao sair de casa para ir para a escola? Ter prazer em ensinar? Amar os alunos? O seu sonho é livrar-se de tudo aquilo. Mas não podem. A porta de ferro que fecha os tigres é a mesma porta que as fecha junto com os tigres.

Nos tempos da minha infância, eu tinha um prazer cruel: pegar passarinhos. Fazia minhas próprias arapucas, punha fubá dentro e ficava escondido, esperando... O pobre passarinho vinha, atraído pelo fubá. Ia comendo, entrava na arapuca, pisava no poleiro – e era uma vez um passarinho voante. Cuidadosamente, eu enfiava a mão na arapuca, pegava o passarinho e o colocava dentro de uma gaiola. O pássaro se lançava furiosamente contra os arames, batia as asas, crispava as garras, enfiava o bico entre os vãos, na inútil tentativa de ganhar de novo o espaço, ficava ensanguentado... Sempre me lembro com tristeza da minha crueldade infantil.

Violento, o pássaro que luta contra os arames da gaiola? Ou violenta será a imóvel gaiola que o prende? Violentos, os adolescentes de periferia? Ou serão as escolas que são violentas? As escolas serão gaiolas?

Alguns me falarão sobre a necessidade das escolas dizendo que os adolescentes de periferia precisam ser educados para melhorar de vida. De acordo. É preciso que os adolescentes, é preciso que todos tenham uma boa educação. Uma boa educação abre os caminhos de uma vida melhor.

Mas eu pergunto: Nossas escolas estão dando uma boa educação? O que é uma boa educação?

O que os burocratas pressupõem sem pensar é que os alunos ganham uma boa educação se aprendem os conteúdos dos programas oficiais. E para testar a qualidade da educação se criam mecanismos, provas, avaliações, acrescidos dos novos exames elaborados pelo Ministério da Educação.

Mas será mesmo? Será que a aprendizagem dos programas oficiais se identifica com o ideal de uma boa educação? Você sabe o que é "dígrafo"? E os usos da partícula "se"? E o nome das enzimas que entram na digestão? E o sujeito da frase "Ouviram do Ipiranga as margens plácidas de um povo heroico o brado retumbante"? Qual a utilidade da palavra "mesóclise"? Pobres professoras, também engaioladas... São obrigadas a ensinar o que os programas mandam, sabendo que é inútil. Isso é hábito velho das escolas. Bruno Bettelheim relata sua experiência com as escolas: "Fui forçado (!) a estudar o que os professores haviam decidido que eu deveria aprender – e aprender à sua maneira...".

O sujeito da educação é o corpo porque é nele que está a vida. É o corpo que quer aprender para poder viver. É ele que dá as ordens. A inteligência é um instrumento do corpo cuja função é ajudá-lo a viver. Nietzsche dizia que ela, a inteligência, era "ferramenta" e "brinquedo" do corpo. Nisso se resume o programa educacional do corpo: aprender "ferramentas", aprender "brinquedos". "Ferramentas" são conhecimentos que nos permitem resolver os problemas vitais do dia a dia. "Brinquedos" são todas aquelas coisas que, não tendo nenhuma utilidade como ferramentas, dão prazer e alegria à alma. No momento em que escrevo estou ouvindo o coral da *Nona sinfonia*. Não é ferramenta. Não serve para nada. Mas enche a minha alma de felicidade. Nessas duas palavras, ferramentas e brinquedos, está o resumo da educação.

Ferramentas e brinquedos não são gaiolas. São asas. Ferramentas me permitem voar pelos caminhos do mundo. Brinquedos me permitem voar pelos caminhos da alma. Quem está aprendendo ferramentas e brinquedos está aprendendo liberdade, não fica violento. Fica alegre, vendo as asas crescerem... Assim, todo professor, ao ensinar, teria que perguntar: "Isso que vou ensinar é ferramenta? É brinquedo?". Se não for, é melhor deixar de lado.

As estatísticas oficiais anunciam o aumento das escolas e o aumento dos alunos matriculados. Esses dados não me dizem nada. Não me dizem se são gaiolas ou asas. Mas eu sei que há professores que amam o voo dos seus alunos. Há esperança...

RECEITA PARA COMER QUEIJO...

A Adélia Prado me ensina pedagogia. Diz ela: "Não quero faca nem queijo; quero é fome". O comer não começa com o queijo. O comer começa com a fome de comer queijo. Se não tenho fome, é inútil ter queijo. Mas, se tenho fome de queijo e não tenho queijo, dou um jeito de arranjar um queijo...

Sugeri, faz muitos anos, que, para entrar numa escola, alunos e professores deveriam passar por uma cozinha. Os cozinheiros bem que podem dar lições aos professores. Foi na cozinha que a Babette e a Tita realizaram suas feitiçarias. Se vocês, por acaso, ainda não as conhecem, tratem de conhecê-las: a Babette, no filme *A festa de Babette*, e a Tita, no filme *Como água para chocolate*. Babette e Tita, feiticeiras, sabiam que os banquetes não se iniciam com a comida que se serve. Eles se iniciam com a fome. A verdadeira cozinheira é aquela que sabe a arte de produzir fome.

Quando vivi nos Estados Unidos, minha família e eu visitávamos, vez por outra, uma parenta distante, nascida na Alemanha. Seus hábitos germânicos eram rígidos e implacáveis. Não admitia que uma criança se recusasse a comer a comida que era servida. Meus dois filhos, meninos, movidos pelo medo, comiam em silêncio. Mas eu me lembro de uma vez em que, voltando para casa, foi preciso parar o carro para que vomitassem. Sem fome, o corpo se recusa a comer. Forçado, ele vomita.

Toda experiência de aprendizagem se inicia com uma experiência afetiva. É a fome que põe em funcionamento o aparelho pensador. Fome é afeto. O pensamento nasce do afeto, nasce da fome. Não confundir afeto com beijinhos e carinhos. Afeto, do latim *affetare*, quer dizer "ir atrás". O "afeto" é o movimento da alma na busca do objeto de sua fome. É o "Eros" platônico, a fome que faz a alma voar em busca do fruto sonhado.

Eu era menino. Ao lado da pequena casa onde eu morava havia uma casa com um pomar enorme que eu devorava com os olhos, olhando sobre o muro. Pois aconteceu que uma árvore, cujos galhos chegavam a dois metros do muro, se cobriu de frutinhas que eu não conhecia. Eram pequenas, redondas, vermelhas, brilhantes. A simples visão daquelas frutinhas vermelhas provocou o meu desejo. Eu queria comê-las. E foi então que, provocada pelo meu desejo, minha máquina de pensar se pôs a funcionar. Anote isto: o pensamento é a ponte que o corpo constrói a fim de chegar ao objeto do seu desejo.

Se eu não tivesse visto e desejado as ditas frutinhas, minha máquina de pensar teria permanecido parada. Imagine que a vizinha, ao ver os meus olhos desejantes sobre o muro, com dó de mim, me tivesse dado um punhado das ditas frutinhas, pitangas. Nesse caso também minha máquina de pensar não teria funcionado. Meu desejo teria se realizado por meio de um atalho sem que eu tivesse tido necessidade de pensar. Anote isto: se o desejo for satisfeito, a máquina de pensar não pensa. Assim, realizando-se o desejo, o pensamento não acontece. A maneira mais fácil de abortar o pensamento é realizando o desejo. Esse é o pecado de muitos pais e professores que ensinam as respostas antes que tivesse havido perguntas.

Provocada pelo meu desejo, minha máquina de pensar me fez uma primeira sugestão, criminosa: "Pule o muro à noite e roube as pitangas". Furto, fruto, tão próximos... Sim, de fato era uma solução racional. O furto me levaria ao fruto desejado. Mas havia um senão: o medo. E se eu fosse pilhado no momento do meu furto? Assim, rejeitei o pensamento criminoso, pelo seu perigo. Mas o desejo continuou e minha máquina de pensar tratou de encontrar outra solução: "Construa uma maquineta de roubar pitangas". McLuhan nos ensinou que todos os meios técnicos são extensões do corpo. Bicicletas são extensões das pernas, óculos são extensões dos olhos, facas são extensões das unhas. Uma maquineta de roubar pitangas teria de ser uma extensão do braço. Um braço comprido, com cerca de dois metros. Peguei um pedaço de bambu. Mas um braço comprido de bambu sem uma mão seria inútil: as pitangas cairiam. Achei uma lata de massa de tomates vazia. Amarrei-a com um arame na ponta do bambu. E lhe fiz um dente, que funcionasse como um dedo que segura. Feita a minha máquina, apanhei todas as pitangas que quis e satisfiz meu desejo. Anote isto: conhecimentos são extensões do corpo para a realização do desejo.

Imagine agora que eu, mudando-me para um apartamento no Rio de Janeiro, tivesse a ideia de ensinar ao menino meu vizinho a arte de fabricar maquinetas de roubar pitangas. Ele me olharia com desinteresse e pensaria que eu estava louco. No prédio não havia pitangas para ser roubadas. A cabeça não pensa aquilo que o coração não pede. Anote isto: conhecimentos que não são nascidos do desejo são como uma maravilhosa cozinha na casa de um homem que sofre de anorexia. Homem sem fome: o fogão nunca será aceso. O banquete nunca será servido. Dizia Miguel de Unamuno: "Saber por saber: isso é inumano...". A tarefa do professor é a mesma da cozinheira: antes de dar faca e queijo ao aluno, provocar sua fome. Se tiver fome, mesmo que não haja queijo, ele acabará por fazer uma maquineta de roubar queijos. Toda tese acadêmica deveria ser isto: uma maquineta de roubar o objeto que se deseja.

O PRAZER DA LEITURA

Alfabetizar é ensinar a ler. A palavra alfabetizar vem de "alfabeto". "Alfabeto" é o conjunto das letras de uma língua, colocadas numa certa ordem. É a mesma coisa que "abecedário". A palavra "alfabeto" é formada com as duas primeiras letras do alfabeto grego: "alfa" e "beta". E "abecedário", com a junção das quatro primeiras letras do nosso alfabeto: "a", "b", "c" e "d". Assim sendo, pensei na possibilidade engraçada de que "abecedarizar", palavra inexistente, pudesse ser sinônima de "alfabetizar"...

"Alfabetizar", palavra aparentemente inocente, contém uma teoria de como se aprende a ler. Aprende-se a ler aprendendo-se as letras do alfabeto. Primeiro as letras. Depois, juntando-se as letras, as sílabas. Depois, juntando-se as sílabas, aparecem as palavras...

E assim era. Lembro-me da criançada repetindo em coro, sob a regência da professora: "be a ba; be e be; be i bi; be o bo; be u bu"... Estou olhando para um cartão-postal, miniatura de um dos cartazes que antigamente se usavam como tema de redação: uma menina cacheada, deitada de bruços sobre um divã, queixo apoiado na mão, tendo à sua frente um livro aberto onde se vê "fa", "fe", "fi", "fo", "fu"... (Centro de Referência do Professor, Centro de Memória, Praça da Liberdade, Belo Horizonte, MG).

Se é assim que se ensina a ler, ensinando as letras, imagino que o ensino da música deveria se chamar "dorremizar": aprender o dó, o ré, o mi... Juntam-se as notas e a música aparece! Posso imaginar, então, uma aula de iniciação musical em que os alunos ficassem repetindo as notas, sob a regência da professora, na esperança de que, da repetição das notas, a música aparecesse...

Todo mundo sabe que não é assim que se ensina música. A mãe pega o nenezinho e o embala, cantando uma canção de ninar. E o nenezinho entende a canção. O que o nenezinho ouve é a música, e não cada nota, separadamente! E a evidência da sua compreensão está no fato de que ele se tranquiliza e dorme – mesmo nada sabendo sobre notas! Eu aprendi a gostar de música clássica muito antes de saber as notas: minha mãe as tocava ao piano e elas ficaram gravadas na minha cabeça. Somente depois, já fascinado pela música, fui aprender as notas – porque queria tocar piano. A aprendizagem da música começa como percepção de uma totalidade – e nunca com o conhecimento das partes.

Isso é verdadeiro também sobre aprender a ler. Tudo começa quando a criança fica fascinada com as coisas maravilhosas que moram dentro do livro. Não são as letras, as sílabas e as palavras que fascinam. É a estória. A aprendizagem da leitura começa antes da aprendizagem das letras: quando alguém lê e a criança escuta com prazer. "Erotizada" – sim, erotizada! – pelas delícias da leitura ouvida, a criança se volta para aqueles sinais misteriosos chamados letras. Deseja decifrá-los, compreendê-los – porque eles são a chave que abre o mundo das delícias que moram no livro! Deseja autonomia: ser capaz de chegar ao prazer do texto sem precisar da mediação da pessoa que o está lendo.

No primeiro momento as delícias do texto se encontram na fala do professor. Usando uma sugestão de Melanie Klein, o professor, no ato de ler para os seus alunos, é o "seio bom", o mediador que liga o aluno ao prazer do texto. Confesso nunca ter tido prazer algum em aulas de gramática ou de análise sintática. Não foi nelas que aprendi as delícias da literatura. Mas me lembro com alegria das aulas de leitura. Na verdade, não eram aulas. Eram concertos. A professora lia, interpretava o texto, e nós ouvíamos, extasiados. Ninguém falava. Antes de ler Monteiro Lobato, eu o ouvi. E o bom era que não havia provas sobre aquelas aulas. Era prazer puro. Existe uma incompatibilidade total entre a experiência prazerosa de leitura – experiência vagabunda! – e a experiência de ler a fim de responder a questionários de interpretação e compreensão. Era sempre uma tristeza quando a professora fechava o livro...

Vejo, assim, a cena original: a mãe ou o pai, livro aberto, lendo para o filho... Essa experiência é o aperitivo que ficará para sempre guardado na memória afetiva da criança. Na ausência da mãe ou do pai, a criança olhará para o livro com desejo e inveja. Desejo, porque ela quer experimentar as delícias que estão contidas nas palavras. E inveja, porque ela gostaria de ter o saber do pai e da mãe: eles são aqueles que têm a chave que abre as portas daquele mundo maravilhoso! Roland Barthes faz uso de uma linda metáfora poética para descrever o que ele desejava fazer, como professor: maternagem – continuar a fazer aquilo que a mãe faz. É isso mesmo: na escola, o professor deverá continuar o processo de leitura afetuosa. Ele lê: a criança ouve, extasiada! Seduzida, ela pedirá: "Por favor, me ensine! Eu quero poder entrar no livro por conta própria...".

Toda aprendizagem começa com um pedido. Se não houver o pedido, a aprendizagem não acontecerá. Há aquele velho ditado: "É fácil levar a égua até o meio do ribeirão. O difícil é convencer a égua a beber". Traduzido pela Adélia Prado: "Não quero faca nem queijo. Quero é fome". Metáfora para o professor: cozinheiro, Babette, que serve o aperitivo para que a criança tenha fome e deseje comer o texto.

Onde se encontra o prazer do texto? Onde se encontra o seu poder de seduzir? Tive a resposta para essa questão acidentalmente, sem que a tivesse procurado. Um aluno me disse que havia lido um lindo poema de Fernando Pessoa, e citou a primeira frase. Fiquei feliz porque eu também amava aquele poema. Aí ele começou a lê-lo. Estremeci. O poema – aquele poema que eu amava – estava horrível na sua leitura. As palavras que ele lia eram as palavras certas. Mas alguma coisa estava errada! A música estava errada! Todo texto tem dois elementos: as palavras, com o seu significado, e a música... Percebi, então, que todo texto literário se assemelha à música. Uma sonata de Mozart, por exemplo. A sua "letra" está gravada no papel: as notas. Mas assim, escrita no papel, a sonata não existe como experiência estética. Está morta. É preciso que um intérprete dê vida às notas mortas. Martha Argerich, pianista suprema (sua interpretação do *Concerto nº 3* de Rachmaninoff me convenceu da superioridade das mulheres...), as toca: seus dedos deslizam leves, rápidos, vigorosos, vagarosos, suaves, nenhum deslize, nenhum tropeção: estamos possuídos pela beleza. A mesma partitura, as mesmas notas, nas mãos de um pianeiro: o toque é duro, sem leveza, tropeções, hesitações, esbarros, erros: é o horror, o desejo que o fim chegue logo.

Todo texto literário é uma partitura musical. As palavras são as notas. Se aquele que lê é um artista, se ele domina a técnica, se ele surfa sobre as palavras, se ele está possuído pelo texto – a beleza acontece. E o texto se apossa do corpo de quem ouve. Mas se aquele que lê não domina a técnica, se ele luta com as palavras, se ele não desliza sobre elas – a leitura não produz prazer: queremos que ela termine logo. Assim, quem ensina a ler, isto é, aquele que lê para que seus alunos tenham prazer no texto, tem que ser um artista. Só deveria ler aquele que está possuído pelo texto que lê. Por isso eu acho que deveria ser estabelecida em nossas escolas a prática de "concertos de leitura". Se há concertos de música erudita, *jazz* e MPB – por que não concertos de leitura? Ouvindo, os alunos experimentarão os prazeres do ler. E acontecerá com a leitura o mesmo que acontece com a música: depois de ser picado pela sua beleza, é impossível esquecer. Leitura é droga perigosa: vicia... Se os jovens não gostam de ler, a culpa não é deles. Foram forçados a aprender tantas coisas sobre os textos – gramática, usos da partícula "se", dígrafos, encontros consonantais, análise sintática – que não houve tempo para serem iniciados na única coisa que importa: a beleza musical do texto literário; foi-lhes ensinada a anatomia morta do texto e não sua erótica viva. Ler é fazer amor com as palavras. E essa transa literária se inicia antes que as crianças saibam os nomes das letras. Sem saber ler, elas já são sensíveis à beleza.

E a missão do professor? Mestre do *Kama Sutra* da leitura...

CÁLCULOS CEREBRAIS

Minha neta parecia absorta, lendo seu caderno de biologia. Dezesseis anos, idade tão bonita, o mundo inteiro a ser compreendido... Especialmente em se tratando de biologia. Haverá coisa mais fascinante que a vida? Toda mocinha de 16 anos quer compreender a vida, pois a vida está borbulhando dentro dela! Olhei para o caderno: ilustrações coloridas, tudo tão bem-organizado! Tive inveja. Na idade dela eu também estudava biologia. Mas os cadernos eram diferentes. O professor ditava a matéria, fazia desenhos na lousa, a gente copiava. Na prova a gente tinha de repetir o que o professor havia falado, ou seja, o que a gente tinha escrito no caderno. Mas esses tempos tenebrosos já passaram. Hoje os processos de avaliação são outros.

Mas não havia entusiasmo no seu rosto. Nem nada que se parecesse com curiosidade. Era mais uma expressão de tédio. Sei o que é isso. Há textos que reduzem o leitor a uma panqueca que se arrasta pelo chão. Arrasta-se porque tem de ler mas não quer ler. É por causa desses textos que Barthes disse que a preguiça é parte essencial da experiência escolar. Perguntei o que ela estava lendo. Ela me mostrou um parágrafo com o dedo. Era isto que estava escrito:

Além da catalase, existem nos peroxissomos enzimas que participam da degradação de outras substâncias tóxicas, como o etanol e certos radicais livres. Células vegetais possuem glioxissomos, peroxissomos especializados e relacionados com a conversão das reservas de lipídios em carboidratos. O citosol (ou hialoplasma) é um coloide (...). No citosol das células eucarióticas, existe um citoesqueleto constituído fundamentalmente por microfilamentos e microtúbulos, responsável pela ancoragem de organoides (...) Os microtúbulos têm paredes formadas por moléculas de tubulina...

Encontrei ainda palavras que nunca lera: "retículo sarcoplasmático", "complexo de Golgi", "pinocitose", "fagossomo", "fragmoplasto", "o padrão do axonema é constituído por 9+2, uma referência aos 9 pares de microtúbulos em torno de um par central". Parece-me que esta última afirmação tem a ver com o rabo do espermatozoide, mas naquele momento os meus pensamentos já estavam tão confusos que não posso garantir.

Fiquei curioso acerca da cabeça da pessoa que escreveu isso. Teria de ser um biólogo, cientista, pessoa competente na sua ciência. Se assim não fosse, a editora que imprimiu e vendeu o referido caderno não o contrataria como autor do texto. Todas as informações que ali se encontram são, assim, cientificamente corretas.

Mas todo texto é escrito pensando-se numa pessoa que vai lê-lo. Nesse caso específico, essa pessoa será um estudante que terá de aprender as informações que o texto contém. Trata-se, portanto, de conhecimentos essenciais. Se o estudante não aprender, sofrerá a punição devida. Não saberá colocar o "x" no lugar certo. Não colocando o "x" no lugar certo, terá uma nota má. Tirando uma nota má, poderá ser reprovado na escola ou no vestibular. Os conhecimentos do texto, assim, têm um caráter obrigatório. O jovem não pode refugar.

O autor do texto, cientista e pedagogo (pedagogo, sim, porque o seu texto dirige-se a um aluno), tem de ser inteligente. Ele deve pensar no sentido do seu texto para o estudante. Pelo menos é assim que acontece comigo. Penso sempre nos efeitos sobre o leitor acerca das palavras que escrevo. Não me parece que o referido texto seja uma entidade da "caixa de brinquedos". Ao lê-lo, não consegui encontrar nem beleza nem humor. Deve, portanto, ser uma entidade da "caixa de ferramentas": um conhecimento que vale pelo seu uso prático. Aí fiquei atrapalhado: por mais que me esforçasse, não consegui imaginar nada de prático que eu pudesse fazer com aquele parágrafo, e muito menos a minha neta.

Alfred North Whitehead criou a expressão "ideias inertes". Ideia inerte é uma ideia que, além de não servir para coisa alguma, pesa e produz dor. Dificulta os saltos do pensamento, que é obrigado a se arrastar. Percebi, então, que, além da "caixa de ferramentas" e da "caixa de brinquedos" de que lanço mão frequentemente, é preciso criar uma nova caixa, uma "caixa de torturas". A vesícula, vez por outra, desenvolve cálculos, pedras dolorosas que ela tem de carregar, até que uma cirurgia os extraia. Ideias inertes são cálculos que se desenvolvem no cérebro. Não servem para coisa alguma. Mas doem que doem...

Compreendi então o rosto da minha neta. Não era de tédio. Era de dor. Seus cálculos cerebrais doíam. E doíam mais por não servirem para nada.

Senti então uma indignação crescendo dentro de mim, indignação maior que aquela causada pelas corrupções políticas. Porque as corrupções políticas têm a ver só com o dinheiro e homens adultos. Mas coisas como aquele texto que minha neta tinha de aprender têm a ver com as crianças e os adolescentes. Fico a pensar nos cálculos cerebrais que irão carregar pelo resto da vida e que fazem o pensamento doer.

Fiquei com dó dela. Biologia é tão bonito...

O absurdo é tão óbvio. E parece que ninguém se dá conta. É preciso que se faça algo para proteger a inteligência dos jovens.

A PEDAGOGIA DO FURTO

Enquanto meu pensamento vagabundava pelas figuras de um livro de arte, veio-me repentinamente uma ideia que eu nunca tinha tido. Era uma ideia pedagógica insólita que nunca vi mencionada nos compêndios de filosofia da educação. Tudo partiu de uma estória que me contaram. Era assim:

Um agente do governo, desses encarregados de ir pelos campos visitando pequenos sitiantes a fim de lhes contar as últimas maravilhas da ciência para melhorar suas colheitas, seus porcos e suas vacas, já estava desanimado. Visitava os sitiantes, conversava, bebia café aguado e doce, contava sobre os porcos melhores que eles poderiam criar. Ninguém discordava, mas ninguém fazia nada. Continuavam a criar os porquinhos carunchos, mirrados.

Aí ele desabafou sua tristeza com um desses sábios analfabetos que andam pelo mundo. "O sinhô tá usando a teoria errada", ele disse. E explicou: "O povo daqui é discunfiado. Num confia em dotô da cidade. Eis sabe que ninguém faiz nada de graça. Cê fala, eis escuta cum educação, a maió atenção. Mais por dentro eis tá pensano: 'Qué que o dotô qué tirá di nóis?'. Meu conseio: Pará de visitá. Faiz o sinhô um sítio, cerque de arame farpado, seis fio, e ponha escrito: 'Entrada proibida'. Aí eis vão preguntá: 'Qué que o dotô tá escondendo de nóis? Que é que nóis podemo robá dele?'. Aí, de noite, eis vão lá assuntá.

108

Vão vê seus porco grande, gordo... Aí são eis que vão visitá o sinhô. Conversa vai, conversa vem, café cum rosquinha, no final eis vai dizê: 'Bonita a porcaiada sua. Grande. Gordo...'. Então, como quem num qué nada, aos poquinho, o sinhô vai educano eis... Aprendê é o jeito que eis têm de robá do sinhô...".

Essa estória chamou minha atenção para o poder pedagógico da vontade de roubar. Santo Agostinho roubava peras do vizinho, peras azedas que ele dava para os porcos. Eu mesmo roubei pitangas e, para realizar meu furto, inventei uma maquineta de roubar pitangas. Roubar é uma grande alegria.

Agora, todo pai, toda mãe e toda professora ficam atormentando os filhos e alunos para ler. Mas eles não querem ler. Ler é muito chato. Aconselho pais e professoras a aplicar a sabedoria do sábio matuto. Livro que se deseja ler são os livros proibidos: era assim quando eu era pequeno. E a gente pegava o livro proibido e ia para a deliciosa leitura das passagens escabrosas.

Agora o jeito é outro. O pai compra o livro, recusa-se a ver o "Jornal Nacional", se põe a ler e começa a dar risada. "Pai, por que é que você está rindo?" "É este livro aqui, meu filho." "O que é tão engraçado?" "Não posso explicar agora..." Outra risada. O menino fica intrigado. Aí o pai leva o livro para a cama. O filho continua a ouvir as risadas do pai, dentro do quarto...

Contaram-me que a Rosely Sayão relatou que na sua casa havia um armário enorme, cheio de livros, fechados à chave... O importante, pedagogicamente, não eram os livros; eram as chaves.

Assim, quero sugerir aos pais que comprem livros para ser roubados. Aventuras do Asterix, do Calvin e da Mafalda. Os pais darão risadas verdadeiras e os filhos planejarão roubos...

A AUTORIDADE DE FORA

Há dois tipos de autoridade: autoridade imposta e autoridade reconhecida. Ambas estão presentes nas escolas. A autoridade imposta deforma a inteligência porque ela se realiza por meio do medo. Seu símbolo são as gaiolas. A autoridade reconhecida, ao contrário, liberta a inteligência porque se realiza por meio da admiração. Seu símbolo são as asas.

Quando eu era pequeno, morava perto da cadeia. Dentro das grades estavam os presos. E do lado de fora estavam os soldados que os haviam prendido e os mantinham presos. Eu os olhava nas suas fardas e sabia que elas os distinguiam das demais pessoas. Suas fardas eram símbolos de autoridade. Eles podiam fazer o que o comum dos homens não podia. Eles podiam prender as pessoas – ninguém mais tinha autoridade para tanto –, e, na minha fantasia infantil, eu pensava que eles poderiam me prender. Por que prender um menino? Um menino, sem que eu me desse conta disso, é símbolo daqueles que não têm poder e que, por isso mesmo, estão à mercê daqueles que têm poder. Acho que já naquele tempo eu suspeitava de que o poder tinha algo de arbitrário. Quem sabe de sádico? A autoridade, pelo poder que ela possui, pode exercê-lo sem ter razões. Quem tem autoridade pode. A autoridade frequentemente está associada à impunidade. Eu passava longe dos soldados, com medo.

110

A autoridade se distingue daqueles que não têm autoridade por meio de símbolos, da mesma forma como os soldados da polícia se identificam por suas fardas.

Os símbolos podem ser materiais ou podem ser simplesmente nomes. Mas sua função é a mesma: mostrar quem tem poder. Um capitão do Exército se distingue pelas três estrelas que traz no seu ombro. Um juiz do Supremo Tribunal se distingue pela beca que usa. Anéis com pedras preciosas específicas também são usados por certas profissões para anunciar sua autoridade. Os símbolos-nomes podem ser "doutor" para os professores universitários que defenderam tese ou para delegados (que também carregam, como símbolos físicos, o distintivo e a pistola), "excelentíssimo" para os deputados e presidentes, e "magnífico" para os reitores.

O dicionário *Webster* assim define "autoridade": "L. *auctoritas*, de *auctor*, autor. Poder legal ou direito de ordenar e agir".

Essa é uma autoridade que vem de fora, por força de uma lei. Ninguém pode dar autoridade a si mesmo. O guarda de trânsito que aplica uma multa, o policial que prende um suspeito, um professor que reprova um aluno, um pai que matricula seu filho numa escola, um médico que prescreve um medicamento controlado, um carrasco que enforca um condenado, o papa que excomunga um herege, todos eles fazem o que fazem em decorrência de uma lei que lhes dá autoridade para fazê-lo.

Essa autoridade, tal como definida pelo *Webster*, não depende do caráter da pessoa portadora de autoridade. Não são as virtudes da pessoa que lhe dão autoridade. A autoridade pertence ao ofício que a pessoa exerce e não a ela mesma. O guarda de trânsito tem autoridade para aplicar a multa mesmo que ele bata na mulher, e o médico tem autoridade para prescrever a receita mesmo que ele seja viciado em cocaína.

O nome "professor" define uma autoridade. Um professor tem poder.

Era assim e ainda é em muitas escolas.

111

A AUTORIDADE DE DENTRO

Meu tio Agenor descrevia o que acontecia na sua sala de aulas, quando menino. O professor chamava os alunos que deveriam levantar-se e recitar o "ponto". Se você não sabe, o "ponto" era um assunto que o professor ditava, os alunos escreviam e tinham de decorar. Alguns pontos que tive de decorar: a proclamação da República, os metais, os afluentes do rio Amazonas... Alguns haviam decorado o ponto e o repetiam de cabo a rabo. Outros gaguejavam e embaralhavam as coisas.

Terminada a arguição, o professor tomava sua caixinha de rapé, inspirava o fumo em ambas as narinas e espirrava (naqueles tempos isso era elegante). Satisfeito seu desejo de orgasmos nasais, ele passava a chamar à sua mesa aqueles que não haviam decorado o ponto para o devido castigo de bolos de palmatória. Ele podia fazer isso porque sua condição de professor lhe dava autoridade para fazer o que fazia.

No ginásio eu tinha um professor que, ao entrar na sala de aula, todos tínhamos de ficar de pé, em posição de sentido, todos rigorosamente uns atrás dos outros. O professor, então, "passava em revista a tropa", examinando todas as fileiras para verificar se todas as cabeças estavam umas atrás das outras. Qual era a função educacional desse procedimento? Nenhuma. Mas ele era professor e dentro da sala de aula ele tinha autoridade absoluta. Nenhum aluno jamais se atreveu a contestá-lo. Se o fizesse, sofreria a punição que ele prescreveria. Note: ele tinha autoridade, exercia sua autoridade, mesmo que nenhum aluno a reconhecesse internamente. Sua autoridade se impunha pelo medo. Assim é a autoridade por decreto: ela se impõe independentemente das pessoas sobre as quais é exercida.

Mas há um outro sentido de autoridade. Trata-se de um poder interior que se impõe sem necessitar de palmatórias ou ferros, um poder que vem de dentro e é reconhecido pelas pessoas por ele tocadas.

Eu estava no curso científico. Anunciaram que teríamos um novo professor de literatura. Nós não gostávamos de literatura. Os professores, valendo-se de sua autoridade, nos obrigavam a coisas que detestávamos: análise sintática, resumos de livros, escolas literárias, provas. O novo professor, Leônidas Sobrinho Porto, entrou na sala sorridente e começou:

Temos dois problemas preliminares para resolver. Primeiro, essa caderneta onde deverei registrar sua presença. Quero dizer que todos vocês já têm 100% de presença. Se não quiserem, não precisam assistir às minhas aulas. Eu lhes darei presença de qualquer forma. Segundo, as provas que vocês terão de fazer para passar de ano. Quero dizer que não haverá provas. Todos vocês já passaram de ano. Resolvidas essas duas questões preliminares irrelevantes, podemos agora nos dedicar ao que importa: literatura.

Aí ele começou a falar coisas que nunca tínhamos ouvido. A literatura se encarnou nele. Ele ficou "possuído" e começou a viver as grandes obras literárias bem ali, na nossa frente. Não pediu que comprássemos livros ou que lêssemos. Ele sabia que nós não sabíamos ler; só sabíamos juntar letras... Não tínhamos o poder para surfar sobre as palavras. Se nós fôssemos ler, a leitura seria tão malfeita que acabaríamos por detestar o que líamos. E ele, possuído, ia tornando vivas as obras literárias. Ficamos seduzidos. Ninguém faltava às suas aulas. Ninguém falava. Ao ouvi-lo, éramos tocados por sua autoridade mansa e maravilhosa.

Como professor, funcionário de um colégio, ele tinha autoridade para nos obrigar. Mas ele sabia que há coisas que não podem ser feitas com a autoridade de fora. As coisas que têm a ver com a alma só podem ser feitas com a autoridade de dentro.

Bachelard escreveu em algum lugar que só se convence despertando os sonhos fundamentais. Era isso que o professor Leônidas fazia: ele nos fazia entrar no mundo dos sonhos. Por isso ele não precisava valer-se da autoridade exterior porque sua autoridade brotava de dentro e nós, os alunos, a reconhecíamos.

* * *

A menininha voltava de seu primeiro dia na escola. Seus pais lhe perguntaram: "Como é a professora?". Ela respondeu com precisão. Havia percebido a essência da professora. "Ela grita!"

MAPAS E RECEITAS

Faz algum tempo comecei a ter a suspeita de que os mapas são os primeiros conhecimentos que construímos. A criança pequena aprende os mapas da casa: o lugar dos brinquedos, o lugar do quarto dos pais, o lugar da geladeira, o lugar do banheiro. Aprendeu sem que ninguém a ensinasse. Graças a esse mapa virtual, ela sabe para onde andar para encontrar as coisas que deseja. Tenho, na minha memória, um mapa do meu apartamento. Sei em que gaveta se encontram as minhas meias. Sei em que lugar da prateleira se encontra o livro *O arco e a lira*, de Octavio Paz. Sei onde se encontram as ferramentas. Sem esses mapas virtuais, eu passaria minha vida procurando. Sei o mapa da cidade onde moro. Por isso não me perco nela. Mas em São Paulo estou sempre perdido. Em São Paulo, tenho de me valer dos táxis. Tomo um táxi e digo ao motorista: rua tal, número tal. A sua cabeça faz imediatamente uma busca das ruas que permitirão que ele me leve ao meu destino. Depois vêm os mapas maiores, do país, dos continentes, dos mares, do universo. Sem os mapas do universo, os astrônomos estariam perdidos.

Aprendemos os mapas de acordo com nossas necessidades de ação. Não faria sentido a um dermatologista conhecer todos os detalhes do sistema neurológico. Mas um neurocirurgião tem de conhecer todos

115

os detalhes do sistema neurológico. Caso contrário, o paciente morre. Não faria sentido que uma pessoa tivesse de aprender o mapa de uma cidade que nunca irá visitar. Mas se, por acaso, ela tivesse de se mudar para aquela cidade, ela começaria imediatamente a construir mapas. Uma das tarefas da educação é ensinar os mapas do mundo. Todo professor tem de se perguntar: "De que forma isso que estou tentando ensinar contribui para que meus alunos compreendam com maior clareza o espaço em que vivem?". O professor ensina a construir mapas. As ciências são os mapas do mundo. Pesquisar é ampliar mapas.

O outro tipo de conhecimento que mora na "caixa de ferramentas" são as receitas. Receitas são palavras que dizem como uma coisa pode ser feita. A primeira coisa que aparece numa receita é o nome da coisa que se deseja: bolo de chocolate. A seguir vem uma lista de ingredientes: farinha, ovos, fermento, chocolate em pó, leite, açúcar. Vêm depois as instruções sobre o que fazer com os ingredientes para obter o objeto desejado: coar, bater as claras, misturar, untar a fôrma, colocar no forno. As ciências são livros de receitas em expansão permanente. As receitas nos dizem o que fazer para atingir um objetivo desejado. Como no caso dos mapas, as receitas só têm sentido em relação a um objetivo que se deseja. As receitas médicas só são válidas em relação a uma doença precisa. Há receitas para construir iglus. Elas são muito úteis para os esquimós. Mas não faria sentido ensinar nossos adolescentes a construir iglus. Como não faria sentido ensinar os esquimós a construir casas de pau a pique.

As receitas constituem o mundo da técnica. Todas as técnicas são receitas. Técnica é o conhecimento prático que altera um pedaço do mundo. Um bolo saído do forno é uma alteração do mundo.

O moto que se encontra na "caixa de ferramentas" é "Conhecer para fazer". O moto que se encontra na "caixa de brinquedos" é "Conhecer para ter alegria". Acontece, entretanto, que não há nem mapas nem receitas para a alegria. "A ciência pode classificar e nomear

116

os órgãos de um sabiá, mas não pode medir seus encantos. A ciência não pode calcular quantos cavalos de força existem nos encantos de um sabiá. Quem acumula muita informação perde o condão de adivinhar: *divinare*. Os sabiás divinam" (Manoel de Barros).

Não existe uma técnica para fazer com que uma peça de Bach ou uma tela de Monet produzam alegria. A alegria depende de uma qualidade interior, de um refinamento dos sentidos. Os sentidos são os órgãos com que o corpo é dotado para fazer amor com o mundo. Mas, para que isso aconteça, é preciso que os sentidos sejam educados. Marx sabia disso. Também William Blake, que escreveu: "A árvore que um sábio vê não é a mesma árvore que um tolo vê". Mudou a árvore? Não. A árvore permaneceu a mesma. O que mudou foi a capacidade de "degustar" a árvore.

O caminho para a "caixa de brinquedos" passa por aquilo a que Bernardo Soares deu o nome de "erudição da sensibilidade" e Marx chama de "educação dos sentidos". Os sentidos – ver, ouvir, cheirar, degustar, tocar – são os órgãos do corpo para fazer amor com o mundo. E, quando isso acontece, acontece também a alegria. Haverá uma pedagogia para a educação dos sentidos? Se existe, parece que não é levada a sério.

CONCHAS E CASAS

A inteligência tem uma orientação ecológica. Ecologia é uma palavra derivada da palavra grega *oikia*, que quer dizer "casa". No início a pesquisa é bem prática e imediata: a busca dos materiais para fazer a casa. Resolvido o problema inicial, a pesquisa se amplia. O corpo precisa conhecer os arredores, rios, montanhas, matas, porque, para sobreviver, ele não pode ficar metido na sua toca. Esse espaço é o "quintal" da casa. É preciso conhecer os sinais do tempo. A sobrevivência no verão é diferente da sobrevivência no inverno. É preciso conhecer os hábitos dos bichos e dos peixes para poder caçá-los e pescá-los. É preciso conhecer as propriedades alimentícias e medicinais das plantas. Pelo conhecimento, o espaço da casa se amplia. O homem pode sair de sua casa sem se perder. Pode sair de sua casa para sobreviver. Mas ele volta sempre para a casa.

A concha que o nosso corpo mole produz, assim, não é feita só com materiais físicos. É feita com conhecimento. Por vezes esse conhecimento fica mais duro que as conchas dos moluscos – havendo sempre o perigo de que ele se transforme numa prisão, como se fosse uma concha que não se abre. Conheço muitas pessoas assim.

A inteligência é uma corda esticada entre dois pontos. De um lado, a necessidade: construir a casa. Do outro, os materiais disponíveis. As primeiras casas foram grutas. Gruta é uma casa pronta. Não precisa ser inventada. É só entrar nela. Mas nos lugares onde não há grutas foi necessário construir grutas artificiais. A inteligência dos esquimós produziu o iglu, concha maravilhosa feita com blocos de gelo. Lá dentro é quentinho. Curioso que dentro de uma concha de gelo faça calor! Nos países frios, os pássaros se abrigam dentro dos iglus naturais que a neve faz sobre os arbustos. Os esquimós jamais pensariam em construir casas de madeira ou de lona, porque esses materiais não são encontrados no mundo em que vivem. E os beduínos, no deserto, jamais poderiam imaginar um iglu. No deserto não há gelo. Nem fariam uma casa fixa: eles são tribos errantes. Suas casas são tendas de pano que podem ser desmontadas e transportadas. Populações que moram à beira de rios sujeitos a enchentes logo perceberam que suas casas deveriam ter pernas de pau: inventaram as palafitas. Que coisa interessante seria estudar, com as crianças, os vários tipos de casa. A necessidade de construir casa é universal. Mas dessa necessidade surgem as mais diferentes "ciências" do mundo, em função dos materiais que são usados para a construção das casas.

Casas são extensões do corpo – prolongamentos dos nossos órgãos. Anote isto: o corpo é egoísta; ele pensa e age no sentido de viver. Por isso ele pensa e age praticamente. O que não é prático, ele ignora – esquece.

Os materiais com que a casa é construída – paredes, teto, portas – são extensões dos meus ossos e músculos. As janelas são extensões dos pulmões e dos olhos. O fogão de lenha, em sua função de aquecer, é uma expansão da pele. Mas, na sua função de cozinhar, ele é uma extensão da boca (o gosto bom da comida) e do aparelho digestivo: comida cozida ajuda a digestão. A casa está cheia de uma infinidade de objetos que usamos constantemente. Faça, com os seus alunos, um inventário desses objetos, da caixa de fósforos ao computador! Cada um desses objetos é um mundo. Cada um deles é produto de invenção. Cada um deles está cheio de inteligência. Uma casa que provoca a inteligência deve estar cheia desses objetos.

O CARRINHO

Ganhei um carrinho de presente. Coloquei-o sobre minha mesa de trabalho. Olho para ele quando escrevo e escrevo os pensamentos que ele me faz pensar. Não são todos os objetos que têm esse poder de fazer pensar. A caneta, o grampeador, a lâmpada, a cadeira, objetos à minha volta: eu os uso automaticamente; eles não me fazem pensar. É que eles só estão ligados ao meu corpo, mas não à minha alma. Mas o carrinho é diferente. Bastou que eu o visse a primeira vez para sentir uma emoção, um movimento na alma. Eu o reconheci como morador do mundo das minhas memórias. Ele me fez lembrar e sonhar. Fez cócegas no meu pensamento. Meu pensamento começou a voar. O que eu vejo nele não é nada comparado àquilo que ele me faz imaginar. Sonho. Os teólogos medievais diziam que o sacramento é um sinal visível de uma graça invisível. O carrinho é um sacramento: sinal visível de uma felicidade adormecida, esquecida. Volto ao mundo da minha infância.

Uma lata de sardinha. A tampa foi dobrada inteligentemente, e assim se produziu a capota. As rodas foram feitas de uma sandália havaiana que não se prestava mais a ser usada. Os eixos, dois galhinhos de arbusto. E ei-lo pronto! Um carrinho, construído com imaginação e objetos imprestáveis.

Fosse um carrinho comprado em loja, e eu nada pensaria. Seria como meu lápis, meu grampeador, minha lâmpada, minha cadeira. Mas basta olhar para o carrinho para eu ver o menino que o fez, menino que nunca vi, menino que sempre morou em mim. Fico até poeta e faço um haicai:

uma lata vazia de sardinha,
uma sandália havaiana abandonada:
um menino guia seu automóvel.

Os entendidos dirão que o haicai está errado. De fato, não sei fazer haicais. Sou igual ao menino que não sabia fazer automóveis, mas a despeito disso os fazia. Meu haicai se parece com o carrinho de lata de sardinha e rodas de sandália havaiana.

Sei que o menino é pobre. Se fosse rico teria pedido ao pai, que lhe teria comprado um brinquedo importado. Dinheiro é um objeto que só dá pensamentos de comprar. A riqueza, com frequência, não faz bem ao pensamento. Mas a pobreza faz sonhar e inventar. Carrinho de pobre tem de ser parido. A professora – se é que ele vai à escola – deve ter notado que ele estava distraído, ausente, olhando o vazio fora da janela. Falou alto para chamar sua atenção. Inutilmente. Ela não percebeu que distração é atração por um outro mundo. Se os professores entrassem nos mundos que existem na distração dos seus alunos, eles ensinariam melhor. Tornar-se-iam companheiros de sonho e invenção.

Penso que o menino devia andar lá pela favela, olhos atentos, procurando algo, sem saber direito o quê. Até que deram com a lata de sardinha jogada no lixo. Foi um momento de iluminação. A lata de sardinha virou uma outra coisa. O menino virou poeta, entrou no mundo das metáforas: isto é aquilo. Ele disse: "Esta lata de sardinha é o meu carro". Fez aquilo que um fundador de religiões fez, ao tomar o pão e dizer que o pão era seu corpo. E a lata de sardinha ganhou outro nome, virou outra coisa. O menino, sem saber, executou uma transformação mágica. Todo ato de criação é magia. O menino dobrou a tampa e se sentou ao volante.

Faltavam as rodas. Pensei que muitas vezes me defrontei com problema semelhante, quando menino. Mas na minha infância a solução já estava dada. O leite vinha em garrafas bojudas de boca larga, que eram fechadas com tampas metálicas semelhantes às tampinhas de cervejas, só que muito maiores. Era só pegar as tampas, e o problema estava resolvido. Mas os tempos são outros. O menino teria de fazer suas rodas, se quisesse andar de automóvel. Se tivesse uma serra tico-tico, poderia fazer rodinhas de um pedaço de compensado abandonado. Mas é certo que tal ferramenta ele não tinha. Pois se tivesse, teria feito. Suas ferramentas: uma faca, subtraída da cozinha, um prego para fazer os buracos, e uma pedra, à guisa de martelo. O material deveria ser dócil às ferramentas que possuía. Seria fácil fazer rodas de papelão. Mas as rodas se desfariam, depois de passar pela primeira poça de água. Seus olhos e pensamento procuram. E aquilo que calçara pés se transformou em calçado de automóvel. Quatro buracos na lata de sardinha, dois galhinhos de árvores e ei-lo pronto: o carrinho!

O menino sabia pensar. Pensava bem, concentrado. É sempre assim. Quando o sonho é forte, o pensamento vem. O amor é o pai da inteligência. Mas sem amor todo o conhecimento permanece adormecido, inerte, impotente. O menino e o seu carrinho resumem tudo o que penso sobre a educação. As escolas: imensas oficinas, ferramentas de todos os tipos, capazes dos maiores milagres. Mas de nada valem para aqueles que não sabem sonhar. Os profissionais da educação pensam que o problema da educação se resolverá com a melhoria das oficinas: mais verbas, mais artefatos técnicos, mais computadores (ah! o fascínio dos computadores!). Não percebem que não é aí que o pensamento nasce. O nascimento do pensamento

122

é igual ao nascimento de uma criança: tudo começa com um ato de amor. Uma semente há de ser depositada no ventre vazio. E a semente do pensamento é o sonho. Por isso os educadores, antes de serem especialistas em ferramentas do saber, deveriam ser especialistas em amor: intérpretes de sonhos.

O menininho sonhava. Como Deus, que do nada criou tudo, ele tomou o nada em suas mãos, e com ele fez o seu carrinho. Imagino que, também como Deus, ele deve ter sorrido de felicidade ao contemplar a obra de suas mãos...

MEDITAÇÃO SOBRE A FELICIDADE

Reli, faz poucos dias, o livro de Hermann Hesse *O jogo das contas de vidro*. Bem ao final, à guisa de conclusão, está este poeminha de Rückert:

Nossos dias são preciosos
mas com alegria os vemos passando
se no seu lugar encontramos
uma coisa mais preciosa crescendo:
uma planta rara e exótica,
deleite de um coração jardineiro,
uma criança que estamos ensinando,
um livrinho que estamos escrevendo.

Esse poema fala de uma estranha alegria, a alegria que se tem diante da coisa triste que é a passagem do tempo. A alegria está no jardim que se planta, na criança que se ensina, no livrinho que se escreve. Senti que eu mesmo poderia ter escrito essas palavras, pois sou jardineiro, sou professor e escrevo livrinhos.

Imagino que o poeta jamais pensaria em se aposentar. Da alegria não se aposenta... Algumas páginas antes o herói da estória havia declarado que, ao final de sua longa caminhada pelas coisas mais altas do espírito, dentre as quais se destacava a familiaridade com a sublime beleza da música e da literatura, descobrira que ensinar era algo que lhe dava prazer igual, e que o prazer era tanto maior quanto mais jovens e mais livres das deformações que as escolas produzem fossem os alunos.

Ao ler o texto de Hesse tive a impressão de que ele estava repetindo um tema que se encontra em Nietzsche, no prólogo de *Zaratustra*. Antes ele já havia escrito que não existe felicidade maior que "gerar um filho ou educar uma pessoa". E é com o anúncio dessa felicidade que Zaratustra inicia a sua missão de educador.

Quando Zaratustra tinha 30 anos de idade deixou a sua casa e o lago de sua casa e subiu para as montanhas. Ali ele gozou do seu espírito e da sua solidão, e por dez anos não se cansou. Mas, por fim, uma mudança veio ao seu coração e, numa manhã, levantou-se de madrugada, colocou-se diante do Sol, e assim lhe falou: "Tu, grande estrela, que seria de tua felicidade se não houvesse aqueles para quem brilhas? Por dez anos tu vieste à minha caverna: tu te terias cansado de tua luz e de tua jornada, se eu, minha águia e minha serpente não estivéssemos à tua espera. Mas a cada manhã te esperávamos e tomávamos de ti o teu transbordamento, e te bendizíamos por isso.

Eis que estou cansado na minha sabedoria, como uma abelha que ajuntou muito mel; tenho necessidade de mãos estendidas que a recebam. Mas, para isso, eu tenho de descer às profundezas, como tu o fazes na noite e mergulhas no mar. Como tu, eu também devo descer... Abençoa, pois, a taça que deseja esvaziar-se de novo...".

(Trad. do autor)

Assim se inicia a saga de Zaratustra, com uma meditação sobre a felicidade. A felicidade começa na solidão: uma taça que se deixa encher com a alegria que transborda do Sol. Mas vem o tempo quando a taça se enche. Ela não mais pode conter aquilo que recebe. Deseja transbordar. Acontece assim com a abelha que não mais consegue segurar em si o mel que ajuntou; acontece com o seio, túrgido de leite, que precisa da boca da criança que o esvazie. A felicidade solitária é dolorosa. Zaratustra percebe então que sua alma passa por uma metamorfose. Chegou a hora de uma alegria maior: a de compartilhar com os homens a felicidade que nele mora. Seus olhos procuram mãos estendidas que possam receber sua riqueza. Zaratustra, o sábio, transforma-se em mestre...

A MÚSICA

Ângelus Silésius, místico que só escrevia poesia, disse o seguinte: "Temos dois olhos. Com um contemplamos as coisas do tempo, efêmeras, que desaparecem. Com o outro contemplamos as coisas da alma, eternas, que permanecem". Eis aí um bom início para compreender os mistérios do olhar. Para entender os mistérios do ouvir, eu escrevo uma variação: "Temos dois ouvidos. Com um escutamos os ruídos do tempo, passageiros, que desaparecem. Com o outro ouvimos a música da alma, eterna, que permanece".

A alma nada sabe sobre a história, o encadeamento dos eventos no tempo que acontecem uma vez e nunca mais se repetem. Na história a vida está enterrada no "nunca mais". A alma, ao contrário, é o lugar onde o que estava morto volta a viver. Os poemas não são seres da história. Se eles pertencessem à história, uma vez lidos, nunca mais seriam relidos: ficariam guardados no limbo do "nunca mais". Mas a alma não conhece o "nunca mais". Ela toma o poema, escrito há muito tempo, no tempo da história... (escrito no tempo da história, sim, mas sem pertencer à história...), ela o lê e ele fica vivo de novo: apossa-se do seu corpo, faz amor com ele, provoca riso, choro, alegria... A gente quer que os poemas sejam lidos de novo, ainda que os saibamos de cor, tantas foram as vezes que os lemos!

Como as estórias infantis, irmãs dos poemas! As crianças querem ouvi-las de novo, do mesmo jeito. Se o leitor tenta introduzir variações, a criança logo protesta: "Não é assim...". Nisso se encontra minha briga com os gramáticos que fazem os dicionários: eles mataram a palavra "estória". Agora só existe a palavra "história". Frequentemente os sabedores da anatomia das palavras ignoram a alma das palavras. Guimarães Rosa inicia o *Tutameia* com esta afirmação: "A estória não quer ser história. A estória, em rigor, deve ser contra a História". Um revisor responsável, ao se defrontar com esse texto, tendo nas mãos a autoridade do dicionário, se apressaria a corrigir: "A história não quer ser história. A história, em rigor, deve ser contra a História". Puro nonsense... Mas aconteceu com um texto meu que, pela combinação da diligência do revisor com a minha preguiça (não reli suas correções), ficou arruinado...

Escrevi essas palavras à guisa de uma explicação *a posteriori* para uma cena da minha vida, acontecida há muitos anos, que vi de novo com meu segundo olho há poucos minutos. Também a ouvi com meu segundo ouvido, porque nela havia música. Veio-me no seu frescor original. Não havia tempo algum entre o seu acontecer no passado e o seu acontecimento há pouco. As mesmas emoções. Não. Corrijo-me. A sua beleza estava mais bela ainda, perfumada pela saudade. Entendo melhor o que escreveu Octavio Paz:

> Parece que nos recordamos e quereríamos voltar para lá, para esse lugar onde as coisas são sempre assim, banhadas por uma luz antiquíssima e ao mesmo tempo acabada de nascer. (...) Um sopro nos golpeia a fronte. Estamos encantados (...). Adivinhamos que somos de outro mundo.

É a *vida anterior* que retorna. Sim, algo da minha vida anterior retornou como um sopro a me golpear a fronte...

* * *

A cena é assim (quase escrevi "foi assim". Corrigi-me a tempo. As cenas da alma não têm passado. Elas acontecem sempre no presente): eu e meu filho de 3 anos estamos na sala de estar de nossa casa. Só nós dois. Havíamos terminado de jantar. No sofá, sua cabeça está deitada no meu colo. É a hora de contar estórias, antes de dormir. Aí ele me diz: "Papai, põe o disco do violão". Levanto-me e pego o disco. Tomando toda a capa, a figura de um violino. Mozart. Ponho a peça que ele mais ama: "Pequena serenata noturna". É impossível não amar a "Pequena serenata noturna". Quem poderia resistir à tentação de voar que ela produz? Pode ser que o corpo não voe. Mas a alma voa. Ouvir a "Pequena serenata noturna" é uma felicidade (note que a "Pequena serenata noturna" é inútil. Não serve para nada. Ela é uma criatura da "caixa de brinquedos", lugar da alegria...).

* * *

Quando eu me esforçava por exercer a arte da psicanálise, ouvi de uma paciente: "Estou angustiada. Não tenho tempo para educar minha filha". Psicanalista heterodoxo que eu era, não fiz o que meu ofício dizia que eu deveria fazer. Não me meti a analisar seus sentimentos de culpa. Apenas disse: "Eu nunca eduquei meus filhos". Ela ficou perplexa. Desentendeu. Expliquei então: "Eu nunca eduquei meus filhos. Só vivi com eles...". Ali, naquela noite, não me passava pela cabeça que estivesse educando meu filho. Eu só estava partilhando com ele um momento de beleza e felicidade. E se a Adélia Prado está certa, se "aquilo que a memória amou fica eterno", sei que aquela cena está eternamente na alma do meu filho, muito embora ele tenha crescido e já esteja com cabelos brancos. Parte da alma dele é a "Pequena serenata noturna", o disco do violão. E por isso, por causa da "Pequena serenata noturna", ele ficou mais bonito.

A LEI DE CHARLIE BROWN

Voltando das férias resolvi fazer uma limpeza na papelada que se acumulou no ano passado. Um monte de pastas cheias de anotações, ideias para uso futuro. Fui lendo, vagarosamente. Muitas das ideias já não faziam sentido: não me diziam nada; estavam mortas. Outras tinham sido escritas apressadamente e não consegui decifrar minha própria letra. A cesta de lixo foi se enchendo. Mas sobraram algumas coisas que guardei. Demorei-me num recorte de jornal. Era uma daquelas tirinhas do Charlie Brown. Ele está explicando ao seu amiguinho a importância das escolas. "Sabe por que temos que tirar boas notas na escola? Para passarmos do primário para o ginásio. Se tirarmos boas notas no ginásio, passamos para o colégio, e se no colégio tirarmos boas notas, passamos para a universidade, e se nesta tirarmos boas notas, conseguimos um bom emprego e podemos casar e ter filhos para mandá-los à escola, onde eles vão estudar um monte de coisas para tirar boas notas e..."

O sorriso é inevitável. A gente se surpreende com a verdade clara das palavras do menino. Ele diz, de um só fôlego, aquilo que os filósofos da educação raramente percebem. E, se o percebem, não têm coragem de dizer. E, se o dizem, o fazem de maneira complicada e comprida. A curta explicação de Charlie Brown, qualquer criança que vá à escola compreende imediatamente.

Charlie Brown enuncia a *lei da educação*: porque é assim mesmo que as coisas acontecem. E, se o sorriso aparece, é porque a gente se dá conta, repentinamente, da máquina absurda pela qual nossas crianças e nossos jovens são forçados a passar, em nome da educação.

É estranho que tal afirmação saia de alguém que se considera um educador. Mas é por isso mesmo, por querer ser um professor, que aquilo por que nossas crianças e nossos jovens são forçados a passar, em nome da educação, me horroriza.

Hermann Hesse, que dizia que dentre os problemas da cultura moderna a escola era o único que levava a sério, pensava de maneira semelhante. Dizia que a escola havia matado muitas coisas nele.

Nietzsche, que via a sua missão como a de um educador, também se horrorizava diante daquilo que as escolas faziam com a juventude: "O que elas realizam", ele dizia, "é um treinamento brutal, com o propósito de preparar vastos números de jovens, no menor espaço e tempo possível, para se tornarem usáveis e abusáveis, a serviço do governo". Se ele vivesse hoje certamente faria uma pequena modificação na sua última afirmação. Em vez de "a serviço do governo", diria "usáveis e abusáveis a serviço da economia".

À medida que vou envelhecendo, tenho cada vez mais dó das crianças e dos jovens. Porque gostaria que a educação fosse diferente. Vejam bem: não estou lamentando a falta de recursos econômicos para a educação. Não estou me queixando da indigência quase absoluta de nossas escolas.

Se tivéssemos abundância de recursos, é bem possível que acabássemos como o Japão, e nossas escolas se transformassem em máquinas para a produção de formigas disciplinadas e trabalhadoras.

Não creio que a excelência funcional do formigueiro seja uma utopia desejável. Não existe evidência alguma de que homens-formiga, notáveis pela sua capacidade de produzir, sejam mais felizes. Parece que o objetivo de produzir cada vez mais, adequado aos interesses de crescimento econômico, não é suficiente para dar um sentido à vida humana. É significativo que o Japão seja hoje um dos países com a mais alta taxa de suicídios no mundo, inclusive o suicídio de crianças. A miséria das escolas se encontra precisamente ali onde elas são classificadas como excelentes. Não critico a máquina educacional por sua ineficiência. Critico a máquina educacional por aquilo que ela pretende produzir, por aquilo em que ela deseja transformar nossos jovens. É precisamente quando a máquina é mais eficiente que a deformação que ela produz aparece de forma mais acabada.

Acho que a tirinha do Charlie Brown me comoveu pela coincidência com este sofrimento imenso que se chama *exames vestibulares*. Fico pensando no enorme desperdício de tempo, energias e vida. Como disse o Charlie Brown, os que tirarem boas notas entrarão na universidade. Nada mais. Dentro de pouco tempo quase tudo que lhes foi aparentemente ensinado terá sido esquecido. Não por burrice. Mas por inteligência. O corpo não suporta carregar o peso de um conhecimento morto que ele não consegue integrar com a vida.

Uma boa forma de testar a validade desse sofrimento enorme que se impõe aos jovens seria submeter os professores universitários ao mesmo vestibular por que os adolescentes têm de passar. Estou quase certo de que eu – e um número significativo dos meus colegas – não passaria. O que não nos desqualificaria como professores, mas que certamente revelaria o absurdo do nosso sistema educacional, como bem o percebeu Charlie Brown.

Um amigo, professor universitário nos Estados Unidos, me contou que seu filho, que sempre teve as piores notas em literatura, voltou um dia triunfante para casa, exibindo um A, nota máxima, numa redação. Surpreso, quis logo ler o trabalho do filho. E só de ler o título da redação compreendeu a razão do milagre. O título da redação era: "Por que odeio a minha escola".

A JAI

A Jai é a mulher que me ajuda, pondo em ordem as minhas bagunças. Descobri sua inteligência acidentalmente. Foi assim. Eu estava montando um quebra-cabeça de mil peças. Os prazeres se sucediam, os machos se encaixando nas fêmeas como amantes apaixonados. Até que cheguei ao céu azul, sem uma única nuvem. Só o azul. Este é o terror: peças de uma cor só. A gente fica sem referências. Aí os prazeres vão ficando mais raros, eu fui cansando e finalmente abandonei o quebra-cabeça sobre a mesa, do jeito como estava. Foi quando uma coisa estranha começou a acontecer. Eu vivo só no meu apartamento. E não é que o quebra-cabeça começou a completar-se sozinho? A pessoa responsável pelo milagre só podia ser a Jai. Começamos, então, a competir, ver quem fazia mais, ela de dia e eu de noite. Até que ela pôs a última peça. Foi assim que descobri que ela é muito inteligente.

E a inteligência dela aparece em tudo. É só provocar sua curiosidade para que ela abra um largo sorriso de dentes brancos. Fui à Itália. Na volta, contei-lhe da viagem. Perguntei se ela sabia onde era a Itália. Não sabia. Nunca olhara um mapa. Mostrei-lhe um atlas. Mostrei-lhe e expliquei-lhe os continentes e oceanos, o Norte e o Sul. Contei-lhe sobre os polos onde só há gelo e os dias e as noites duram seis meses. "Você sabe que a Terra é uma bola que gira?" Ela respondeu: "Já ouvi dizer...". "Então", disse eu, "venha aqui na cozinha...". Peguei uma laranja e a aproximei da lâmpada acesa: "Imagine que a lâmpada é o Sol e a laranja é a Terra. Onde é que é dia e onde é que é noite?". Ela apontou logo para a parte iluminada da laranja: "Aqui é dia, na sombra é noite". "Então", concluí, "enquanto aqui é dia, do outro lado da laranja é... noite. Os chineses e os japoneses estão dormindo agora...".

Num outro dia foi uma lição de física. Tenho uma tigela redonda para salada. Pondo em ordem os pratos e talheres sobre a pia, à noite, pus um prato dentro da tigela. De manhã ela veio ao meu escritório: "Seu Rubem, o prato está entalado na tigela. Não sai de jeito nenhum". Fui à cozinha e comprovei. Estava entalado mesmo. Aí eu disse: "É só pôr a tigela no fogo que o prato sai". Ela me olhou incrédula. Eu expliquei: "O calor faz as coisas ficarem maiores. Se eu puser a tigela no fogo, ela vai ficar maior e vai soltar o prato". Ela não acreditou. Que coisa é essa que as coisas crescem com o calor? Fui ao banheiro e trouxe um termômetro. Expliquei: "Este aparelhinho é para medir a temperatura do corpo, para saber se está com febre. Como é que ele faz isso?". Mostrei o mercúrio dentro do tubo e segurei a base do termômetro entre o polegar e o indicador. "O calor do meu corpo fez o mercúrio subir. O mercúrio ficou maior." Ela entendeu. Voltamos então à cozinha e pusemos a tigela sobre o fogo. Não demorou um minuto: a tigela desentalou. Aí concluí: "Quando você tiver um vidro tampado com uma tampa de metal e que não quer abrir, é só pôr a tampa do vidro na água quente. Ele abre sem que a gente precise fazer força". Foi assim que lhe ensinei as primeiras lições de geografia e de física. Acho que os objetos da casa são um maravilhoso laboratório. Isso, é claro, se tivermos imaginação e quisermos ensinar.

"... E UMA CRIANÇA PEQUENA OS GUIARÁ"

A fotografia é simples, apenas um detalhe: duas mãos dadas, uma mão segurando a outra. Uma delas é grande, a outra é pequena, rechonchuda. Isso é tudo. Mas a imaginação não se contenta com o fragmento – completa o quadro: é um pai que passeia com seu filhinho. O pai, adulto, segura com firmeza e ternura a mãozinha da criança: a mãozinha do filho é muito pequena, termina no meio da palma da mão do pai. O pai vai conduzindo o filho, indicando o caminho, vai apontando para as coisas, mostrando como elas são interessantes, bonitas, engraçadas. O menininho vai sendo apresentado ao mundo.

É assim que as coisas acontecem: os grandes ensinam, os pequenos aprendem. As crianças nada sabem sobre o mundo. Também, pudera! Nunca estiveram aqui. Tudo é novidade. Alberto Caeiro tem um poema sobre o olhar (dele), que ele diz ser igual ao de uma criança:

O meu olhar é nítido como um girassol. (...)
E o que vejo a cada momento
É aquilo que nunca antes eu tinha visto,
E eu sei dar por isso muito bem...
Sei ter o pasmo essencial

Que tem uma criança se, ao nascer,
Reparasse que nascera deveras...
Sinto-me nascido a cada momento
Para a eterna novidade do mundo.

O olhar das crianças é pasmado! Veem o que nunca tinham visto! Não sabem o nome das coisas. O pai vai dando os nomes. Aprendendo os nomes, as coisas estranhas vão ficando conhecidas e amigas. Transformam-se num rebanho manso de ovelhas que atendem quando são chamadas.

Quem sabe as coisas são os adultos. Conhecem o mundo. Não nasceram sabendo. Tiveram de aprender. Houve um tempo quando a mãozinha rechonchuda era a deles. Um outro, de mão grande, os conduziu. O mais difícil foi aprender quando não havia ninguém que ensinasse. Tiveram de tatear pelo desconhecido. Erraram muitas vezes. Foi assim que as rotas e os caminhos foram descobertos. Já imaginaram os milhares de anos que tiveram de se passar até que os homens aprendessem que certas ervas têm poderes de cura? Quantas pessoas tiveram de morrer de frio até que os esquimós descobrissem que era possível fabricar casas quentes com o gelo! E as comidas que comemos, os pratos que nos dão prazer! Por detrás deles há milênios de experimentos, acidentes felizes, fracassos! Vejam o fósforo, essa coisa insignificante e mágica – um esfregão e eis o milagre: o fogo na ponta de um pauzinho. Eu gostaria, um dia, de dar um curso sobre a história do pau de fósforo. Na sua história há uma enormidade de experimentos e pensamentos.

Ensinar é um ato de amor. Se as gerações mais velhas não transmitissem o seu conhecimento às gerações mais novas, nós ainda estaríamos na condição dos homens pré-históricos. Ensinar é o processo pelo qual as gerações mais velhas transmitem às gerações mais novas, como herança, a caixa onde guardam seus mapas e ferramentas. Assim, as crianças não precisam começar da estaca zero. Ensinam-se os saberes para poupar àqueles que não sabem o tempo e o cansaço do pensamento: saber para não pensar. Não preciso pensar para riscar um pau de fósforo.

Os grandes sabem. As crianças não sabem.

Os grandes ensinam. As crianças aprendem.

Está resumido na fotografia: o de mão grande conduz o de mãozinha pequena. Esse é o sentido etimológico da palavra "pedagogo": aquele que conduz as crianças.

Educar é transmitir conhecimentos. O seu objetivo é fazer com que as crianças deixem de ser crianças. Ser criança é ignorar, nada saber, estar perdido. Toda criança está perdida no mundo. A educação existe para que chegue um momento em que ela não esteja mais perdida: a mãozinha de criança tem de se transformar em mãozona de um adulto que não precisa ser conduzido: ele se conduz, ele sabe os caminhos, ele sabe como fazer. A educação é um progressivo despedir-se da infância.

A pedagogia do meu querido amigo Paulo Freire amaldiçoava aquilo que se denomina ensino "bancário" – os adultos vão "depositando" saberes na cabeça das crianças da mesma forma como depositamos dinheiro num banco. Mas me parece que é assim mesmo que acontece com os saberes fundamentais: os adultos simplesmente dizem *como* as coisas são, *como* as coisas são feitas. Sem razões e explicações. É assim que os adultos ensinam as crianças a andar, a falar, a dar laço no cordão do sapato, a tomar banho, a descascar laranja, a nadar, a assobiar, a andar de bicicleta, a riscar o fósforo. Tentar criar "consciência crítica" para essas coisas é tolice. O adulto mostra como se faz. A criança faz do jeito como o adulto faz. Imita. Repete. Mesmo as pedagogias mais generosas, mais cheias de amor e ternura pelas crianças, trabalham sobre esses pressupostos. Se as crianças precisam ser conduzidas é porque elas não sabem o caminho.

Quando tiverem aprendido os caminhos andarão por conta própria. Serão adultos.

Todo mundo sabe que as coisas são assim: as crianças nada sabem, quem sabe são os adultos. Segue-se, então, logicamente, que as crianças são os alunos e os adultos são os professores. Diferença entre quem sabe e quem não sabe. Dizer o contrário é puro nonsense. Porque o contrário seria dizer que as crianças devem ensinar os adultos. Mas, nesse caso, as crianças teriam um saber que os adultos não têm. Se já tiveram, perderam... Mas quem levaria a sério tal hipótese?

Pois o Natal é essa absurda inversão pedagógica: os grandes aprendendo dos pequenos. Um profeta do Antigo Testamento, certamente sem entender o que escrevia – os profetas nunca sabem o que estão dizendo –, resumiu essa pedagogia invertida numa frase curta e maravilhosa: "... e uma criança pequena os guiará" (Isaías 11.6).

Se colocarmos esse moto ao pé da fotografia tudo fica ao contrário: é a criança que vai mostrando o caminho. O adulto vai sendo conduzido: olhos arregalados, bem abertos, vendo coisas que nunca viu. São as crianças que veem as coisas – porque elas as veem sempre pela primeira vez com espanto, com assombro de que elas sejam do jeito como são. Os adultos, de tanto vê-las, já não as veem mais. As coisas – as mais maravilhosas – ficam banais. Ser adulto é ser cego.

Os filósofos, cientistas e educadores acreditam que as coisas vão ficando cada vez mais claras à medida que o conhecimento cresce. O conhecimento é a luz que nos faz ver. Os sábios sabem o oposto: existe uma progressiva cegueira das coisas à medida que o seu conhecimento cresce. "Vale mais a pena ver uma coisa sempre pela primeira vez que conhecê-la. Porque conhecer é como nunca ter visto pela primeira vez..." As crianças nos fazem ver "a eterna novidade do mundo..." (Fernando Pessoa).

Janucz Korczak, um dos grandes educadores do século XX – foi voluntariamente com as crianças da sua escola para a câmara de gás de um campo de concentração nazista –, deu, a um dos seus livros, o título: *Quando eu voltar a ser criança*. Ele sabia das coisas. Era sábio. Lição da psicanálise: os cientistas e os filósofos veem o lado direito. Os sábios veem o avesso. O avesso é este: os adultos são os alunos; as crianças são os mestres. Por isso os magos, sábios, deram por encerrada a sua jornada ao encontrarem um menininho numa estrebaria... No Natal todos os adultos rezam a reza mais sábia de todas, escrita pela Adélia: "Meu Deus, me dá cinco anos, me dá a mão, me cura de ser grande...".

A ILHA DE PÁSCOA

A ilha de Páscoa está localizada no sul do Pacífico, em um local esquecido no meio do mar. Foi avistada por europeus em um domingo de Páscoa, em 1722. Ao contrário da maioria das ilhas daquela parte do mundo, o terreno não tinha grandes árvores e a grama era tão seca que, a distância, parecia areia. Os viajantes foram recebidos por uma comitiva de nativos em canoas frágeis e, ao desembarcarem, ficaram surpreendidos com os grandes moais, gigantescas estátuas de pedra esculpidas na forma de rostos humanos, espalhadas pelo litoral, como se vigiassem o alto-mar.

Ainda hoje a ilha é cercada por uma nuvem de mistério. A chave do mistério é revelada ao voltarmos à época da chegada dos primeiros polinésios, há cerca de 1.400 anos. Vindos do oeste, os *rapanui* encontraram um pequeno paraíso. Eram 166 quilômetros quadrados cobertos por uma densa floresta subtropical que crescia sobre o fértil solo de origem vulcânica. A fauna local permitia uma dieta muito rica para os moradores. Carne de golfinho, de foca e de 25 tipos de aves selvagens, assada com a lenha retirada da floresta. Escavações arqueológicas em antigos sítios ocupados mostram que, graças a essa biodiversidade, o número de habitantes aumentou bastante.

Boa parte dos recursos locais era gasta na intensa produção e no transporte de estátuas. Para movê-las, dezenas de pessoas utilizavam cordas e uma espécie de trenó feito de palmeiras e arrastavam os moais por 14 quilômetros até o litoral. A partir de 1200, a produção entrou em um ritmo mais acelerado que durou pelos 300 anos seguintes, sendo preciso cada vez mais madeira, cordas e alimentos. Por volta de 1400, a floresta já não existia e a última palmeira foi cortada, extinta junto com outras 21 espécies de plantas nativas. Assim, não havia mais madeira e cordas para o transporte de moais nem troncos resistentes para a construção de barcos para a pesca em alto-mar. Assim a pesca diminuiu. As colheitas também foram prejudicadas com o desmatamento, e com o *habitat* devastado todas as espécies de aves foram extintas.

Todos esses fatores causaram uma grave falta de alimentos e o número de habitantes foi reduzido a um décimo dos 20 mil que habitaram a ilha no seu auge. E, sem comida, os *rapanui* apelaram para o canibalismo. Em vez de ossos de pássaros ou de golfinhos, passou-se a encontrar ossos humanos nas escavações de moradias desse período. Muitos deles foram quebrados para extrair o tutano.

O canibalismo cometido pelos nativos serve como exemplo do que pode acontecer quando o meio ambiente é explorado até o limite e seu equilíbrio é afetado: a civilização que depende de seus recursos é levada ao colapso. E serve de lição para nossa geração que está vivendo as consequências do crescimento econômico, tal como aconteceu com os moais: vendo a destruição da natureza que suas atividades produziam, não tiveram a sabedoria de parar. A ilha de Páscoa deve ser contemplada como uma profecia de um futuro possível à nossa frente, se não tivermos a sabedoria de parar.

UM SEGREDO QUE NUNCA REVELEI

Tenho uma ternura especial pelas coisas fracas, que não sabem ou não conseguem se defender. E não só a fraqueza física: são as humilhações silenciosas que dilaceram a alma dos fracos.

Costumava caminhar num jardim que terminava em frente a uma escola. Observava meninos e meninas que iam juntos, bonitos, esbanjando alegria. Mas havia uma menina muito gorda que caminhava sempre só. Nunca vi um gesto dos alegres e bonitos convidando-a a juntar-se ao grupo. E ela nem tentava. Havia outra, magra, alta, sem seios, rosto coberto de espinhas, encurvada como se quisesse esconder-se dentro de si.

Ficava pensando que havia nelas uma mocinha que desejava ser amada. O que pensavam quando iam para a cama? Certamente choravam. Mas essas percepções não passavam pela cabeça dos outros.

No ginásio era assim também. Os bonitos se juntavam. Os feios eram deixados de lado. Um incidente ocorrido há 60 anos continua vívido na minha cabeça. Era uma moça feia, desengonçada, magra. Jamais a vi conversando com um menino ou sorrindo. Entrava na sala e ia para sua carteira, encostada na parede. Um dia, chegou atrasada, a turma já assentada. Não havia jeito de se esconder, desfilou diante de todos. E foi então que um colega deu um daqueles assobios. A classe estourou em gargalhada. Ela continuou a caminhar, as lágrimas escorrendo.

Tive vontade de berrar, um grito de ódio, mas nada fiz. Porque também era fraco e feio e ridículo. Ela é a única colega cujo nome não me esqueci. Suas iniciais eram I.K. Eu era novo no Rio de Janeiro, vindo do interior de Minas, aonde ir à escola de sapato era um luxo. Fui ao colégio no primeiro dia de aula com sapato sem meia. Todos riram. No dia seguinte, fui de meia. Não adiantou. Riram-se do meu sotaque caipira. Tornei-me vítima dos valentões. Apanhei muito em silêncio porque não sabia me defender. Não tinha a quem apelar. Acontecia na rua, fora do olhar dos professores. Meus pais não saberiam o que fazer. Minha mãe me daria o único conselho que sabia dar: "Quando um não quer, dois não brigam". É verdade, quando um não quer, um bate e o outro apanha.

Uma pessoa querida me disse que tenho raiva das mulheres. Fico a pensar se essa raiva não tem raízes na minha mãe, que só me ensinava a não reagir, que desejava que eu fosse fraco e não enfrentasse a luta. A pancada que mais doeu foi dada por um colega que se dizia filho de governador, rico, arrogante, ouro nos dentes. Sem motivo, na hora do recreio veio até mim e disse: "Você é ridículo...".

Essas experiências não podem ser esquecidas. A gente faz força para não as revelar, por vergonha. Durante toda a vida, foram um segredo só meu. Nunca as contei nem para os amigos mais íntimos. É a primeira vez que as revelo.

Fui me enchendo de vergonha e de humilhação. Daí nasce o ódio. À medida que crescia e me tornava adulto, esses sentimentos iam criando em mim um lado que não suporta a injustiça dos fortes contra os fracos. O que me leva, por vezes, a fazer coisas imprudentes a favor dos fracos, mesmo com risco de ser agredido.

Mas há algo que me magoa. É como se a minha pele de ternura, de voz baixa, de poesia, que deseja proteger as coisas fracas, morasse no mesmo quarto onde mora esse jeito bravo. E, de vez em quando, sem me dar conta, fico irônico, impaciente, a voz se encrespa. Imagino que isso aconteça quando, lá no meu inconsciente, onde mora o menino ridículo que apanhava, o sentimento de humilhação aparece. Magoei muitas pessoas com esse meu jeito, algumas de forma irremediável. Por isso estou triste. Mais triste porque sei que hoje, no mundo todo, os fracos são humilhados e apanham.

MEU "UAICAI"

Alguns dos meus livros estão espandongados: lombadas descoladas, folhas soltas, outras rasgadas. Estão assim pelas muitas vezes que com eles fiz amor repetido e furioso. Outros livros estão perfeitos. Nunca desejei fazer amor com eles.

De todos os meus livros, os que mais amo e que, por isso mesmo, estão em pior estado são as obras de Nietzsche. Quando li Nietzsche pela primeira vez eu me espantei e disse: "Esse homem passeia por lugares da minha alma que não conheço!". Hoje é meu companheiro.

Ele escreveu em alemão. Mas o meu alemão é capenga. Tenho de usar o dicionário como bengala. Com isso perco o essencial: a música da sua escritura. Por isso, valho-me das maravilhosas traduções de Walter Kaufmann para o inglês. Para traduzir Nietzsche não basta saber alemão; é preciso ser poeta.

Agora, na velhice, minha grande preocupação é o fim do mundo. A Terra está morrendo. Os cientistas já fazem cálculos acerca dos poucos anos que lhe restam. Convivo bem com a ideia da minha morte. Mas a ideia da morte da Terra é-me insuportável. Até já escrevi um "uaicai". "Uaicai" é o jeito mineiro de fazer haicais. "Uai", para expressar o assombro ante a vida. E "cai", para exprimir a tristeza de ver cair o que estava lá no alto. Meu "uaicai" é assim:

145

O último sabiá canta seu canto...
Que pena!
Já não há ninguém para ouvi-lo...

Relendo *A gaia ciência*, de Nietzsche, reencontrei-me com seu texto mais famoso, aquele em que ele diz que "Deus morreu". E, de repente, à medida que eu o degustava antropofagicamente, o texto foi se apossando de mim, como se fosse vinho. Fiquei meio bêbado. E, na minha embriaguez, eu troquei palavras: onde ele escreveu "Deus", eu escrevi "Terra". O texto ficou assim:

A cena: um louco grita numa praça. Dirige-se àqueles que ali estão. Eles riem e zombam.

"O que aconteceu com a nossa Terra?", ele grita. "Pois vou lhes dizer. Nós a matamos – vocês e eu. Todos nós somos seus assassinos. Mas como é que fizemos isso? Como é que fomos capazes de beber os rios e comer as florestas? Quem nos deu a esponja para apagar os horizontes do futuro? O que fizemos quando partimos a corrente que ligava a Terra à Vida? Para onde ela irá? Vagará pelo Nada infinito? Esse hálito que sentimos não é o hálito da morte? E esse calor! Os gelos estão se derretendo. Já se vê o cume negro do Kilimanjaro, outrora vestido com a brancura da neve. O mar subirá. O Sol está mais quente e mortífero. Temos de nos proteger contra os seus raios. E esse barulho que ouvimos em todos os lugares – o ruído das fábricas, o barulho das bolsas de valores – não será, porventura, o barulho dos coveiros que a enterram? O ar que respiramos é o ar da decomposição. A Terra está morta. Nós a matamos. Como poderemos nós, os assassinos da Terra, nos confortar a nós mesmos? A Terra, extensão dos nossos corpos, a mais sagrada, sangrou até a morte sob nossos punhais... Quem nos limpará desse sangue?". Relatou-se depois que, naquele mesmo dia, o louco entrou em várias bolsas de valores, bancos e indústrias e lá cantou o "Réquiem para a Terra Morta". Retirado de lá e compelido a se explicar, a cada vez ele disse a mesma coisa: "Que são esses templos do progresso senão os sepulcros da Terra?".

O PAÍS DOS CHAPÉUS

Vivia num país de céu cor de anil um rei que muito amava o seu povo. Queria que o seu povo fosse feliz. Mas o seu povo não era feliz. Não era feliz porque não era inteligente. A prova de que não era inteligente estava no fato de que aquele povo não sabia ler e não gostava de ler. O rei passava seus dias e noites pensando: "Que fazer para que meu povo seja inteligente?". E como não sabia o que fazer para que seu povo ficasse inteligente, o rei ficou triste.

Viviam naquele país dois espertalhões, chapeleiros por profissão. Ficaram sabendo das razões da tristeza do rei. E maquinaram um plano para ganhar dinheiro à custa disso. Dirigiram-se ao palácio e se anunciaram: "Fizemos doutoramentos no exterior sobre a arte de tornar o povo inteligente". O rei ficou felicíssimo. "Por favor, expliquem-me essa ciência", ele lhes pediu. "Majestade, o que é que torna uma pessoa inteligente?" Com essa pergunta, abriram um álbum de fotografias. "Veja essas fotografias. Estão aqui as pessoas mais inteligentes da história. Em primeiro lugar, Merlin, o maior dos magos. Note que ele tem um chapéu de feiticeiro na cabeça." Viraram a página e lá estavam as fotos dos doutores de Oxford e Harvard. Todos eles de chapéu na cabeça, penduricalho pendurado ao lado.

Veja, agora [disseram eles ao virar mais uma página], o maior general de todos os tempos, Napoleão Bonaparte. Sabe Vossa Excelência a razão por que ele perdeu a batalha de Waterloo? Um espião inglês infiltrado lhe roubou o chapéu. Sem chapéu, ele não pôde competir com Wellington, que usava chapéu. E veja agora os grandes gênios da humanidade: Sigmund Freud, Winston Churchill, Santos Dumont, todos com chapéus na cabeça. Os chapéus dão inteligência. Propomos, então, um programa nacional: "Chapéus para todos"! Por pura coincidência, somos chapeleiros e teremos prazer em ajudá-lo na sua cruzada contra a burrice. Montaremos muitas fábricas e muitas lojas de chapéus. Todos poderão usar chapéus, desde que, é claro, o governo ofereça bolsas aos pobres deschapelados.

O rei ficou entusiasmadíssimo e lançou a campanha democrática "Chapéus para todos". Os *outdoors* se encheram de *slogans*: "É preciso usar chapéu para ter um bom emprego"; "Prepare-se para o mercado de trabalho: Use um chapéu"; "Garanta um futuro para o seu filho: Dê-lhe um chapéu!". Os pais, que queriam que seus filhos fossem inteligentes, faziam os maiores sacrifícios para lhes comprar chapéus. Havia festas para a cerimônia da "entrega dos chapéus". Perante um auditório lotado, anunciava-se o nome do jovem, o público explodia em palmas, ele se dirigia à mesa dos enchapelados e lá lhe era colocado um chapéu na cabeça. Os pais diziam, então, aliviados: "Cumprimos a nossa missão. Nosso filho tem um chapéu. Seu futuro está garantido. Podemos morrer em paz".

A indústria chapeleira progrediu. Até as cidades mais pobres anunciavam, com orgulho: "Também temos uma fábrica de chapéus...".

Agências internacionais, sabedoras da campanha "Chapéus para todos", trataram de medir os resultados dessa técnica pedagógica. Fizeram pesquisas para avaliar o efeito dos chapéus sobre os hábitos de leitura do povo. Mas o resultado da pesquisa foi desapontador. O número de chapéus na cabeça não era proporcional ao número de livros lidos. O rei ficou bravo. Mandou chamar os chapeleiros e pediu-lhes explicações: "Senhores, o povo continua burro. O povo não lê...". Os espertalhões não se apertaram: "Majestade, é que ainda não entramos na segunda fase do programa. Um chapéu não basta. É apenas preliminar. Sobre o chapéu preliminar as pessoas terão de usar um outro chapéu, amarelo, um pós-chapéu". O rei acreditou. Tomou as providências para que todos pudessem ter pós-chapéus amarelos. Daí pra frente, quem só usava o chapéu preliminar não valia nada. Pra conseguir um emprego, era necessário se apresentar usando os dois chapéus: o preliminar e o pós, amarelo. Mas nem assim o povo aprendeu a ler. O resultado das pesquisas internacionais era o mesmo: o povo continuava a não gostar de ler. Aí os espertalhões explicaram ao rei que faltava o chapéu que realmente importava: o chapéu vermelho. Era preciso, então, usar o chapéu preliminar, sobre ele, o pós amarelo, e sobre o pós amarelo, o pós vermelho.

Aquele país ficou conhecido como o país dos chapéus. Todo mundo tinha chapéu, inclusive os pobres. Os resultados da última pesquisa internacional sobre os hábitos de leitura do povo do país dos enchapelados ainda não foram anunciados. Assim, ainda não se sabe a respeito do efeito dos chapéus pós vermelhos sobre os hábitos alimentares da inteligência do povo. Mas uma coisa já é bem sabida: de todos, os mais inteligentes são os chapeleiros...

PS: É o que eu penso da ideia de "universidade para todos".

ESCUTATÓRIA

Sempre vejo anunciados cursos de oratória. Nunca vi anunciado curso de escutatória. Todo mundo quer aprender a falar. Ninguém quer aprender a ouvir. Pensei em oferecer um curso de escutatória. Mas acho que ninguém vai se matricular.

Escutar é complicado e sutil. Diz o Alberto Caeiro que "não é bastante não ser cego para ver as árvores e as flores. É preciso também não ter filosofia nenhuma". Filosofia é um monte de ideias, dentro da cabeça, sobre como são as coisas. Aí a gente que não é cego abre os olhos. Diante de nós, fora da cabeça, nos campos e matas, estão as árvores e as flores. Ver é colocar dentro da cabeça aquilo que existe fora. O cego não vê porque as janelas dele estão fechadas. O que está fora não consegue entrar. A gente não é cego. As árvores e as flores entram. Mas – coitadinhas delas – entram e caem num mar de ideias. São misturadas nas palavras da filosofia que mora em nós. Perdem a sua simplicidade de existir. Ficam outras coisas. Então, o que vemos não são as árvores e as flores. Para se ver, é preciso que a cabeça esteja vazia.

Faz muito tempo, nunca me esqueci. Eu ia de ônibus. Atrás, duas mulheres conversavam. Uma delas contava para a amiga os seus sofrimentos. (Contou-me uma amiga, nordestina, que o jogo que as

150

mulheres do Nordeste gostam de fazer quando conversam umas com as outras é comparar sofrimentos. Quanto maior o sofrimento, mais bonitas são a mulher e a sua vida. Conversar é a arte de produzir-se literariamente como mulher de sofrimentos. Acho que foi lá que a ópera foi inventada. A alma é uma literatura. É nisso que se baseia a psicanálise...) Voltando ao ônibus. Falavam de sofrimentos. Uma delas contava do marido hospitalizado, dos médicos, dos exames complicados, das injeções na veia – a enfermeira nunca acertava –, dos vômitos e das urinas. Era um relato comovente de dor. Até que o relato chegou ao fim, esperando, evidentemente, o aplauso, a admiração, uma palavra de acolhimento na alma da outra que, supostamente, ouvia. Mas o que a sofredora ouviu foi o seguinte: "Mas isso não é nada...". A segunda iniciou, então, uma história de sofrimentos incomparavelmente mais terríveis e dignos de uma ópera que os sofrimentos da primeira.

Parafraseio o Alberto Caeiro: "Não é bastante ter ouvidos para se ouvir o que é dito. É preciso também que haja silêncio dentro da alma". Daí a dificuldade: a gente não aguenta ouvir o que o outro diz sem logo dar um palpite melhor, sem misturar o que ele diz com aquilo que a gente tem a dizer. Como se aquilo que ele diz não fosse digno de descansada consideração e precisasse ser complementado por aquilo *que a gente tem a dizer*, que é muito melhor. No fundo somos todos iguais às duas mulheres do ônibus. Certo estava Lichtenberg – citado por Murilo Mendes: "Há quem não ouça até que lhe cortem as orelhas". Nossa incapacidade de ouvir é a manifestação mais constante e sutil da nossa arrogância e vaidade: no fundo, somos os mais bonitos...

Tenho um velho amigo, Jovelino, que se mudou para os Estados Unidos, estimulado pela Revolução de 64. Pastor protestante (não "evangélico"), foi trabalhar num programa educacional da Igreja Presbiteriana USA, voltado para minorias. Contou-me de sua experiência com os índios. As reuniões são estranhas. Reunidos os participantes, ninguém fala. Há um longo, longo silêncio. (Os pianistas, antes de iniciarem o concerto, diante do piano, ficam assentados em silêncio, como se estivessem orando. Não rezando. Reza é falatório para não ouvir. Orando. Abrindo vazios de silêncio. Expulsando todas as ideias estranhas. Também para se tocar piano é preciso não ter filosofia nenhuma.) Todos em silêncio, à espera do pensamento essencial. Aí, de repente, alguém fala. Curto. Todos ouvem. Terminada a fala, novo silêncio. Falar logo em seguida seria um grande desrespeito. Pois o outro falou os seus pensamentos, pensamentos que julgava essenciais. Sendo dele, os pensamentos não são meus. São-me estranhos. Comida que é preciso digerir. Digerir leva tempo. É preciso tempo para entender o que o outro falou. Se falo logo a seguir, são duas as possibilidades. Primeira: "Fiquei em silêncio só por delicadeza. Na verdade, não ouvi o que você falou. Enquanto você falava, eu pensava nas coisas que eu iria falar quando você terminasse sua (tola) fala. Falo como se você não tivesse falado". Segunda: "Ouvi o que você falou. Mas isso que você falou como novidade eu já pensei há muito tempo. É coisa velha para mim. Tanto que nem preciso pensar sobre o que você falou". Em ambos os casos estou chamando o outro de tolo. O que é pior que uma bofetada. O longo silêncio quer dizer: "Estou ponderando cuidadosamente tudo aquilo que você falou". E assim vai a reunião.

Há grupos religiosos cuja liturgia consiste de silêncio. Faz alguns anos passei uma semana num mosteiro na Suíça, Grands Champs. Eu e algumas outras pessoas ali estávamos para, juntos, escrever um livro. Era uma antiga fazenda. Velhas construções, não me esqueço da água no chafariz onde as pombas vinham beber. Havia uma disciplina de silêncio, não total, mas de uma fala mínima. O que me deu enorme prazer às refeições. Não tinha a obrigação de manter uma conversa com meus vizinhos de mesa. Podia comer pensando na comida. Também para comer é preciso não ter filosofia. Não ter obrigação de falar é uma felicidade. Mas logo fui informado de que parte da disciplina do mosteiro era participar da liturgia três vezes por dia: às 7 da manhã, ao meio-dia e às 6 da tarde. Estremeci de medo. Mas obedeci. O lugar sagrado era um velho celeiro, todo de madeira, teto muito alto. Escuro. Haviam aberto buracos na madeira, ali colocando vidros de várias cores. Era uma atmosfera de luz mortiça, iluminada por algumas velas sobre o altar, uma mesa simples com um ícone oriental de Cristo. Uns poucos bancos arranjados em "U" definiam um amplo espaço vazio, no centro, onde quem quisesse podia se assentar numa almofada, sobre um tapete. Cheguei alguns minutos antes da hora marcada. Era um grande silêncio. Muito frio, nuvens escuras cobriam o céu e corriam, levadas por um vento impetuoso que descia dos Alpes. A força do vento era tanta que o velho celeiro torcia e rangia, como se fosse um navio de madeira num mar agitado. O vento batia nas macieiras nuas do pomar e o barulho era como o de ondas que se quebram. Estranhei. Os suíços são sempre pontuais. A liturgia não começava. E ninguém tomava providências. Todos continuavam do mesmo jeito, sem nada fazer. Ninguém que se levantasse para dizer: "Meus irmãos, vamos cantar o hino...". Cinco minutos, dez, quinze. Só depois de vinte minutos é que eu, estúpido, percebi que tudo já se iniciara vinte minutos antes. As pessoas estavam lá para se alimentar de silêncio. E eu comecei a me alimentar de silêncio também. Não basta o silêncio de fora. É preciso silêncio dentro. Ausência de pensamentos. E aí, quando se faz o silêncio dentro, a gente começa a ouvir coisas que não ouvia. Eu comecei a ouvir. Fernando Pessoa conhecia a experiência, e se referia a algo que se ouve nos interstícios das palavras, no lugar onde não há palavras. É música, melodia que não havia e que, quando ouvida, nos faz chorar. A música acontece no silêncio. É preciso que todos os ruídos cessem. No silêncio, abrem-se as portas de um mundo encantado que mora em nós – como no poema de Mallarmé, "A catedral submersa", que Debussy musicou. A alma é uma catedral submersa. No fundo do mar – quem faz mergulho sabe – a boca fica

153

fechada. Somos todos olhos e ouvidos. Me veio agora a ideia de que, talvez, esta seja a essência da experiência religiosa – quando ficamos mudos, sem fala. Aí, livres dos ruídos do falatório e dos saberes da filosofia, ouvimos a melodia que não havia, que de tão linda nos faz chorar. Para mim Deus é isto: a beleza que se ouve no silêncio. Daí a importância de saber ouvir os outros: a beleza mora lá também. Comunhão é quando a beleza do outro e a beleza da gente se juntam num contraponto...

DEPOIS DO ESQUECIMENTO

Quando um professor tenta ensinar alguma coisa tem de pressupor que aquilo é importante e vai fazer uma diferença na vida do seu aluno. Caso contrário, seu trabalho não terá sentido. Assim, deve ter a curiosidade de saber sobre o destino das informações e das habilidades que tentou ensinar. O que aconteceu com elas?

Quero sugerir um método, valendo-me para isso de uma metáfora. Imagine que você resolveu se dedicar ao negócio de fabricação de salsichas. Para transformar carne em salsichas há uma máquina. Numa das extremidades da máquina coloca-se a carne. Aperta-se um botão. A máquina se põe a funcionar. Na outra extremidade, saem as salsichas, prontinhas. Para avaliar se a máquina é comercialmente vantajosa, basta comparar o peso da carne que foi colocada no funil de entrada com o peso das salsichas produzidas. Se 100 quilos de carne foram colocados na entrada e saíram 95 quilos de salsicha, a máquina é ótima. Mas se só saíram 10 quilos de salsicha, a máquina não presta.

Imaginei que se poderia avaliar o desempenho das escolas – uma alternativa ao Enem – por meio de um exame elaborado segundo o modelo da máquina de salsichas. O objetivo seria comparar o que entrou com o que ficou. Frequentei escolas por 17 anos: quatro anos no curso primário, um no curso de admissão, quatro no ginásio, três no curso científico e cinco no curso superior. Multipliquei o número de meses, pelo número de dias, pelo número de horas, pelo número de anos: cheguei ao número 16.320 – número de horas que passei sentado em carteiras ouvindo as coisas que os professores tentavam me ensinar. É claro que esse número deve estar errado. Seja. De qualquer forma, é muito tempo de vida nos bancos escolares. O que sobrou? O exame seria assim:

Primeiro: o programa seria constituído de tudo, absolutamente tudo que se pretendeu ensinar nesses 17 anos, do primeiro ao último ano.

Segundo: aqueles que fariam os exames não assinariam seus nomes porque o que se procuraria não seria o desempenho individual, mas o desempenho da máquina escolar.

Terceiro: seriam proibidos cursos preparatórios para tais exames. Seria proibido também recordar a matéria. O propósito do exame seria abortado porque o aprendido é aquilo que fica depois que o esquecimento fez o seu trabalho. O exame que proponho quer saber o que sobrou depois do esquecimento.

Eu me sairia muito mal. Não me lembro das classificações das rochas. Lembro-me dos nomes "dolomitas" e "piroclásticas", mas não sei o que significam. Esqueci-me do "crivo de Erastóstenes". Não sei fazer raiz quadrada. Não sei onde se encontra a serra da Mata da Corda. Também me esqueci das dinastias dos faraós e dos nomes dos imperadores romanos. Lembro-me do princípio de Arquimedes, mas não sei a lei de Avogadro. Não aprendi latim. E tudo isso era matéria de classe. Acho que dos 100% de saberes que as escolas tentaram enfiar em mim só sobraram uns 10%. Você depositaria suas economias mensalmente, num fundo de investimento, por 17 anos, se soubesse que depois desses 17 anos receberia só 10% do que depositou?

Alguns concluirão que a culpa é dos professores. Outros, que é dos alunos. Não creio que a culpa seja dos professores ou dos alunos.

Acho mesmo que a culpa é da carne que se põe na máquina: ela está estragada. As salsichas cheiram mal. O nariz as reprova. Concluo: a *performance* das escolas melhorará se a carne estragada for substituída por uma carne que produza salsichas apetitosas.

PROPOSTA INUSITADA

Nos tempos em que eu era professor da Unicamp, fui designado presidente da comissão encarregada da seleção dos candidatos ao doutoramento, o que é um sofrimento. Dizer "esse entra", "esse não" é uma responsabilidade dolorida da qual não se sai sem sentimentos de culpa. Como decidir sobre a vida de uma pessoa amedrontada em 20 minutos de conversa? Mas não havia alternativa. Essa era a regra. Os candidatos amontoavam-se no corredor recordando o que haviam lido da imensa lista de livros cuja leitura era exigida.

Aí tive uma ideia que julguei brilhante. Combinei com os meus colegas que faríamos a todos os candidatos uma única pergunta, a mesma pergunta. Assim, quando o candidato entrava trêmulo e se esforçando por parecer confiante, eu lhe fazia a pergunta, a mais deliciosa de todas: "Fale-nos sobre aquilo que você gostaria de falar!".

Pois é claro! Não nos interessávamos por aquilo que ele havia memorizado dos livros. Muitos idiotas têm boa memória. Nós nos interessávamos por aquilo que ele pensava. Poderia falar sobre o que quisesse, desde que fosse sobre aquilo que gostaria de falar. Procurávamos as ideias que corriam no seu sangue!

Mas a reação dos candidatos não foi a esperada. Foi o oposto. Pânico. Foi como se esse campo, aquilo sobre o que eles gostariam de falar, lhes fosse totalmente desconhecido, um vazio imenso. Papaguear os pensamentos dos outros, tudo bem. Para isso eles haviam sido treinados durante toda a sua carreira escolar, a partir da infância. Mas falar sobre os próprios pensamentos – ah! isso não lhes tinha sido ensinado. Nunca lhes havia passado pela cabeça que alguém pudesse se interessar por aquilo que estavam pensando. Nunca lhes havia passado pela cabeça que os seus pensamentos pudessem ser importantes.

Uma candidata teve um surto e começou a papaguear compulsivamente a teoria de um autor marxista. Acho que pensou que aquela pergunta não era para valer. Não era possível que estivéssemos falando sério. Deveria ser uma dessas "pegadinhas" sádicas cujo objetivo é confundir o candidato. Por via das dúvidas, optou pelo caminho tradicional e tratou de demonstrar que havia lido a bibliografia. Aí eu a interrompi e disse: "Eu já li esse livro. Sei o que está escrito nele. E você está repetindo direitinho. Mas não queremos ouvir o que já sabemos. Queremos ouvir o que não sabemos. Queremos que você nos conte o que está pensando, os pensamentos que a ocupam...". Ela não conseguiu. O excesso de leitura a havia feito esquecer e desaprender a arte de pensar.

Parece que esse processo de destruição do pensamento individual é uma consequência natural das nossas práticas educativas. Quanto mais se é obrigado a ler, menos se pensa. Schopenhauer tomou consciência disso e o disse de maneira muito simples em alguns textos sobre livros e leitura. O que se toma por óbvio e evidente é que o pensamento está diretamente ligado ao número de livros lidos. Tanto assim que se criaram técnicas de leitura dinâmica que permitem que se leia *Grande sertão: Veredas* em pouco mais de três horas. Ler dinamicamente, como se sabe, é essencial para se preparar para o vestibular e para fazer os clássicos "fichamentos" exigidos pelos professores. Schopenhauer pensa o contrário: "É por isso que, no que se refere a nossas leituras, a arte de *não* ler é sumamente importante".

UM JEQUITIBÁ DE 3.000 ANOS

A Maria Antônia é pessoa querida, faz versos lindos que sempre cito. Seu livro *Terra de formigueiro* (Papirus) é um presente gostoso para uma pessoa amada. Ela me escreveu colocando duas fotografias dentro do envelope. A primeira era uma árvore gigantesca, fotografia tirada de baixo para cima, jequitibá-rosa, do Parque Vassununga, em Ribeirão Preto. Atrás, informações técnicas: altura, 400 metros; idade, 3.000 anos. Escrevi para ela:

> Olha, gosto de acreditar em portentos, achei o JEQUITIBÁ fantástico, tão fantástico que escrevi o nome dele todo em maiúsculas, não devia ser escrito na horizontal, mas na vertical, em virtude de sua assombrosa ereção. Agora, acreditar que ele é da altura do Pão de Açúcar, 400 metros, isso é um pouco demais para a minha incredulidade, muito embora para Deus tudo seja possível. 3.000 anos de idade é tempo pra chuchu, 1.000 anos antes do nascimento de Cristo... Mas não espalhem a notícia, não, pois há o perigo de que comecem a dizer que chá de casca do jequitibá é o segredo da longevidade e da potência permanente, e isso seria o fim do jequitibá.

A segunda era um cartão-postal de uma exposição em homenagem a Monteiro Lobato em que aparece uma foto do meu filósofo mais querido, Friedrich Nietzsche, e, em cima dela, uma frase de Lobato sobre ele, tirada de uma carta datada de 24/8/1904. Aí continuei a carta para a Maria Antônia:

> Portento maior que o JEQUITIBÁ, eu achei a fotografia de Nietzsche com a frase de Lobato. Imaginar que Lobato tivesse conhecimento desse filósofo desconhecido, morto em 25 de agosto de 1900! A frase dele me deixa pasmo: "Ele é isso. Corre na frente com o facho, a espantar todos os morcegos e corujas e a semear horizontes".

Nietzsche, sim, era jequitibá alto; faz muito tempo que estou subindo por seus galhos e nunca chego ao alto. Dizia ele que construiria seu ninho na árvore Futuro, e que ali, na solidão, as águias lhe trariam alimento em seus bicos!

A frase de Lobato me deixou pasmado, primeiro, por ele ter lido Nietzsche naquela data. Segundo, porque de Nietzsche os leitores e intérpretes falaram as maiores barbaridades. Leitores e intérpretes, inclusive eu, são um perigo. Nunca acreditem neles. A razão para isso é simples. O próprio Nietzsche explicou: "Ninguém consegue tirar das coisas, incluindo os livros, mais do que aquilo que já conhece. Pois aquilo a que alguém não pode chegar por meio da experiência, para isso ele não terá ouvidos". Isso nada tem a ver com erudição. Os eruditos não o entendiam. Um erudito professor da Universidade de Berlim, após ler seus textos, sugeriu que ele parasse de escrever como escrevia porque ninguém se interessava por aquilo que ele escrevia.

Mas Lobato o entendeu. Se não tivesse entendido não teria escrito o que escreveu. O Riobaldo sabe o segredo do entendimento: "O senhor mesmo sabe. E, se sabe, me entende".

CRIATIVIDADE

Hoje serei didático. Direto. O assunto é a criatividade. Criatividade deve ser coisa boa porque todo mundo a deseja, mesmo sem saber do que se trata.

Começamos com uma afirmação óbvia: somente os seres humanos são criativos; os animais não são criativos. O mundo dos animais se desenvolve em uma tranquila mesmice que se perde no passado: as abelhas fazem suas colmeias como sempre fizeram, os caramujos fazem suas conchas como sempre fizeram, os sabiás cantam seus cantos como sempre fizeram, os beija-flores chupam flores como sempre fizeram, os guaxos fazem ninhos como sempre fizeram. Animal não inventa. Não precisa inventar. O corpo deles nasce sabendo.

Criatividade é: inventar. Fazer existir coisa que não existia. Nós inventamos: músicas, roupas, armas, comidas, técnicas, jogos, brinquedos, livros. Essas coisas não existiam. Os animais, ao contrário, desejam que nunca haja mudanças. As mudanças, imperceptíveis, acontecem à revelia do que eles possam pensar. Animal não pensa, não precisa pensar. O pensamento é a busca do que não existe, a gestação do que não existe, o não existente, de forma virtual, antes de existir de forma real.

Os animais não precisam nem pensar nem criar porque eles são perfeitos. O que é perfeito não precisa mudar. Não quer mudar.

Gato quer ser gato, borboleta quer ser borboleta, caramujo quer ser caramujo. Usando uma imagem do biólogo Uexküll, depois adotada por Goldstein, Cassirer e Merleau-Ponty, digo que os animais são músicas completas. Cada uma de um jeito. Alguns são músicas curtinhas; outros, músicas mais compridas. Uns, músicas monótonas como o cantochão; outros, saltitantes como a *Pequena serenata* de Mozart. Mas o que importa não são as diferenças. O que importa é que todas elas são completas. Sendo completas, são perfeitas. Sendo perfeitas, são sempre repetidas. Todos os animais são melodias que se tocam, sem fim. Melodias acabadas. Terminadas as melodias, o compositor, seja o criador ou a evolução, colocou nelas a sua assinatura: "Amém, assim seja por todos os séculos".

Agora o absurdo, o contraponto, o tema invertido: os homens precisam pensar e criar porque eles são imperfeitos. Pensamento e criatividade nascem da imperfeição. Como os animais, os homens são também melodias. Melodias interrompidas, melodias inacabadas, como *A arte da fuga*, de Bach – ele morreu, antes de terminar – ou a sinfonia inacabada de Schubert. Deus (ou a evolução) compôs só um pouquinho, muito pouco – escolheu os instrumentos da orquestra, tocou a introdução e, com um sorriso matreiro na boca, disse para a melodia assim iniciada: "Termine-se! Se você não se terminar, você vai desaparecer!". E essa é a história da humanidade: os homens, as culturas, tentando continuar a composição inacabada.

Os animais, acabados. Nós, inacabados. Os animais, perfeitos. Nós, imperfeitos. Os animais, felizes. Nós, infelizes. Os animais, não precisando criar. Nós, obrigados a criar.

O homem, escreveu Camus, "é o único animal que se recusa a ser o que é". Ele se recusa a ser o que é porque o que ele é é só começo, esboço, possibilidade, travessia. Não está agarrado do lado da partida nem agarrado do lado da chegada. É corda sobre o abismo sobre o qual o corpo se dependura...

PORTADOR DE DEFICIÊNCIA FÍSICA

Filosofei demais, quando só queria dizer que os animais são acabados e perfeitos e nós somos inacabados e imperfeitos.

Corpo é ferramenta, aparelho, máquina. Perna e pé são ferramentas de locomoção. Mãos são ferramentas de agarrar objetos. Dentes são ferramentas de moer. Unhas, ferramentas de cortar. Olhos são aparelhos de localizar objetos a distância. Ouvidos, aparelhos de localizar objetos quando os olhos não os estão vendo.

Os bichos não inventam máquinas. Não precisam. Seus corpos são máquinas perfeitas. Completas. Dão conta da vida. E o homem? Coitado. Corpo desajeitado. Molengão. Lerdo. Nariz ruim. Olho ruim. Ouvido ruim. Jamais pegaria um passarinho. Jamais pegaria um peixe. Jamais pegaria um coelho. Aí, com fome, o corpo começou a pensar: "Haverá um jeito de pegar o passarinho? Haverá um jeito de pegar o peixe? Haverá um jeito de pegar o coelho?". E foi por isso, porque não conseguia competir com os bichos de corpo perfeito, que o corpo imperfeito do homem se pôs a pensar. O corpo imperfeito do homem inventou o pensamento. O pensamento existe para inventar aquilo que o corpo não tem. Inventou a flecha, a rede, a armadilha, a roda, a bicicleta. Invenções são melhorias para o corpo. Como dizia McLuhan, "extensões do corpo". Óculos são extensões do olho. Facas são extensões das unhas e dos dentes. Bicicletas são extensões das pernas. Palavra de Nietzsche, em explicação minha: vocês, que acreditam em Platão, em Kant e nos teólogos que pensam que a razão é a coisa mais importante, a chefona que dá ordens e o corpo obedece, saibam que o inverso é o verdadeiro. Razão Grande é o corpo. É ele que dá as ordens. É dele que nasce o desejo de viver, viver sem dor, viver com alegria. É o corpo, Razão Grande, que inventou essa razão pequena chamada pensamento. Inventou a razão pequena como ferramenta e brinquedo do corpo. Assim, quando o corpo, Razão Grande, tem dor, ele ordena à razão pequena, pensamento: "Descubra um jeito de pôr fim a essa dor!". E foi assim que a anestesia, a aspirina, a dolantina foram descobertas. Se o corpo não sentisse dor, se ele fosse pedra, nada disso teria sentido. E quando o corpo, Razão Grande, está feliz, e pensa que seria muito bom que a felicidade continuasse, ele ordena que a razão pequena pense: "Descubra um jeito de repetir essa alegria!". E foi assim que se inventaram as maneiras de repetir o prazer, que vão das receitas culinárias, repetição dos prazeres da comida, até os CDs, repetição dos prazeres da música.

Alberto Caeiro estava absolutamente certo quando disse que "pensar é estar doente dos olhos". O pensamento nasce da doença. O pensamento existe para curar a doença do corpo. O homem é, de nascimento, um portador de deficiência física. Por isso ele desenvolveu e hipertrofiou a capacidade de pensar. A função do pensamento é inventar, para o corpo, aquilo que ele não recebeu por nascimento. Segue-se, então, uma curiosa conclusão: quem está contente com as coisas do jeito como estão não cria nada. Somente os doentes, portadores de deficiência, são obrigados a ser criativos.

ESQUECER

Era uma menina de nove anos. Caminhava segura à minha frente. O diretor da Escola da Ponte lhe pedira que mostrasse e explicasse a escola. Fiquei ofendido. E eu que esperava que ele, diretor, me respeitasse como visitante estrangeiro e me mostrasse e explicasse a sua escola.

Chegando à porta da escola ela parou, deu meia-volta, olhou-me nos olhos e me disse: "Para o senhor entender a nossa escola, o senhor terá de se esquecer de tudo o que o senhor sabe sobre escolas...". Decididamente ela se dirigia a mim de uma forma petulante. Então eu, um educador velho que tenho a estar a pensar sobre as escolas desde menino, com a cabeça cheia de livros, teorias e experiências, deveria esquecer-me do que sabia? A menina estava certa. Meu espanto era sinal de que ela acabara de me aplicar um *koan* – um artifício pedagógico dos mestres zen.

Para aprender coisas novas, é preciso esquecer as coisas velhas. As coisas que sabemos tornam-se hábitos de ver e de pensar que nos fazem ver o novo através dos óculos das coisas velhas – e o novo que está à nossa frente se transforma no velho que sempre vimos e tudo continua do jeito como sempre foi.

166

Roland Barthes, já velho, ao final de sua famosa "Aula", disse que naquele momento de sua vida ele se dedicava a desaprender o que havia aprendido para que pudesse aprender o que não havia aprendido. Não havia aprendido porque a memória do sabido havia bloqueado a aprendizagem. "Empreendo, pois, o deixar-me levar pela força de toda a vida viva: o *esquecimento*. Vem agora a idade de *desaprender*, de deixar trabalhar o remanejamento imprevisível que o esquecimento impõe à sedimentação dos saberes, das culturas, das crenças que atravessamos..."

Para entender o que ele diz, é preciso que você ponha seus saberes entre parênteses, que você se esqueça deles, que você esteja vendo o mundo pela primeira vez, como sugeriu Alberto Caeiro. Se você não fizer isso, a leitura será inútil. Você continuará a ver o mundo velho que você já conhecia. Para um pássaro engaiolado, o mundo tem barras...

A psicanálise é uma pedagogia do esquecimento. Freud percebeu que as pessoas, por causa da memória, ficam prisioneiras do passado. Os neuróticos repetem o passado. Sua memória é sua teoria do futuro. O presente e o futuro são como minha memória diz. Por isso são incapazes de ver o novo. "Uma cobra que não pode livrar-se de sua casca perece. O mesmo acontece com aqueles espíritos que são impedidos de mudar suas opiniões; cessam de ser espírito" (Nietzsche).

Os mestres zen eram mestres de um tipo estranho: não tinham saber algum para ensinar aos seus discípulos. Ao contrário, sua atividade pedagógica se resumia em passar rasteiras nos saberes que seus discípulos traziam consigo. (Se há "construtivismo", os mestres zen eram "desconstrutivistas"...) Eles perceberam que os saberes que pensamos são semelhantes à "catarata": uma nuvem que obscurece os olhos. Para operar a catarata dos seus discípulos, eles se valiam dos *koans*, como já disse. Um *koan* é uma afirmação que "desconstrói" nosso saber, da mesma forma como um terremoto derruba uma casa.

Quando a nuvem de pretenso saber é retirada, o discípulo vê o que nunca havia visto. Experimenta o *satori*, a iluminação.

Quando a menina me disse que eu tinha de me esquecer do que sabia sobre escolas, ela me aplicou um *koan*. E passei a ver as escolas como nunca havia visto.

Esse é o evento que marca o nascimento de um educador: olhos novos para ver o que nunca se viu.

SOBRE A CIÊNCIA E A *SAPIENTIA*

O meu prazer é ver as coisas ao contrário. Ignoro as origens desse hábito estranho e de consequências frequentemente embaraçosas. Pode ser que isso seja coisa de poeta. A Adélia Prado confessa ser possuída por obsessão semelhante, e se refere ao seu "caminho apócrifo de entender a palavra pelo seu reverso" (*Poesia reunida,* p. 61). Talvez isso seja doença ligada às minhas origens: nasci em Minas Gerais, estado onde nasceram Guimarães Rosa e Riobaldo. Ou pode ser vício ligado à minha profissão. Sou psicanalista, e psicanalista não acredita nunca nos reflexos cartesianos da superfície chamada consciência, morada dos saberes e da ciência. Eles preferem a fundura das águas onde as palavras nadam silenciosas como peixes.

Vou dizer as coisas ao contrário, conforme o meu hábito, pois é assim que meus olhos veem o mundo. Tempero meu embaraço com um aforismo de T.S. Eliot: "Num país de fugitivos, aquele que anda na direção contrária parece estar fugindo".

A Sociedade Brasileira para o Progresso da Ciência, ilustre assembleia de cientistas, pediu-me para falar sobre o tema ciência e consciência. A palavra *consciência*, em nossa língua, sofre de uma ambiguidade. Pode ela referir-se àquela *voz íntima* que nos chama a realizar a verdade do nosso ser. Sobre isso Heidegger meditou longamente no seu livro *O ser e o tempo*. Dentre todos os seres vivos, nós somos os únicos que podem se perder pela sedução de formas inautênticas de vida: peixes colhidos nas redes do "eles anônimo" que vulgarmente recebe o nome de "sociedade". A *consciência* é a voz que nos faz lembrar nossas origens profundas: as correntes frescas, a fundura dos rios (Guimarães Rosa, como ele amava os rios! Confessou que, numa outra encarnação, gostaria de nascer jacaré!), a liberdade, o mistério, o silêncio, a solidão. A *consciência* mostra o rumo.

A *ciência* não tem *consciência*. Não poderia ter. Ciência é barco. Barco nada sabe sobre rumos: desconhece portos e destinos. Quem sabe sobre portos e destinos são os navegadores. Os cientistas são os navegadores que navegam o barco da ciência. Os cientistas antigos, fascinados pelo barco, acreditavam que nem seria preciso cuidar dos rumos. Sua paixão romântica pela *ciência* era tão intensa que pensavam que os ventos do saber sopravam sempre na direção do paraíso perdido. (Os apaixonados são todos iguais...) Acreditavam que o conhecimento produzia sempre a bondade. Por isso, bastava que se dedicassem à produção do conhecimento para que a bondade se seguisse, automaticamente. Infelizmente eles estavam errados. Os ventos do saber tanto podem levar ao paraíso quanto podem levar ao inferno. Os infernos também se fazem com ciência.

Essa religião, eu penso, cujos dogmas filosóficos caíram em descrédito, continua, entretanto, a determinar os rumos da nau: as heranças dos mortos são os sepulcros dos vivos. Ela se encontra sutilmente presente no próprio nome da Sociedade Brasileira para o Progresso da Ciência, como se a questão crucial fosse o *progresso da ciência*. Naus melhores não garantem, por si mesmas, o rumo ao paraíso. É possível que navios modernos naveguem (rapidamente) para o inferno enquanto primitivos barcos a vela naveguem (vagarosamente) na direção do paraíso.

Mas a palavra *consciência* tem também um segundo sentido: *consciência* como a forma pela qual conhecemos o mundo. Roland

Barthes, no seu maravilhoso texto "Aula", diz que ao envelhecer estava trocando sua maneira de conhecer o mundo. Até ali, ele fora um professor de *saberes* – dedicara-se ao progresso da ciência. A *ciência* é uma forma *ocular* de experimentar o mundo. Ela nasceu a partir do desejo de *ver* o mundo com olhos capazes de ver o invisível. Pois é isto que são as *teorias*: óculos de palavras através dos quais vemos o mundo de uma forma escondida aos olhos comuns. Acho que foi Karl Popper que disse isso de forma metafórica: "Todas as nuvens são relógios". Ao que a física quântica retrucaria dizendo o contrário: "Todos os relógios são nuvens". O mundo ocular da ciência é fascinante.

Mas o olhar contém uma maldição: somente é possível ver a distância. Vejo o que está longe do corpo. Impossível ler um texto colado aos meus olhos. Os prazeres do contato do corpo são incompatíveis com a visão. (Imagino que essa é a razão pela qual os amantes fecham os olhos para beijar...) Daí a afirmação psicanalítica de que a nossa infelicidade se deve à impossibilidade de comer tudo aquilo que vemos. (Os poetas são aqueles que tentam transformar o visível em comestível. Eles fazem isso por meio de uma operação alquímica intermediária: transformam o visível em palavras que, por sua vez, são comidas. A poesia é formada por palavras comestíveis.)

Barthes disse que a velhice lhe permitiu entregar-se ao esquecimento: procurava desaprender os saberes que progressivamente haviam se depositado sobre o seu corpo através dos anos, da mesma forma como a craca se agarra ao casco dos barcos. Queria esquecer-se dos saberes acumulados para retornar ao saber esquecido do seu corpo. E, ao final desse processo de desaprendizagem purificadora, ele afirmou haver chegado àquilo que a ciência ocultara: ele encontrou *sapientia* – uma forma nova (velhíssima, original, infantil) de *consciência*. *Sapientia* é saber saboroso. Vale transcrever um curto parágrafo de Nietzsche:

A palavra grega que designa o "sábio" se prende, etimologicamente, a *sapio*, eu saboreio, *sapiens*, o degustador, *sisyphos*, o homem de gosto mais apurado; um apurado degustar e distinguir, um significativo discernimento, constitui, pois, (...) a arte peculiar do filósofo. (...) A ciência, sem essa seleção, sem esse refinamento de gosto, precipita-se sobre tudo o que é possível saber, na cega avidez de querer conhecer a qualquer preço; enquanto o pensar filosófico está sempre no rastro das coisas dignas de serem sabidas... (*A filosofia na época trágica dos gregos*)

O meu embaraço, o meu andar na direção contrária, se prende a este fato: que eu ouso pronunciar uma palavra há muito banida do discurso da *ciência: sapientia*. A *ciência* fez silêncio sobre a *sapientia* por julgá-la supérflua. Julgou que seus *saberes*, necessariamente, produziriam *sabores*; que o seu progresso, necessariamente, produziria a felicidade. Daí essa voracidade grotesca apontada por Nietzsche: se pode ser conhecido deve ser conhecido – desde que a coisa tenha sido produzida com a *metodologia* adequada. Não me recordo, em bancas de mestrado e doutoramento, de haver presenciado discussões sobre o *sabor* da comida sendo servida. As discussões se concentram, predominantemente, na *forma como a comida foi preparada, isto é, no método. Ciência* é igual a método? Qualquer coisa idiota e irrelevante pode ser conhecida com rigor científico. E pode, assim, transformar-se em objeto de pesquisa e de tese.

A *ciência* progride: os *saberes* se somam. A *ciência* é um ser do tempo. A *sapientia*, ao contrário, não se soma, não progride. Não somos mais sábios que Sócrates, Jesus, Buda, Lao Tsu, Ângelus Silésius. Não somos mais sábios que as crianças. Porque *sapientia*, essa *consciência* saborosa do mundo, o mundo como objeto de degustação – é a *consciência* da criança: o nenezinho é sábio; ele sabe que o mundo se divide em *coisas gostosas*, que dão prazer ao corpo, e que por isso mesmo devem ser comidas, e coisas *não gostosas*, que por isso mesmo devem ser cuspidas e vomitadas.

Sugiro, para a *ciência*, uma nova *consciência*: a de *serva* da *sapientia*. O único propósito dos *saberes* é tornar possível a exuberância dos *sabores*. Pois o que Barthes disse, afinal de contas, é que dali para frente ele tomava a *culinária* como modelo para seu labor intelectual. Quem sabe, algum dia, esquecidos os *saberes* acumulados, cientistas e mestres se tornarão *sábios*, e as escolas e universidades tomarão as *cozinhas* como modelo...

SOBRE OS SONHOS DA HUMANIDADE

No consultório do oftalmologista estava uma gravura com o corte anatômico do olho. Olhando para a gravura, o oftalmologista pensava ciência. Naquela noite ele foi se encontrar com sua bem-amada. Olhando apaixonado para os seus olhos e esquecido da gravura, ele falou como poeta: "Teus olhos, mar profundo...".

No consultório ele jamais falaria assim. Falaria como cientista. Mas os olhos da sua amada o transformaram em poeta. Cada olho vê certo no mundo a que pertence.

O filósofo Ludwig Wittgenstein criou a expressão "jogos de linguagem" para descrever o que fazemos ao falar. As piadas são jogos de palavras cujo objetivo é produzir o riso. Imagine, entretanto, que um homem, em meio aos risos dos outros, faça a pergunta: "Mas isso que você contou aconteceu mesmo?". Aí você o olha e pensa: "Coitado! Ele não sabe que nesse jogo não há verdades. Só há coisas engraçadas".

A ciência também é um jogo de palavras. É o jogo da verdade, falar o mundo como ele é. A poesia é outro jogo de palavras. Usar palavras para brincar com os sonhos, porque, no final das contas, os sonhos são a substância de que somos feitos. Como disse Miguel de Unamuno:

Recuerda, pues, o sueña tú, alma mía
– la fantasía es tu sustancia eterna –
lo que no fue;
con tus figuraciones hazte fuerte,
que eso es vivir, y lo demás es muerte.

É no mundo encantado de sonhos que nascem as fantasias religiosas. As religiões são sonhos da alma humana. Poemas. O que nunca aconteceu. Não se pode perguntar de um poema se ele aconteceu mesmo. Jesus se movia em meio às coisas que não existiam e as transformava em parábolas, que são estórias que nunca aconteceram. E não obstante a sua não existência, as parábolas têm o poder de nos fazer ver o que nunca havíamos visto antes. O que não é, o que nunca existiu, o que é sonho e poesia tem poder para mudar o mundo. "Que seria de nós sem o socorro das coisas que não existem?" – perguntava Paul Valéry. Leio os poemas da Criação. Nada me ensinam sobre o início do universo e o nascimento do homem. Sobre isso falam os cientistas. Mas eles me fazem sentir amoravelmente ligado a este mundo maravilhoso em que vivo e que minha vocação é ser seu jardineiro. Dois jeitos de ver, dois mundos...

Aí vieram os burocratas da religião e expulsaram os poetas como hereges. E os poemas passaram a ser interpretados literalmente. E, com isso, o que era belo ficou ridículo. Todo poema interpretado literalmente é ridículo. Toda religião que pretenda ter conhecimento científico sobre o mundo é ridícula.

Eu concordaria com o ensino das religiões nas escolas se elas fossem ensinadas da mesma forma como se ensina poesia. Mas tomar os poemas da Criação como teoria científica é confundir as coisas, é olhar para os olhos da amada e ver o corte anatômico do globo ocular. Eu concordaria, se os mestres fossem poetas e não acreditassem...

PENSAMENTOS SOLTOS SOBRE EDUCAÇÃO

Aconteceu faz uns dias. Eu estava a ponto de entrar no Bem-Bom, restaurante onde cozinha uma Babette chamada dona Sônia, quando fui parado por dois jovens sorridentes e bem-vestidos. Passaram-me um panfleto. Pensei que fossem mórmons à procura de mais um converso. Li a primeira frase do panfleto. Fiquei horrorizado: "O senhor quer ler um livro em 20 minutos e entender tudo?". Faziam propaganda da leitura dinâmica, minha arqui-inimiga. O palhaço que mora em mim entrou no picadeiro:

Ler um livro em 20 minutos? Isso é invenção do Demônio! Os senhores quereriam ouvir a *Nona sinfonia* em 20 minutos? Quereriam ler *Grande sertão: Veredas* em 20 minutos? Caminhando assim, em breve teremos cursos de sexo dinâmico em que tudo se consuma em cinco segundos, à semelhança dos galos e das galinhas, economizando assim um tempo precioso para o trabalho! O prazer quer gozar devagar. É preciso ler bovinamente, ruminando. E agora os senhores me oferecem um método que vai me roubar dos meus prazeres?

Foi maldade minha. Eles ficaram a me olhar, perplexos. Certamente acharam que eu era doido... Não sem certa dose de razão.

Afinal de contas, usei o meu precioso espaço para falar sobre o meu insignificante cotidiano que a ninguém interessa.

Neruda amava brincar com as palavras:

Sim senhor, tudo o que queira, mas são as palavras as que cantam, as que sobem e baixam... Prosterno-me diante delas... Amo-as, uno-me a elas, persigo-as, mordo-as, derreto-as... Amo tanto as palavras... As inesperadas... As que avidamente a gente espera, espreita até que de repente caem... Vocábulos amados... Brilham como pedras coloridas, saltam como peixes de prata, são espuma, fio, metal, orvalho... Persigo algumas palavras. São tão belas que quero colocá-las todas em meu poema... Agarro-as no vôo, quando vão zumbindo, e capturo-as, limpo-as, aparo-as, preparo-me diante do prato, sinto-as cristalinas, vibrantes, ebúrneas, vegetais, oleosas, como frutas, como algas, como ágatas, como azeitonas... E então as revolvo, agito-as, bebo-as, sugo-as, trituro-as, adorno-as, liberto-as... Deixo-as como estalactites em meu poema, como pedacinhos de madeira polida, como carvão, como restos de naufrágio, presentes da onda... Tudo está na palavra... (...)

Níkos Kazantzákis, autor de *Zorba, o grego*, confessou que as letras do alfabeto o aterrorizavam. E isso porque, uma vez soltas, elas se recusavam a obedecer às suas ordens.

As letras são demônios astutos e desavergonhados – e perigosos! Você abre o tinteiro e as solta: elas correm – e você não mais conseguirá trazê-las de novo para seu controle! Elas ficam vivas, juntam-se, separam-se, ignoram suas ordens, arranjam-se a seu bel-prazer no papel – pretas, com rabos e chifres. Você grita e implora: tudo em vão. Elas fazem o que querem...

O brinquedo e a arte são as únicas atividades permitidas no Paraíso. O poeta, o artista, a criança: esses são os seres paradisíacos. No Paraíso não existem corpos trabalhadores. Existem apenas brinquedo e arte. Não sei se no Paraíso haverá escolas. Mas sei que haverá corpos amantes...

Nas Sagradas Escrituras a palavra "conhecer" tem sempre o sentido de experimentar eroticamente. "E Adão conheceu a sua mulher e ela concebeu e deu à luz um filho" (Gên. 4.1). De um ponto de vista científico, o que seria conhecer uma mulher? Com a palavra os anatomistas, os ginecólogos, os sexólogos, os psicólogos. Cientificamente não é possível conhecer "uma" mulher: só se conhece "a" mulher, entidade universal abstrata, semelhante ao triângulo retângulo. Do ponto de vista bíblico, um homem conhece uma mulher quando ele faz amor com ela, quando ele experimenta o seu gosto, aquilo que ela faz com o seu corpo. A ciência conhece "a mulher", entidade universal abstrata. "A mulher" que a ciência conhece não pode ser amada. Ela pode ser conhecida, manipulada. A poesia nada sabe sobre "a mulher". Ela só sabe sobre "uma mulher": aquela. Mesmo quando o poeta fala "a mulher", na verdade ele está falando sobre a mulher que ele, poeta, "degustou", gosto doce ou amargo...

A palavra "amor" está cada vez mais rara nos livros sobre educação. Os pedagogos, inconformados com sua condição de apenas "sábios" e não cientistas, mordidos de inveja perante seus colegas que fazem ciência (entidades de pesquisa, particulares ou governamentais, não dão verbas para pesquisar sapiência – elas só dão verbas para pesquisar "ciência"), trataram de fazer da educação uma coisa científica. O que não é científico não goza de respeito. Lembro-me do Augusto Novaski, professor que amava o ensinar, já encantado. Ele entrou pela minha sala e, sem sequer dizer bom-dia, me perguntou: "Rubão, o que é científico?". Ele havia escrito um texto sobre o que pensava sobre a educação e a comissão burocrática encarregada de avaliar a "produção científica" dos docentes o havia rejeitado por não ser científico. Essa pergunta do Augusto provocou-me a escrever um livrinho com o título *O que é científico?* (Loyola).

178

OS LIVROS E A INFIDELIDADE

Era uma mulher bonita que os olhos não conseguem ignorar. Seu marido sabia disso e vigiava os olhares de admiração dos homens. Tratava-se de uma situação sem maldade alguma, porque ela era uma mulher recatada e católica e um pensamento de infidelidade jamais lhe passaria pela cabeça. Seu marido ficava se roendo de ciúmes, embora ela nunca tivesse lhe dado uma razão para desconfiança. Mas o ciumento não precisa de razões. Todos os gestos, para ele, eram indícios de uma infidelidade possível. Assim ela foi se retraindo, virando caramujo dentro da concha, ficando caseira para poupar-se da desconfiança do marido e para poupá-lo do sofrimento que sua própria desconfiança lhe causava. O fato era que ela o amava. Seus limites domésticos não a afligiam muito, porque ela tinha um prazer enorme em literatura. Tomava um livro, assentava-se numa poltrona e punha-se a ler. O marido assentava-se longe, sem livro algum na mão, porque o que ele desejava era lê-la em busca de evidências para suas suspeitas.

Acontece que a leitura tem uma virtude paradoxal: ela faz-nos abstrair do mundo real. Mudamo-nos para um outro mundo que aqueles que nos veem lendo não podem imaginar. Olho para aquela jovem assentada no banco do metrô. Sei onde ela está. Sei mesmo? Ela está lendo um livro. O fato de ela estar lendo um livro me diz que ela se encontra num outro lugar que desconheço. Um livro nos conduz a um lugar de intimidade só nosso.

Por vezes tenho a infelicidade de me assentar ao lado de um chato. Há muitas definições possíveis para um chato, porque a chatice é multiforme. Uma das definições possíveis é essa: um chato é uma pessoa que acha que aquilo que ela tem para falar é mais interessante do que o livro que estamos lendo. Para resolver essa situação, há dois caminhos: ou ser grosseiro ou ser mais chato que o chato – começamos a contar para ele o livro que estamos lendo. Ele logo fugirá de nós pelo artifício do sono, deixando-nos em paz.

Sem sair do seu lugar, ela entrava num outro lugar do qual seu marido estava ausente. Ele a via sem saber onde ela estava. Ler é um jeito de fugir do outro. Aí acontecia o insuportável para o marido: observando o rosto da sua esposa, ele notava sorrisos que, por vezes, se transformavam em riso! O que lhe estaria dando aquele prazer? Aqueles risos e sorrisos brotavam de uma profundidade de prazer da qual ele estava excluído. Mas isso, precisamente, é o que o ciumento não pode suportar: que a pessoa amada tenha prazer sem a sua presença. O que o riso inocente da esposa lhe dizia era o seguinte: "Não preciso de você para ter prazer". A leitura, para ela, era um delicioso lugar de infidelidade.

Traduzindo para a linguagem política: a leitura é um lugar secreto de subversão. Toda subversão é, no fundo, infidelidade a olhos que nos vigiam. Os regimes totalitários sempre tiveram medo dos livros. A Igreja Católica chegou a formular um *Index Librorum Prohibitorum*, uma lista de livros de leitura proibida. Por quê? Porque os livros nos levam a outros mundos. Pela leitura alienamo-nos da realidade para, depois de passear por outros mundos, voltarmos ao mundo em que vivemos e o vermos então de uma outra forma. Um livro que amamos na mão de uma pessoa desconhecida revela-nos um conspirador: moramos no mesmo mundo!

Será que os jovens, com a lista de livros a serem lidos para o vestibular, se dão conta de que os livros são lugares de infidelidade e subversão?

O CAQUI

Convidaram-me para fazer a palestra de encerramento num evento sobre a "Carta da Terra" na cidade de Bréscia, na Itália. Pediram-me que falasse sobre os "Jardins", meu tema favorito. Não só meu. A acreditar nos poemas bíblicos, o criador criou o universo só para nele plantar um jardim, o paraíso.

Lembrei-me das duas telas de Dürer, nas quais ele pintou Adão e Eva, os seres paradisíacos. São telas de rara beleza. Exceto por três equívocos do pintor. Primeiro, colocou umbigos na barriga de Adão e Eva. Por isso, poderia ter ido parar na fogueira. Porque esse detalhe é, claramente, uma blasfêmia, posto que nega o que diz o texto inspirado. Umbigos só existem em seres nascidos de mães. Adão e Eva nasceram das mãos do criador. Portanto, não tinham umbigo.

Segundo erro: Adão e Eva foram pintados ainda no seu estado de inocência. As maçãs que têm nas mãos ainda não foram mordidas. Portanto, como diz o texto bíblico, estavam nus e não se envergonhavam. Assim sendo, não existe razão alguma para que sejam pintados colocando o precário galho com uma maçã na ponta sobre as partes mais interessantes do corpo.

E, em terceiro lugar, o pintor pintou a maçã como o fruto proibido. O que está errado. O fruto proibido tinha de ser um fruto de potência sedutora máxima. O que não é o caso da maçã. A maçã é fruta pudica. Não se despe por vontade própria. Só tira a roupa mediante a violência da ponta da faca. E ainda geme quando é mordida. Comer uma maçã é sempre um estupro.

O fruto proibido, segundo entendo, foi o caqui. O caqui inteiro é tentação. É só olhar para ele para que ele diga: "Me coma...". E basta relar o dedo nele para que ele se dispa e seus sucos vermelhos comecem a escorrer.

Na minha fala diante do sério auditório, e valendo-me da minha vocação para palhaço, fiz essa brincadeira. No dia seguinte, recebi um telefonema de uma pessoa que eu não conhecia. Convidava-me a visitar um prédio que em tempos passados havia sido um mosteiro para 200 freiras. Aceitei o convite e fui na hora marcada. Ele me levou então para o jardim interior do mosteiro e me contou a seguinte estória:

Depois da bomba atômica que matou 200 mil pessoas em Hiroshima e torrou todas as coisas vivas, houve uma árvore que sobreviveu. Era um caquizeiro. Esse caquizeiro passou a ser, então, um símbolo do triunfo da vida sobre a morte. Os japoneses cuidaram dele, colheram seus frutos, plantaram suas sementes e espalharam suas mudas por muitas cidades do mundo.

Uma das cidades agraciadas com essa dádiva fora Bréscia, onde estávamos. E a mudinha fora plantada naquele jardim. Estávamos diante dela. Eu estava diante de um caquizeiro descendente daquele de Hiroshima.

Senti-me como Moisés diante da árvore que incendiava sem se consumir. Com medo de estar fazendo um pedido impróprio, perguntei se me seria permitido apanhar três folhas do caquizeiro. Ele disse que sim. Apanhei as folhas. Coloquei-as dentro de guardanapos de papel para desidratá-las. Depois, pintei-as com verniz para preservá-las do contato com o ar. A seguir, levei-as a uma loja especializada e mandei fazer um quadro.

As folhas estão agora na minha parede. Quem só vê o quadro não entende: as folhas não têm nenhuma beleza especial. Então eu conto a estória...

FERRAMENTAS SÃO MELHORIAS DO CORPO

Todas as ferramentas que inventamos são melhorias nas ferramentas não inventadas, que nascem conosco. Martelo é melhoria de mão. Binóculos, microscópios e telescópios são melhorias dos olhos. Bengalas e bicicletas são melhorias das pernas. Os animais não precisam inventar ferramentas para construir suas casas porque suas ferramentas já nascem com eles. Nossas ferramentas naturais não podem se comparar às ferramentas dos animais. Nossas unhas são fracas: quebram facilmente e não se prestam a cavar buracos como as garras dos tatus. Nossos dentes são fracos: não se prestam a cortar árvores como os dos castores. Nossas pernas são muito fracas: não prestam para correr como as dos avestruzes ou para saltar como fazem os gafanhotos.

Foi aí que o homem começou a pensar. Pensou em como melhorar o corpo para torná-lo mais forte. Um homem queria comer uma noz. Tentou abri-la com a mão. A mão era fraca. Não conseguiu. Tentou quebrá-la com os dentes. Os dentes eram fracos. Não conseguiu. Mas ele queria comer a noz! Aí ele viu uma pedra, segurou-a e quebrou a noz! Estava inventado o martelo! Depois se encontrou com um lobo que queria comê-lo. Não podia fugir (suas pernas eram lerdas) e não podia lutar com o lobo (não tinha dentes afiados nem garras). Aí viu um pedaço de pau, agarrou o pau e bateu na cabeça do lobo, que fugiu ganindo. Estava inventado o cacete.

* * *

Os incas eram uma civilização muito adiantada que viveu na cordilheira dos Andes por muitos séculos. Os espanhóis que invadiram nosso continente junto com os portugueses destruíram o que encontraram. Inclusive a civilização inca. Machu Picchu é o nome de uma cidade sagrada que os incas construíram, no alto de uma montanha, no meio da selva. Suas casas eram feitas de pedras enormes que eles cortavam com tanta precisão que não era necessário usar qualquer massa para colar umas nas outras. Para cortar as pedras com tal perfeição, suas ferramentas tinham de ser muito boas.

Agências de turismo são ótimos lugares para aprender geografia e história. Elas distribuem gratuitamente folhetos sobre lugares interessantíssimos. Vá a uma agência de turismo e peça um folheto sobre Machu Picchu.

Para conhecer as ferramentas, faça uma visita a uma loja de ferragens e peça que alguém lhe explique as ferramentas e seu uso. Seria legal trazer à escola um pedreiro para mostrar aos professores as ferramentas que ele usa para construir uma casa. E um carpinteiro para mostrar-lhes as ferramentas que ele usa para fazer as partes de madeira da casa. E um eletricista, um encanador e um vidraceiro. Professores não sabem todas as coisas. Mas há, ao redor da escola, muitas pessoas que sabem coisas! Os professores aprenderiam muito e essas pessoas ficariam felizes se fossem convidadas a explicar o que fazem. Ferramentas são brinquedos muito interessantes. Aprendi a usar as ferramentas quando menino para fazer meus brinquedos. Isso me dava grande prazer. Você tem uma caixa de ferramentas? Uma sugestão: há pessoas que colecionam moedas, outras que colecionam selos. Pablo Neruda, poeta chileno, colecionava conchas. Você poderia colecionar ferramentas. Diga a seus pais, avós, tios e amigos que você vai colecionar ferramentas. Dentro em pouco você terá uma oficina completa.

AS FERRAMENTAS

Crianças, minhas amigas! Ferramentas são objetos que inventamos para fazer coisas: tesoura é ferramenta para cortar papel e pano; faca é ferramenta para cortar coisas; agulha é ferramenta para pregar botões; martelo é ferramenta para pregar pregos. O corpo é feito com muitas ferramentas. Os dentes, por exemplo. Os dentes da frente, de corte comprido, têm o nome de incisivos. Servem para fazer incisões. Incisão é um corte como uma linha. Os médicos, para operar, fazem incisões no corpo. Sua função é parecida com a dos bisturis. Depois vêm os dentes pontudos, ao lado dos incisivos. São os caninos. Parecem-se com os dentes dos cães e dos vampiros. Servem para furar. E depois, até o fim das gengivas, vêm os molares. Em muitas estórias antigas aparece um homem com a profissão de "moleiro".

O moleiro era o dono do moinho. O moinho era uma máquina que triturava milho ou trigo por meio de uma pedra redonda, pesada, que girava na horizontal e que se chamava "mó". "Mó", molar, são os dentes que moem, esmagam, trituram a comida. Já as pernas são ferramentas de andar e servem também como armas de defesa, para chutar ou correr. As mãos são ferramentas de pegar. Elas pegam de tantas formas diferentes: pegam um minúsculo alfinete caído no chão, com o polegar e o indicador, fazendo um "o". Pegam o garfo, o guidão da bicicleta, a alça de uma mala.

Nossa inteligência nasceu das mãos. Foi nossa mão que nos tornou construtores, especialmente pela posição do polegar em relação ao indicador. Imagine se, no lugar do polegar, nós tivéssemos um dedo igual ao indicador. Nossas mãos seriam iguais às dos macacos. Conseguiríamos agarrar um galho, mas não seríamos capazes de fazer os gestos mais delicados. Por exemplo: segurar um fósforo, um bisturi, jogar varetas. Você conseguiria riscar um fósforo usando o indicador e o dedo médio? Ou enfiar uma linha no buraco da agulha?

Foi a mão que nos tornou artistas: pianistas, violinistas, violeiros, pintores, escultores, cozinheiros, bordadeiras. São meus dedos que me permitem usar o computador. E limpar o nariz! Como é gostoso limpar o nariz com o dedo indicador! Mas é feio. Não é bonito que sua mãe ou pai limpem o nariz diante das visitas. Limpar o nariz com o dedo indicador, só no banheiro. Seu pai quer ler o que está escrito na bula de um remédio, mas as letras são muito pequenas e ele não consegue ver. Aí ele pega uma outra ferramenta (os óculos) e consegue ler. Quem inventou os óculos queria melhorar os olhos que enxergavam mal. Os óculos são ferramentas para ver melhor. O coração também é uma ferramenta, uma bomba de bombear sangue. Se a bomba parar, morremos. Que outras partes do corpo são ferramentas?

TOCAR PARA VER

Ai, que mau teórico eu sou! Não admira que rigorosos professores de pós-graduação frequentemente repreendam seus orientandos por incluir citações minhas nos seus projetos de tese. "Rubem Alves não é cientista. Ele é um escritor!" Eles estão cobertos de razão. Não sou cientista. A ciência pensa por meio de conceitos abstratos. Eu penso por meio de imagens. São imagens que me fazem pensar. Mais do que isso: é por meio de imagens que tento ensinar. E, ao convocar minhas ideias para escrever este texto, foram imagens que acudiram ao meu pedido de socorro.

Eu me vi viajando com meus filhos pequenos de 8 e 6 anos de idade. Do lado de fora do carro, cenários deslumbrantes, uma festa para os olhos. Eu, pai educador, queria contribuir para a educação dos sentidos dos meus meninos. Mostrava-lhes os cenários. Queria que eles aprendessem a alegria de ver. Mas eles não viam. Não demonstravam o menor interesse pelas longínquas montanhas que me tiravam o fôlego. Para me apaziguar, e para que eu não os chateasse mais, talvez dissessem: "Que legal!". Mas era da boca para fora. Logo voltavam ao seu foco de interesse: o espaço apertado do banco de trás do carro onde se encontravam. E ali ficavam absortos, brincando com seus carrinhos de plástico. Custou-me tempo para compreender que as crianças veem com as mãos. O puro "ver" não lhes é suficiente. O "ver" só lhes interessa como meio para tocar um objeto. Pegar para ver.

É o tato que dá sentido à vista. O nenezinho vê, estende seus braços, pega o objeto e o leva à boca. A boca tem uma dupla função. Primeira, ela suga o leite do seio da mãe. Função prática. O seio como objeto da "caixa de ferramentas". Segunda, a boca sente a maciez deliciosa do seio. Prazer tátil. O seio como objeto da "caixa de brinquedos". Mesmo depois que o seio seca, cessando assim sua função prática de alimentar, a criança quer continuar a sugar. Por que esse gesto inútil? Porque a sensação tátil é gostosa. Essa relação primitiva boca-seio contém toda uma teoria metafísica: o mundo é comida. Mais do que comida, o mundo é macio. É por isso que aquele que ama deseja beijar o seio da mulher amada. Parodiando santo Agostinho: "O que é que beijo quando beijo o seio da mulher amada?". Rilke via, no rosto da amada, estrelas e constelações tranquilas. Beijo o seio, sim, mas também uma outra coisa: um mundo que deve ter a maciez do seio. Os ursinhos de pelúcia que as crianças abraçam – e os travesseiros macios e perfumados que abraçamos – não contêm eles uma lição de metafísica semelhante, uma teoria de como o mundo deveria ser?

Bachelard chama a nossa atenção para a "obsessão ótica" da nossa tradição científica. A palavra "teoria" vem do grego *theoria*, que quer dizer "contemplar", "olhar". Mas, para ver, é preciso que o objeto esteja distante dos olhos e, portanto, do corpo. Nossa tradição separou a visão do toque. As crianças se recusam a esse corte. Nas lojas de brinquedos os pais conscientes dizem aos filhos pequenos: "Mãozinha para trás!". Eles sabem que, nas crianças, a visão quer tocar. Bachelard nos pergunta, então, se a matéria não tem uma realidade que só pode ser conhecida pelo tato. O jeito de cumprimentar, de abraçar, não dá a conhecer uma pessoa? Um toque no braço de Fernando Pessoa o levou a uma experiência de mundo:

Foi um momento
O em que pousaste
Sobre o meu braço,
Num movimento
Mais de cansaço
Que pensamento,
A tua mão
E a retiraste.
Senti ou não?

Não sei. Mas lembro
E sinto ainda
Qualquer memória
Fixa e corpórea
Onde pousaste
A mão que teve
Qualquer sentido
Incompreendido,
Mas tão de leve! (...)

Como se tu,
Sem o querer,
Em mim tocasses
Para dizer
Qualquer mistério,
Súbito e etéreo,
Que nem soubesses
Que tinha ser.

E assim ele termina o seu poema: "Assim a brisa / Nos ramos diz / Sem o saber / Uma imprecisa / Coisa feliz...". Não é o toque apenas pelo prazer. É o toque para aprender.

Veja os livros, por exemplo. Todos sabem que os livros são para ser lidos. Eles são dados à visão. Mas, antes de gozar sua leitura, eu gozo um livro como objeto tátil. Eu o seguro nas minhas mãos, sinto a textura da capa, das folhas. Nós os conhecemos primeiro com as mãos. Há livros que pedem para ser acariciados, alisados. Minha mão alisando um livro: essa experiência pode provocar meu desejo de lê-lo, ou não.

O tato contém um saber. Talvez, uma provocação ao saber. Faz-nos pensar. Teríamos então de pensar o tato como uma das experiências essenciais que devem acontecer no espaço escolar. O tato incita a inteligência. Há muitos pensamentos que brotam das mãos. Uma mão ferida pensa um martelo. Por que haveria o cérebro de pensar o martelo se a mão não estivesse ferida? Uma mão que segura um cassetete tem, necessariamente, de fazer o cérebro pensar em golpes, da mesma forma como um revólver na mão, ainda que sem balas, nos obriga a fazer pontaria. A ostra constrói a pérola por causa do tato. O grão de areia a faz sofrer. Seu corpo então pensa uma coisa lisa que não a faça sofrer...

Nunca li nada sobre a relação entre o tato e a inteligência. Essas são minhas primeiras ideias. Não sei como ligá-las ao espaço escolar. Mas sei que o espaço escolar deve ser como o seio. Deve dar leite e deve ser macio. Como o seio da Dona Clotilde...

O CANTO DO GALO

Meu pensamento é um devorador de imagens. Quando uma boa imagem me aparece, eu rio de felicidade e o meu pensador se põe a brincar com ela como um menino brinca com uma bola. Se me disserem que esse hábito intelectual não é próprio de um filósofo, que filósofos devem se manter dentro dos limites de uma dieta austera de conceitos puros e sem temperos, invocarei em minha defesa Albert Camus, que dizia que "só se pensa através de imagens".

Amo as imagens, mas elas me amedrontam. Imagens são entidades incontroláveis que frequentemente produzem associações que o autor não autorizou. Os conceitos, ao contrário, são bem-comportados, pássaros engaiolados. As imagens são pássaros em voo... Daí o seu fascínio e o seu perigo.

Mas eu não consigo resistir à tentação. Assim, vai uma parábola que me apareceu, com todos os riscos que ela implica:

Era uma vez um granjeiro que criava galinhas. Era um granjeiro incomum, intelectual e progressista. Estudou administração para que sua granja funcionasse cientificamente. Não satisfeito, fez um doutorado em criação de galinhas. No curso de administração aprendeu que, num negócio, o essencial é a produtividade. O improdutivo dá prejuízo; deve, portanto, ser eliminado.

Aplicado à criação de galinhas, esse princípio se traduz assim: galinha que não bota ovo não vale a ração que come. Não pode ocupar espaço no galinheiro. Deve, portanto, ser transformada em cubinhos de caldo de galinha.

Com o propósito de garantir a qualidade total de sua granja, o granjeiro estabeleceu um rigoroso sistema de controle da produtividade das suas galinhas. Produtividade de galinhas é um conceito matemático que se obtém dividindo-se o número de ovos botados pela unidade de tempo escolhida. Galinhas cujo índice de produtividade fossem iguais ou superiores a 250 ovos por ano podiam continuar a viver na granja como galinhas poedeiras. O granjeiro estabeleceu, inclusive, um sistema de "mérito galináceo": as galinhas que botavam mais ovos recebiam mais ração. As galinhas que botavam menos ovos recebiam menos ração. As galinhas cujo índice de produtividade fosse igual ou inferior a 249 ovos por ano não tinham mérito algum e eram transformadas em cubinhos de caldo de galinha.

Acontece que conviviam, com as galinhas poedeiras, galináceos peculiares que se caracterizavam por um hábito curioso. A intervalos regulares e sem razão aparente, eles esticavam os pescoços, abriam os bicos e emitiam um ruído estridente e, ato contínuo, subiam nas costas das galinhas, seguravam-nas pelas cristas com o bico, e obrigavam-nas a se agachar. Consultados os relatórios de produtividade, verificou o granjeiro que isso era tudo o que os galos – esse era o nome daquelas aves – faziam. Ovos, mesmo, nunca, jamais, em toda a história da granja, qualquer deles havia botado. Lembrou-se o granjeiro, então, das lições que aprendera na escola, e ordenou que todos os galos fossem transformados em cubos de caldo de galinha.

As galinhas continuaram a botar ovos como sempre haviam botado: os números escritos nos relatórios não deixavam margens a dúvidas. Mas uma coisa estranha começou a acontecer. Antes, os ovos eram colocados em chocadeiras e, ao final de 21 dias, eles se quebravam e de dentro deles saíam pintinhos vivos. Agora, os ovos das mesmas galinhas, depois de 21 dias, não quebravam. Ficavam lá, inertes. Deles não saíam pintinhos. E se ali continuassem por muito tempo, estouravam e de dentro deles o que saía era um cheiro de coisa podre. Coisa morta.

Aí o granjeiro científico aprendeu duas coisas:

Primeiro: o que importa não é a quantidade dos ovos; o que importa é o que vai dentro deles. A forma dos ovos é enganosa. Muitos ovos lisinhos por fora são podres por dentro.

Segundo: há coisas de valor superior aos ovos, que não podem ser medidas por meio de números. Coisas sem as quais os ovos são coisas mortas.

Essa parábola é sobre a universidade. As galinhas poedeiras são os docentes. Corrijo-me: docente não. Porque docente quer dizer "aquele que ensina". Mas o ensino é, precisamente, uma atividade que não pode ser traduzida em ovos; não pode ser expressa em termos numéricos. A designação correta é pesquisadores, isto é, aqueles que produzem artigos e os publicam em revistas internacionais indexadas. Artigos, como os ovos, podem ser contados e computados nas colunas certas dos relatórios. As revistas internacionais indexadas são os ninhos acreditados. Não basta botar ovos. É preciso botá-los nos ninhos acreditados. São os ninhos internacionais, em língua estrangeira, que dão aos ovos a sua dignidade e o seu valor. A comunidade dos produtores de artigos científicos não fala português. Fala inglês.

O resultado da pressão *publish or perish*, bote ovos ou sua cabeça será cortada: a docência termina por perder o sentido. Quem, numa universidade, só ensina, não vale nada. Os alunos passam a ser trambolhos para os pesquisadores: estes, em vez de se dedicarem à tarefa institucionalmente significativa de botar ovos, são obrigados, pela presença de alunos, a gastar o seu tempo numa tarefa irrelevante – ensino não pode ser quantificado (quem disser que o ensino se mede pelo número de horas-aula é um idiota).

O que está em jogo é uma questão de valores, uma decisão sobre as prioridades que devem ordenar a vida universitária: se a primeira prioridade é desenvolver, nos jovens, a capacidade de pensar, ou se é produzir artigos para atender à exigência da comunidade científica internacional de *publish or perish*.

Eu acho que o objetivo das escolas e universidades é contribuir para o bem-estar do povo. Por isso, sua tarefa mais importante é desenvolver, nos cidadãos, a capacidade de pensar. Porque é com o pensamento que se faz um povo. Mas isso não pode ser quantificado como se quantificam ovos botados. Sugiro que as nossas universidades, ao avaliarem a produtividade dos que trabalham nela, deem mais atenção ao canto do galo...

O FOGO

Como eram as primeiras casas, as cavernas? Nas cavernas as coisas mais importantes eram: primeiro, o buraco na montanha onde se abrigavam. Segundo, um fogo no meio do abrigo. O fogo dava luz, dava calor, e nele se assava a carne. Era preciso que o fogo ficasse dentro, porque, se ficasse fora, com a primeira chuva ele se apagaria – e naquele tempo não havia fósforo. Era muito difícil acender o fogo.

Qual é a coisa mais importante na cozinha? Qual é a coisa que, se não existir, a cozinha não existe? É o fogo. O Primeiro Fogo, o Grande Fogo, o Fogo Eterno, o fogo de onde nascem todos os fogos é o Sol. Por isso, o Sol foi adorado como deus. Sem o Sol não há vida. Quando o Sol se apagar, daqui a bilhões de anos, a vida também acabará.

Demorou muito para que nossos antepassados aprendessem a produzir o fogo. Que momento assombroso deve ter sido aquele quando um homem – ou uma mulher – pela primeira vez tomou em suas mãos um pedaço de pau que fora incendiado por um raio ou por um vulcão. O fogo faz transformações nas coisas. Ele faz a água ferver. Os metais são duros. Mas o fogo os derrete, fazendo com que eles fiquem moles. O barro é mole. Mole, ele não pode ser usado. Desmancharia em nossas mãos. Para que os moles objetos de barro fiquem duros, eles são colocados num forno muito quente. Também um ovo, que é mole, se fervido fica duro. Arroz, macarrão, batatas, carne, cenouras, coisas duras, são amolecidos pela água que ferve. Sem o fogo não haveria culinária.

"Matéria-prima" quer dizer "matéria primeira", isto é, a matéria que se usa para fazer outras coisas. Couro é a matéria-prima para fazer um sapato. Lã é a matéria-prima para fazer um suéter. Alumínio é a matéria-prima para fazer uma latinha de refrigerante. Você sabe qual é a matéria-prima para fazer o vidro? A matéria-prima para fazer vidro é um tipo de areia. Areia não é vidro. Não se parece com vidro. Mas, aquecidos, os grãos de areia derretem e viram uma pasta mole, quente, transparente, parecida com gelatina. É com essa pasta que o fogo esquentou e derreteu que se fazem os copos, as garrafas e todos os objetos de vidro. Muitos objetos de vidro se fazem da mesma forma como se fazem bolhas de sabão: soprando. Põe-se uma bolinha de vidro derretido mole na ponta de um canudo de metal, o artesão ("artesão" é um artista que faz um objeto) do vidro sopra, forma-se então uma bolha que vai crescendo à medida que se sopra – como o chiclete de bola.

Não tenho muita certeza, mas acho que era assim que as primeiras lâmpadas eram feitas. Acho que vocês gostariam de visitar uma fábrica de cristais para ver como se faz o vidro. Lá dentro é muito quente por causa do fogo e dos maçaricos acesos ("maçarico" é uma ferramenta de produzir fogo forte, um tipo de isqueiro grande com uma chama muito poderosa. Você poderá ver maçaricos em oficinas de serralheiros e funileiros). Se você não puder visitar uma fábrica de cristais, poderá escrever para uma delas, pedindo que ela lhe envie catálogos com fotografias. Acho que os artesãos vão ficar contentes sabendo que vocês, crianças, estão interessadas naquilo que eles fazem. Procurem na internet.

PROFESSORES JOVENS, MESTRES VELHOS

Matsuó Bashô (1644-1694), poeta japonês, foi o mestre supremo dos haicais. Relata-se que o poeta caminhava por um bosque quando, repentinamente, um objeto simples fez nele surgir um dos seus mais famosos haicais:

Casca oca:
a cigarra
cantou-se toda.

Bashô é apelido; significa "bananeira". Era a árvore favorita do poeta. Trata-se de árvore estranha: dá um cacho de bananas somente. Seu caule extremamente macio deve então ser cortado – o que pode ser feito com um único golpe de facão. Cortado o caule, de dentro do cepo velho nasce um broto que cresce e vira outra bananeira. Eu havia cortado várias bananeiras que impediam o acesso a uma cachoeira, em Pocinhos do Rio Verde. Algumas semanas depois voltei àquele lugar, e esse haicai apareceu-me instantaneamente:

Bananeira cortada:
no cepo velho
um broto criança.

Entendi, então, a razão do gosto de Bashô pelas bananeiras: elas simbolizam a nova vida que brota sempre de dentro da vida velha, acabada. Foi isso que Bashô viu ao contemplar as cascas vazias das cigarras: de dentro da morte, a vida nova nascendo. Nietzsche viu, entendeu e disse: "Somente onde há sepulturas pode haver ressurreições".

As cigarras são seres subterrâneos silenciosos – algumas chegam a ficar 17 anos enterradas em forma de larva. De repente saem da terra, arrebentam as cascas duras que as continham (eram ataúdes) e se tornam artistas, seres alados, cantantes.

As lagartas, cuja vida se resume em devorar as folhas sobre as quais se arrastam, após esgotarem essa fase rastejante e gastronômica, entram num sarcófago que elas mesmas tecem, mergulham num sono profundo, e, quando acordam, não mais se reconhecem: tornaram-se uma outra coisa – seres coloridos, voantes de flor em flor, borboletas.

Metamorfoses... Acontecem sempre de repente – e, embora não pareça, somos nós, seres humanos, aqueles que passam por elas com mais facilidade. Nossos corpos são mais leves que os dos animais, são feitos com uma mistura de carne e palavras. Basta que as palavras se alterem para que o corpo se metamorfoseie num outro.

Barthes, quando jovem professor, ensinava os saberes que moram no mundo da ciência. Como tal, era um erudito. Velho, entregou-se a desaprender tudo que lhe fora ensinado, a se esquecer dos conhecimentos que a educação havia colado no seu corpo. Esquecendo-se do que as escolas ensinavam, ele se tornou um sábio. É assim que ele descreve sua metamorfose de velhice:

Portanto, se quero viver, devo esquecer que meu corpo é velho... Periodicamente devo renascer, fazer-me mais jovem do que sou. Empreendo, pois, o deixar-me levar pela força de toda vida viva: o esquecimento. Há uma idade em que se ensina o que se sabe; mas vem em seguida outra, em que se ensina o que não se sabe. Vem talvez agora a idade de uma outra experiência, a de *desaprender*, de deixar trabalhar o remanejamento imprevisível que o esquecimento impõe à sedimentação dos saberes, das culturas, das crenças que atravessamos. "Essa experiência tem, creio eu, um nome ilustre e fora de moda, que ousarei tomar aqui sem complexo, na própria encruzilhada de sua etimologia: *Sapientia*: nenhum poder, um pouco de saber, um pouco de sabedoria, e o máximo de sabor possível." ("Aula", p. 47)

Mudam-se as palavras, muda-se o corpo.

Os corpos dos professores jovens são feitos com as palavras da ciência. Os corpos dos mestres velhos, que deixaram suas cascas no tronco das árvores para poder voar, são feitos com as palavras da poesia.

Educadores são como as cigarras. Há os professores jovens e há os mestres velhos. Professores jovens ensinam saberes. Mestres velhos não ensinam nada. Eles se dão a si mesmos para ser comidos antropofagicamente por seus discípulos.

SOBRE A PIPOCA ESTOURADA QUE VIROU PIRUÁ

Hoje minha conversa é com você, adulto, que não vai mais à escola porque já tirou diploma. Está formado. Você se lembra da sua formatura?

Por falar em formatura, lembrei-me de um artista goiano que não tirou diploma, mas ficou artista (artista não precisa de diploma) e foi convidado por uma turma para ser paraninfo. Ficou apavorado, porque fazer arte ele sabia, mas não sabia fazer discurso, especialmente discurso segundo as etiquetas da academia. Procurou o auxílio de um amigo, reitor da universidade, e implorou que ele lhe escrevesse o tal discurso. Negado o seu pedido, o artista resolveu fazer uma pesquisa: entrevistou várias pessoas já formadas para saber o que, no discurso de seu paraninfo, mais as impressionara. O resultado de sua pesquisa foi surpreendente: nenhum dos entrevistados tinha a menor ideia do que o paraninfo havia falado. Assim, munido desse saber, no dia da formatura, ele se levantou perante o público ilustrado de professores, pais e formandos e, do seu jeito de quem não sabia falar a língua própria, contou dos resultados de sua pesquisa. E concluiu: "Como vocês não vão se lembrar mesmo do que vou falar, quero só dizer que não vou falar nada. Só quero que vocês sejam muito felizes". Falou três minutos e foi delirantemente aplaudido. Do seu discurso, ninguém se esqueceu.

Voltando a sua formatura, festança, pais sorridentes, o futuro do filho está garantido, eles já têm permissão para morrer, discursos, diploma na mão. Você está formado. Formado: saído da fôrma. Para isso você passou todos aqueles anos na escola, para se "com-formar", ficar igual à fôrma. Sua educação está completa.

É com você, formado, educação completa, que quero conversar. Estou com medo de que você pare de ler o que escrevo, e não há coisa que mais horrorize um escritor que não ser lido.

Primeiro, quero dizer uma coisinha sobre essa coisa de ser escritor. Lindo, o filme de Almodóvar, *Tudo sobre minha mãe*. Vá vê-lo sem perda de tempo. Me identifiquei com o filho, jovem que sonhava ser escritor. Não se separava do seu caderno de anotações – e nisso somos iguais. Tenho sempre comigo o meu caderno. Meu caderno é a minha gaiola de prender ideias. Porque as ideias são entidades fugidias, pássaros. Elas vêm de repente e desaparecem tão misteriosamente como chegaram. Não se pode confiar na memória. Se as ideias não forem presas com palavras escritas no papel, elas serão esquecidas. Não sei se foi o filho ou a mãe que falou sobre a maldição de escrever. Isso mesmo: maldição. Quem foi enfeitiçado pela literatura está perdido para sempre. As imagens não dão descanso. Aparecem sem pedir licença em qualquer lugar, em qualquer tempo, na cama, no banho, caminhando, viajando, apossam-se do pensamento, dançam, atormentam, seduzem, pedem para ser escritas. Aparecem como iluminações súbitas – foi assim que me apareceu a ideia da pipoca – *flashes* fotográficos, cada uma delas completa em si mesma, bela, fascinante, tentadora. Pedem que eu lhes dê visibilidade para que os outros também brinquem com elas. Bem que eu gostaria de atender ao pedido delas. Mas sei que não terei tempo: as imagens se sucedem com rapidez incontrolável, mas o escrever é vagaroso. Quem tenta atender ao seu pedido está perdido: logo se perde em meio à multiplicidade das imagens, cada uma delas puxando numa direção. E fica então como menino que corre inutilmente atrás dos pássaros.

As ideias são infinitas, mas o tempo é finito. Não é possível escrever tudo o que se deseja. É preciso, então, um ato de disciplina consciente, algo a que se poderia dar o nome de ética do escrever; é preciso, em meio às dez mil imagens que seduzem, responder à pergunta: o que é essencial?

Para mim, o essencial é a educação. Pensava assim também Hermann Hesse, que dizia que, de todas as questões públicas, a única que lhe interessava era a educação. Um dos seus livros mais fascinantes, *O jogo das contas de vidro*, é a estória de um grande artista que havia chegado ao topo da fama e que, já velho, descobriu que a única coisa que desejava era educar um menino, um único menino que ainda não tivesse sido deformado pelas escolas. A velhice tem esse poder de nos fazer voltar ao essencial, pois é na velhice que se dá conta de que *tempus fugit*.

No pensamento de Hesse, educação e escola eram palavras que não se davam bem... A educação formal, precisamente porque ela "en-forma", tem o resultado de "de-formar". Um ser humano formado é deformado. Toda fôrma é fechada. Formar é fechar. Mas o propósito da educação não é fechar: é abrir.

Assim, escrevo sobre educação: porque amo as crianças, os jovens, seres ainda abertos que enfrentam o perigo de ser formados. E amo as pessoas adultas, formadas: quero desenformá-las. Nesse sentido, o educador é um destruidor de fôrmas. E o meu medo de perdê-lo como leitor tem a ver com isso: por já haver tirado o seu diploma e por se julgar já formado, você poderia supor que o que escrevo não tem a ver com você – literatura para professores e alunos. E, assim, você continuaria imperturbado dentro do seu piruá.

Educar é mostrar a vida a quem ainda não a viu. O educador diz: Veja! – e, ao falar, aponta. O aluno olha na direção apontada e vê o que nunca viu. O seu mundo se expande. Ele fica mais rico interiormente. E, ficando mais rico interiormente, ele pode sentir mais alegria e dar mais alegria – que é a razão pela qual vivemos. Vivemos para ter alegria e para dar alegria. O milagre da educação acontece quando vemos um mundo que nunca havíamos visto.

Neste sentido, a educação não tem fim, porque a vida é infinita. Leonardo Da Vinci, já bem velho, comentava que o extraordinário da vida é que vamos aprendendo até o fim. (Sobre Da Vinci, a IBM fez um maravilhoso vídeo que ela bem que poderia emprestar para as escolas. Acho que há mais sabedoria na vida de Da Vinci que nos computadores...) Educação não é o domínio de uma soma de conhecimentos. Conhecimentos podem ser mortos e inertes: uma carga que se carrega que não serve para nada e que nem dá alegria – casca dura de piruá. Quando o conhecimento é vivo, ele se torna parte do nosso corpo: a gente brinca com ele e se sente feliz no brinquedo. A educação acontece quando vemos o mundo como um brinquedo, e brincamos com ele como uma criança brinca com a sua bola. O educador é um mostrador de brinquedos...

* * *

O Cecílio, amigo querido, veio me visitar, faz uns dias. Conversa vai, conversa vem, ele me contou sobre sua empregada – ou governanta de sua casa –, mulher madura, de poucas palavras, sempre séria e compenetrada. Pois um dia, o Cecílio precisando sair, seu carro pifou justamente na hora em que o marido dela tinha vindo buscá-la, ao final do dia de trabalho. Ele lhe ofereceu uma carona no seu carro, que não era dos mais novos, oferecimento que o Cecílio alegremente aceitou. Antes da partida, o marido tirou um CD de uma caixa e o colocou para tocar. O Cecílio se preparou para ouvir uma dupla sertaneja, música que não se afina bem com seu gosto. Mas logo veio a surpresa e seu rosto se encheu de espanto. O marido, percebendo o espanto, explicou: "Pois é, a minha mulher acabou gostando daquelas músicas que o senhor escuta o dia inteiro. Curiosa, ela foi ver o nome: Vivaldi... Agora, a gente anda de carro ouvindo

Vivaldi... Como é bonito!". O Cecílio, sem querer e sem saber, educou. Na verdade, ele não educou. Foi a governanta que se educou. Estava aberta. Acolheu o novo. E ficou transfigurada, mais bonita, mais rica. E acabou por educar o marido, que também começou a brincar com a música de Vivaldi. Agora, dentre as alegrias que eles tinham, eles tinham uma outra, que nunca haviam experimentado nem aprendido nas escolas. É, nas escolas não se ensina a gostar de Vivaldi...

* * *

As crianças nascem pipocas arrebentadas: estão abertas à infinita variedade do mundo. Mas há sempre o perigo de que depois de formadas elas se tornem piruás... Qual é o seu caso?

ENSINANDO A TRISTEZA

Fui apresentado à poesia da Helena Kolody poucas semanas atrás. Foi uma descoberta que me trouxe alegria. Não porque seus poemas sejam alegres. Todos eles têm uma pitada de tristeza. A Adélia sabe que o que é bonito enche os olhos d'água. A beleza vem sempre misturada à tristeza. Na coleção, gostei deste mínimo poema: "Buscas ouro nativo entre a ganga da vida. Que esperança infinita no ilusório trabalho... Para cada pepita, quanto cascalho".

Gosto de ler as Escrituras Sagradas. Mas leio como quem garimpa ouro. Para encontrar uma pequena pepita, quanto cascalho há de jogar fora! Acho até que foi arte de Deus. Foi ele mesmo que misturou cascalho e pepitas, para separar os maus dos bons leitores. Os maus leitores não sabem separar as pepitas do cascalho.

Nas minhas garimpagens encontrei esta pepita: "Melhor é a tristeza que o riso. Porque com a tristeza do rosto se faz melhor o coração".

Esse texto me apareceu na memória quando eu pensava sobre a pergunta sem resposta que deixei ao final do meu artigo intitulado "Ensinar com o coração": "Como se ensina compaixão?".

A compaixão é triste? Ensinar compaixão será ensinar a tristeza? Tristeza será coisa que se ensine? Haverá uma pedagogia da tristeza?

Estranho pensar que um professor, ao iniciar o seu dia, possa dizer para si mesmo: "Vou ensinar tristeza aos meus alunos". Eu mesmo nunca havia pensado nisso. E todos os terapeutas, não importando a sua seita, em última instância estão envolvidos numa batalha contra a tristeza. E agora eu digo este absurdo, que tristeza é para ser ensinada, para fazer melhor o coração.

Os poetas me entendem. A poesia nasce da tristeza. "Mas eu fico triste como um pôr do sol quando esfria no fundo da planície e se sente a noite entrada como uma borboleta pela janela", escreve Alberto Caeiro. E conclui: "Mas minha tristeza é sossego porque é natural e justa e é o que deve estar na alma...". Tristeza natural e justa, que deve estar na alma!

Num outro lugar Fernando Pessoa escreveu algo mais ou menos assim: "Ah! A imensa felicidade de não precisar estar alegre...". Existe uma perturbação psicológica ainda não identificada como doença. Ela aparece num tipo a que dei o nome de "o alegrinho". O alegrinho é aquele indivíduo que está o tempo todo esbanjando alegria, dizendo coisas engraçadas e querendo que os outros riam. Ele é um flagelo divino. Perto dele ninguém tem a liberdade de estar triste. Perto dele todo mundo precisa estar alegre. Porque não consegue estar triste, o alegrinho não consegue ouvir a beleza dos noturnos de Chopin nem sentir as sutilezas da poesia de Sophia de Mello Breyner Andresen ou gozar o silêncio da beleza do crepúsculo. Porque ele está sempre alegrinho, na sua alma não há espaço para sentir a compaixão. Para haver compaixão, é preciso saber estar triste. Porque compaixão é sentir a tristeza de um outro.

Vou contar do menino que chorou ao ler a estória *O patinho que não aprendeu a voar*. Aconteceu assim: seu pai comprou o livro esperando que a leitura fizesse seu filho dar muitas risadas. Voltou no dia seguinte muito bravo. Trazia o livro na mão, para devolvê-lo. Ao invés de dar risadas, ao final da estória o menino se pusera a chorar. A estória é, de fato, triste. Eu a escrevi para o meu filho que estava passando por uma crise de vagabundagem. O seu prazer nas vagabundagens era tanto que ele não queria saber de aprender. O patinho também não queria saber de aprender. Não pôde voar com seus irmãos quando chegou a estação das migrações.

O menininho tinha razões para chorar? Não. As razões do seu choro não eram dele. Eram do patinho. Ele sofria o sofrimento do patinho. O seu coração batia junto ao coração do patinho. Mas o patinho não existia. Era apenas um personagem inventado de uma estória do mundo do "era uma vez". E o menino sabia disso. Mas, a despeito disso, ele chorava. Aqui está um dos grandes mistérios da alma humana: a alma se alimenta com coisas que não existem.

Eu havia levado minha filha de 6 anos para ver *E.T.* Ao fim do filme, ela chorava convulsivamente. Jantou chorando. Resolvi fazer uma brincadeira: "Vamos no jardim ver a estrelinha do E.T!". Fomos, mas o céu estava coberto de nuvens. Não se via a estrelinha do E.T. Improvisei. Corri para trás de uma árvore e disse: "O E.T. está aqui!". Ela me respondeu: "Não seja tolo, papai. O E.T. não existe!". Contra-ataquei: "Não existe? E por que você estava chorando se ele não existe?". Veio a resposta definitiva: "Eu estava chorando porque o E.T. não existe...".

Volto então à pergunta que fiz sem saber a resposta. O menino chorou ao ler a estória do patinho. Mas o patinho não existia. Minha filha chorou ao ver o filme do E.T. Mas o E.T. não existia. Pensei então que um caminho para ensinar compaixão, que é o mesmo caminho para ensinar a tristeza, são as artes que trazem à existência as coisas que não existem: a literatura, o cinema, o teatro. As artes produzem a beleza. E a beleza enche os olhos d'água. Como dizem as Escrituras Sagradas, "com a tristeza do rosto se faz melhor o coração".

CARTA AOS EDUCADORES E AOS PAIS

Não gosto de usar a palavra "professor" porque ela, pelo uso, passou a designar aqueles que ganham a vida ensinando disciplinas em escolas. Mas a verdade é que professores são todos aqueles que estão em contato com as crianças e que, de uma forma ou de outra, as influenciam. Pais, avós, amigos são todos professores. Muitos dos que mais me influenciaram e ensinaram, eu nunca os conheci, pessoalmente. Me ensinaram por meio dos livros.

Mais difícil que aprender coisas não sabidas é desaprender as coisas já sabidas. Falar em desaprender pode parecer absurdo: desaprender parece ser o oposto daquilo a que a educação se propõe. A educação pretende que as pessoas aprendam e não desaprendam mais. No entanto, Roland Barthes, quando já estava ficando velho, confessou que estava se dedicando a desaprender aquilo que sabia. Por que uma pessoa se daria ao trabalho de uma empresa aparentemente tão tola? É porque, frequentemente, as coisas sabidas impedem a aprendizagem de coisas não sabidas. O sabido define um mundo. E, ao assim defini-lo, nos cega para outras possibilidades de vê-lo. Saberes iluminam uma pequena área e lançam sombras sobre outras. Especialistas na arte de fazer desaprender eram os mestres *zen*: eles nada ensinavam aos seus discípulos. Ao contrário: esforçavam-se para

209

demolir os seus saberes, a fim de que pudessem ver o mundo de uma forma diferente. Quando se desaprende, os olhos se abrem. Daí o paradoxo: é na ignorância que se recupera a visão. Quem quiser mais detalhes que leia os poemas do Alberto Caeiro. Hegel tem opinião parecida. No Prefácio à *Fenomenologia do espírito*, ele afirma que aquilo que se conhece com familiaridade não é conhecido, pelo fato de ser familiar. Essa mesma inspiração reaparece na *Fenomenologia*, que deseja voltar ao ato de ver anterior aos saberes e explicações. Também o *Tao Te Ching*, livro sapiencial do taoismo, fala sobre a necessidade de diminuir os saberes a fim de atingir a sabedoria. Saberes acumulados podem se transformar em algo parecido com uma "prisão de ventre" mental: um bolo sólido de ideias fecais que entope os caminhos do pensamento.

Existe uma enorme quantidade de conhecimentos sobre a educação. Você, professor por profissão, deve sabê-los. Também os pais, preocupados com seus filhos, tratam de se informar, lendo os últimos artigos sobre o assunto. Pois eu quero seduzir vocês a um ato de suicídio intelectual: porem de lado, por um momento, aquilo que vocês sabem. Fazer o que Barthes fez. Brincar de "fazer de conta" que vocês não sabem o que lhes foi ensinado. Eu mesmo, vez por outra, faço esse exercício. Quando minha cabeça está com "prisão de ventre", resultante de muitos saberes ao mesmo tempo, ideias entaladas, sem se movimentar, eu "esqueço" tudo e me pergunto: "Como é que você, com as suas ideias (não as dos outros), pensa esse problema?". Resulta disso uma enorme simplificação. É preciso ter coragem para pensar os próprios pensamentos porque somente eles circulam pelo nosso sangue.

Quero sugerir um começo insólito (ele não se encontra em nenhum livro sério que conheço) para o ato de pensar sobre a educação: a afirmação de que professores são feiticeiros. Vocês vão refugar, dizendo que feitiçaria é superstição, coisa que não existe.

Digo que é melhor não desprezar uma ideia aparentemente absurda, só porque você aprendeu diferente. Ludwig Wittgenstein, filósofo de lógica impecável e seriedade inquestionável, diz que filosofia é feitiçaria.

O que faz um feiticeiro? Um feiticeiro, contrariando tudo o que diz a ciência, pretende fazer mudanças nas coisas sem tocá-las, usando apenas o poder da palavra. Você se lembra da estória da bruxa que transformou um príncipe em sapo apenas dizendo a palavra "sapo"? De fato, as palavras são impotentes para alterar as coisas do mundo físico. Mas há um lugar, um único lugar no universo, em que as palavras são potentes para alterar as coisas, um lugar em que a feitiçaria acontece: é o nosso corpo. O corpo é modificado pelas palavras. O corpo "faz amor" com palavras, fica grávido, se altera. Ao afirmar que um professor é um feiticeiro, estou dizendo que, muito embora ele pense estar apenas ensinando saberes, sua palavra está operando transformações mágicas no corpo do seu aluno. Um professor, assim, é responsável não só pelos saberes dos seus alunos, mas pelas transformações que se processam no seu corpo. Como feiticeiro, um professor leva avante o processo que se iniciou no ato da fecundação: ele está completando um corpo inacabado. Um professor pode fazer com que seus alunos sejam semelhantes aos pássaros, que não têm medo das alturas, ou semelhantes às toupeiras, cegas, que têm medo de sair de suas tocas. Assim, faça de conta que você concorda com o que eu disse, que, ao educar, você é um feiticeiro que opera transformações qualitativas nos corpos dos seus alunos.

Faz muito, muito tempo, escrevi um artigo em que, em tom de brincadeira (sempre que falo em tom de brincadeira estou tentando ser feiticeiro...), eu sugeria que a primeira sala de uma escola deveria ser uma cozinha. É que eu acredito que o ato de cozinhar é uma metáfora para o ato de ensinar. Para ser mais universal: o ato de cozinhar é uma metáfora precisa para a arte de viver. Sobre o ato de cozinhar e de viver, a mestra suprema é a Babette – reconhecida com justiça e horror como "bruxa" pelos convidados para o seu banquete – do filme que vocês já devem ter visto, e sobre quem escrevi inúmeras vezes. Para preparar o seu banquete, Babette necessitava de três coisas. Primeiro, saberes. Ela tinha de saber as receitas. Receitas são entidades espirituais, ideias que moram na cabeça. Segundo: ela precisava de poderes. Saberes, sozinhos, não fazem comida. Por 14 anos Babette viveu numa vilazinha que comia só peixe de manhã, ao meio-dia e à noite. O sonho dela era fazer uma festa em que prepararia pratos com os quais os moradores da vila nunca haviam sonhado. Mas, para isso, ela precisava de dinheiro. Dinheiro é poder. Mas dinheiro, ela não tinha. Um dia, inesperadamente, ela recebeu a notícia de que ganhara na loteria. Agora sim, ela poderia comprar os vinhos, as codornizes, a tartaruga, as frutas, o café, e tudo o mais que é necessário para fazer um banquete. Terceiro: os sabores. Toda a sua arte, realizada com saberes e poderes, seria inútil se os convidados não soubessem apreciar sua comida refinada. E os moradores daquela vilazinha, acostumados com sua dieta repetida e sem sabor, imposta por uma religião que esperava banquetes nos céus, tinham seus sentidos embotados, não tinham sido educados para o prazer de comer. E Babette lhes oferecia algo estranho, que nunca lhes tinha sido ensinado: comer por prazer. A parte mais deliciosa do filme é quando os convidados, decididos a não ter prazer (tinham medo, porque achavam que a comida de Babette era bruxaria), vão tendo seus sentidos sutilmente despertados para o gosto bom da sopa de tartaruga, das *cailles en sarcophage*, dos vinhos, das frutas tropicais, do café. Até que, ao final, a feitiçaria acontece: todos se transformam em crianças.

Pois é assim mesmo com a educação. Primeiro: são necessárias as receitas, os saberes. Saberes são receitas, razão por que todos os artigos científicos têm a estrutura precisa de uma receita culinária. A vida não se faz sem conhecimento. Segundo: são necessários os poderes. É preciso ter saúde, ter as técnicas, os recursos, o trabalho.

Os conhecimentos sem os poderes são impotentes, incapazes de alterar o mundo. Terceiro, são necessários os sabores. Os sabores têm a ver com os sentidos, a sensibilidade. Sensibilidade é a capacidade de degustar o mundo, identificar aquilo que é bom e é belo. É na esfera da sensibilidade que acontecem o prazer e a alegria, que são a razão de viver. Saberes e poderes são meios para viver. Sabores são razões para viver. O banquete é a realização final de tudo aquilo que se preparava com os saberes e poderes. Assim é a vida.

Existe a terrível possibilidade de termos saberes e poderes sem termos a capacidade de saborear. Como se a língua, o nariz, os olhos, os ouvidos e o tato tivessem sido amortecidos ou castrados. A comida, caso você ainda não tenha notado, exige a "intersensibilidade" (palavra que acabo de inventar, irmã da "interdisciplinaridade"). O torresmo, para ser bom, tem de fazer o barulhinho típico: prazer para o ouvido. O refrigerante, para ser bom, tem de ter o pinicado das bolhas de gás: prazer para o tato. E tem de ser bonito para os olhos: há pratos que são servidos com flores. E tem de ter o cheiro erótico dos temperos. Tudo isso se consumando na boca. Mas, para isso, os sentidos têm de ser educados. Eles precisam aprender a "prestar atenção".

Professor feiticeiro é professor-Babette: ele se dedica a despertar os órgãos dos sentidos, para que os alunos tenham prazer e alegria no banquete da vida. Se isso não acontecer, tudo o mais terá sido inútil.

A BELA AZUL

Como a Terra é bela! Certos estavam os teólogos e astrônomos antigos em colocá-la no centro do universo! Os astrônomos modernos e os geômetras riram-se da sua ingenuidade e presunção... Ora, a Terra, essa poeira ínfima, perdida em meio a bilhões de estrelas e galáxias, centro em torno do qual todo o universo gira?

Mas eles, cientistas, não sabem que há duas formas de determinar o centro. Pode-se determinar o centro com o cérebro e pode-se determinar o centro com o coração. O cérebro mede um espaço indiferente com réguas e calculadoras, para assim determinar o seu centro geométrico. Mas, para o coração, o centro do universo é o lugar do amor...

Para o pai e a mãe, qual é o centro de sua casa? Não será porventura o berço onde seu filhinho dorme? E para o trabalhador cansado e coberto de suor, o centro do mundo não é uma fonte de água fresca? Naquele momento, tudo o mais, que lhe importa? Chove e faz frio. A família inteira se reúne em torno da lareira, onde o fogo crepita. Ali se contam estórias... E sabe o apaixonado que o centro do mundo é o rosto da sua amada, ausente...

O centro do universo para os homens que vivem, amam e sofrem nada tem a ver com o centro geográfico do universo dos astrônomos.

Assim sentiu Deus... Dizem os poemas da Criação que, terminada a sua obra, seus olhos voltaram-se não para o infinito dos céus vazios, mas para a beleza da Terra. Olhou para o jardim, para suas árvores, seus pássaros e regatos, e, sorrindo, disse: "É muito bom!". Sim. É bom porque é belo. A Terra é o centro do universo porque é bela. E a beleza nos faz felizes.

Recebi de um amigo, via internet, uma série de fotografias da Terra, tiradas de um satélite. Vinha com o nome de "A Bela Azul". Que lindo nome para a nossa Terra! Porque é com a cor azul que ela aparece. De dia, iluminada pela luz do Sol; de noite, brilhando com as luzes dos homens. Lembrei-me de um verso de Fernando Pessoa: "(...) e viu-se a Terra inteira, de repente, surgir, redonda, do azul profundo" (*Obra poética*, p. 78).

Nietzsche era um apaixonado pela Terra. Dizia que era uma deformação do espírito, num dia luminoso, ficar em casa lendo um livro quando a natureza estava lá fora fresca e radiante. É possível imaginar que ele, que proclamou a morte de Deus, tenha secretamente eleito a Terra como seu objeto de adoração. Vejam o que ele escreveu:

(...) eu me encontrava ao pé das colinas; tinha uma balança nas minhas mãos e pesava o mundo... Com que certeza meu sonho olhava para esse mundo finito – sem fazer perguntas, sem desejar possuir, sem medo e sem mendigar... Era como se uma maçã inteira se oferecesse à minha mão, maçã madura e dourada, de pele fresca, macia, aveludada: assim esse mundo se ofereceu a mim... Como se uma árvore me acenasse, galhos longos, vontade forte, curvada como um apoio, lugar mesmo de descanso para o caminhante cansado, assim estava o mundo ao pé das minhas colinas... Como se mãos delicadas me trouxessem um escrínio, um escrínio aberto para o deleite de olhos tímidos, olhos que adoram, assim o mundo se ofereceu hoje a mim. Não era um enigma que assusta o amor humano; não era uma solução que faz dormir a sabedoria humana. Era uma coisa boa, humana: assim o mundo foi, para mim, hoje, embora tanto mal se fale dele.

Esta linda Terra está em perigo. É preciso salvá-la.

QUANTO CUSTA UM DIPLOMA

No meu tempo de criança as coisas eram mais simples. Os pobres matriculavam seus filhos nos grupos escolares para aprender as quatro operações e a escrever. Pobre não precisava saber mais do que isso. As famílias de classe média tratavam de arranjar para os filhos um emprego no Banco do Brasil, o que lhes garantiria uma vida segura e monótona. E as mocinhas iam para a Escola Normal, blusa branca e saia azul! Na verdade, o futuro que se pensava para as filhas não era intelectual: era um casamento, marido sólido de bons antecedentes, que seria o responsável econômico pelo bem-estar da esposa e dos filhos. O diploma de normalista seria de valia caso o casamento não acontecesse.

Já os ricos tratavam de mandar seus filhos para as capitais, para tirar diploma de médico, engenheiro, advogado, dentista. Para essas profissões sempre haveria trabalho.

Os donos de colégio não pensavam em ficar ricos. Na verdade, não havia donos. Os colégios pertenciam a ordens religiosas católicas e a missionários protestantes, o seu objetivo primordial, além do ensino, sendo a salvação das almas e o preparo de lideranças que levassem o país à frente – uma missão espiritual que não combinava com o espírito capitalista do lucro.

216

Mas o tempo passou, as coisas mudaram, a população cresceu. Muita gente querendo estudar, poucos colégios... Entra em funcionamento a lei da oferta e da procura: se existe uma demanda de algum tipo, a sociedade, por meio dos seus vários mecanismos, cria meios para satisfazê-la. Criaram-se colégios de todos os tipos. O nome do colégio em que se matriculava um filho era indicação do *status* econômico do pai. O custo era índice de excelência. Muitos desses colégios se tornaram mitos.

Já nessa época, início dos anos 1950, para entrar na universidade era preciso frequentar as melhores escolas e fazer cursinho. Porque a demanda era maior que a oferta: um número cada vez maior de candidatos querendo entrar, e vagas fixas que não aumentavam. Era preciso selecionar. Muitos eram os chamados, mas poucos seriam os escolhidos.

É assim que se inicia essa enorme rede de instituições que se dedicam a preparar os alunos para passar no vestibular. Não importa o preço. Os ricos podem pagar. E, com isso, tornaram-se potências econômicas. Para os ricos, o custo não importa. Mas pesa muito sobre os ombros dos mais pobres. Nem é preciso dizer que os pobres mesmo não têm dinheiro para pagar o preço. Eles ficam de fora.

Mas os cursinhos não resolvem o problema: se há cem vagas e mil candidatos, novecentos terão de ficar de fora. O que fazer com os novecentos que não entraram? Se cem pessoas querem entrar num ônibus que só tem lugar para cinquenta, o jeito é... trazer mais um ônibus! Inicia-se, então, movido pela lei da oferta e da demanda, um processo de criação de faculdades e universidades. Ter uma faculdade de educação na sua pequena cidade é um atestado de excelência administrativa e cultural! Não sei quantas faculdades e universidades há no Brasil; penso que a maioria delas são privadas...

A multiplicação de faculdades e universidades no Brasil não significa que o povo esteja ficando mais educado e a educação tenha

217

melhorado e se democratizado. É antes uma evidência de que a lógica econômica capitalista conseguiu transformar a educação em mercadoria.

Acontece, entretanto, que o número de diplomas distribuídos é muito maior que a quantidade de empregos oferecidos. Ou seja, o problema, que era entrar numa universidade – que não mais existe, porque, com o aumento da oferta de vagas, matricular-se num curso superior ficou coisa fácil –, foi transferido agora para a entrada no mercado de trabalho, que é o vestibular para a vida. Defrontamo-nos então com a triste situação de jovens diplomados, desempregados, que continuam a depender de seus pais para sobreviver.

Não vejo nenhuma razão para que um diploma universitário seja o objetivo nobre da educação. Paul Goodman observa que uma quantidade enorme de jovens que estão nas universidades não deveria estar lá porque sua vocação é outra. Mas toda a propaganda relativa à educação leva pais e jovens a crer que esse é o único caminho. Conheci, nos Estados Unidos, um professor universitário infeliz que só ençontrou sua realização pessoal quando se demitiu de sua posição acadêmica e se transformou num motorista de caminhão...

A HORA DA POESIA

Há pessoas que já nascem na poesia. Assim foi com Fernando Pessoa, Cecília Meireles, Adélia Prado, Emily Dickinson. Comigo não foi assim. Se a poesia já estava em mim, ela estava dormindo, como a Bela Adormecida. Eu não sabia que ela estava lá. Foi preciso que um poema a acordasse.

Não estou bem certo, mas minha memória diz que foi um poema de Robert Frost, aquele que tem o título de "Parando pelos bosques numa noite de neve". É assim que ele termina:

Os bosques são belos, escuros e fundos.
Mas eu tenho promessas a guardar
e muitas milhas a andar
antes de poder dormir.
Sim, antes de poder dormir.

Eu lia esse poema para os meus alunos – o que fazia por puro prazer porque nunca tive competência para ser professor de literatura. O poema pede repetição. Ler uma vez, outra vez, bem devagar...

Há de se saber o tempo do poema. Poemas são como a música. Os compositores colocam no alto da primeira página a indicação do tempo, adágio, *allegro*, presto.

A beleza segue um ritmo certo. Talvez os poetas devessem fazer com seus poemas o que fazem os compositores.

Li num tempo vagaroso, duas vezes, voz baixa...

Foi quando ouvi um soluço no fundo da sala. Alguém chorava. Uma aluna. Perguntei a razão do choro. Ela me disse: "Esse poema, esse poema...". "Mas o que no poema a faz chorar?", perguntei. Ela respondeu: "Não sei, não sei, só sei que ele me fez chorar".

E aí fiquei pensando na presença que se escondia no bosque belo, escuro e fundo. A presença não dita que se esconde no bosque é a morte.

Note o "mas" que separa o primeiro verso do resto do poema. Por que o "mas"? Parece não haver razão. A menos que o poeta, ao olhar para a beleza escura que morava na fundura do bosque, tenha ouvido uma voz a chamá-lo, a voz de uma presença invisível no meio das árvores.

Esse "mas" é um declinar do convite. Pelo menos agora... É certo que chegará um momento em que o convite não poderá ser recusado – mas agora não, ainda tenho promessas a cumprir e milhas a andar...

Não, poesia não é uma coisa, não é o poema. Muitos ouviram o poema sem que nada tivesse vibrado dentro deles. A poesia é algo que acontece na alma quando uma palavra faz o corpo tremer.

Esse tremor pode ser tristeza, riso, beleza, silêncio. Emily Dickinson, a solitária poeta norte-americana, escrevendo a um amigo, revelou-lhe o que era, para ela, a marca da poesia: "Quando leio um texto e me sinto tão fria que nenhum fogo pode me aquecer, sei que aquilo é poesia. Se leio um texto e sinto como se o topo da minha cabeça me tivesse sido arrancado, sei que aquilo é poesia". Ela não mencionou nenhuma propriedade formal como ritmo ou rima como o essencial da poesia. Ela mencionou algo que acontece com o corpo quando tocado pela palavra poética.

Poesia é música. Por isso é preciso lê-la em voz alta. Ouve-se sempre uma música nos interstícios das palavras do poeta: "(...) e a melodia / que não havia / se agora a lembro / faz-me chorar". Era assim que Fernando Pessoa sentia.

A poesia tem sua hora, como os pássaros. Os tempos do dia são vários. Num momento de vagabundagem em que seus olhos brincavam com os pássaros que voavam, Albert Camus notou que pela manhã eles se parecem com crianças que brincam, voam em todas as direções. Mas ao pôr do sol eles se tornam graves e voam numa única direção. O pôr do sol é hora de voltar para casa.

Fantasio o rosto grave do poeta, atento às palavras que lhe vêm, ele não sabe de onde. Imaginei que era o crepúsculo. O dia havia chegado ao fim, hora quando não há nada mais a ser feito porque a noite vai logo cobrir o mundo com seu veludo, e o poeta, à semelhança do casal que Millet colocou na tela *Ângelus*, para e medita.

Medita sobre o quê? Medita sobre a vida. Medita sobre a morte.

Ao ler pela primeira vez o poema "O haver", do Vinicius, senti-me numa luz crepuscular. Mas logo me dei conta de que o "crepúsculo" seria a minha hora, a hora da minha vida e da minha morte. Eu sou um ser crepuscular. É ao pôr do sol que a poesia me toca mais fundo.

Mas o Vinicius não era um poeta do crepúsculo. Era um poeta da noite. Há a noite das noitadas, dos amigos, do uísque, do violão. E há a noite quando todos se foram, o silêncio. Noite madrugada. Noite solidão. Noite oração. Apenas o som de passos de alguém que caminha na rua. Era nas madrugadas que a poesia lhe vinha mais funda, metafísica.

Sob a luz do crepúsculo eu medito. Releio o poema de Frost:

Os bosques são belos, escuros e fundos.
Mas eu tenho promessas a guardar
e muitas milhas a andar
antes de poder dormir.
Sim, antes de poder dormir.

Vejo o bosque escuro. Ouço uma sedutora voz que me chama, convidando-me ao cobertor aconchegante da noite. Aí eu digo "não"! Tenho ainda promessas a cumprir – promessas que fiz a mim mesmo, livros a escrever, que é o jeito que tenho de espalhar-me por muitos para não desaparecer. E muitas milhas a andar porque há muitas coisas a amar.

Aí eu sinto a mesma coisa que sentiu a minha aluna na sala de aula. Tenho vontade de chorar.

SOBRE MOLUSCOS, CONCHAS E BELEZA

Voltamos ao mundo dos moluscos que fez Piaget pensar sobre os homens... Deles, a primeira coisa que vi foram as conchas. Eu vi, simplesmente, sem nada saber sobre suas origens. Ignorava que existissem moluscos. Não sabia que elas, as conchas, tinham sido feitas para ser casas daqueles animais de corpo mole que, sem elas, seriam devorados pelos predadores. Meus olhos apenas viram. Viram e se espantaram. O espanto: os gregos sabiam que é no espanto que o pensamento começa. O espanto é quando um objeto se coloca diante de nós como um enigma a ser decifrado: "decifra-me ou te devoro!". Conchas são objetos espantosos. Enigmas. As conchas me fizeram pensar.

Foi um espanto estético. Foi a beleza que exigiu que eu as decifrasse. Conchas são objetos assombrosos, construídos segundo rigorosas relações matemáticas. É possível transformar conchas em equações. Os moluscos não eram apenas engenheiros competentes na construção de casas. Eram também artistas, arquitetos. Suas casas tinham que ser belas. Será que a natureza tem uma alma de artista? Coisa estranha essa, com certeza alucinação de poeta, imaginar que a natureza seja uma casa onde mora um artista! Não para Bachelard, que não se envergonhava em falar sobre "imaginação da matéria". Haverá uma analogia entre a natureza e o espírito humano? Serão os homens apenas a natureza tomando consciência de si? Antes que a *Pietà* existisse como escultura, existiu como realidade virtual na alma de Michelangelo. Antes que as conchas existissem como objetos assombrosos, elas existem como realidades virtuais na "alma" dos moluscos...

O espanto ante as conchas me faz pensar. Pensei que a vida não produz apenas objetos úteis, ferramentas adequadas à sobrevivência. A vida não deseja apenas sobreviver. Ela não se satisfaz com a utilidade. Ela constrói seus objetos segundo as normas da beleza. A vida deseja alegria. Assim acontece conosco: precisamos sobreviver e para isso cultivamos repolhos, nabos e batatas e estabelecemos a ciência do cultivo de repolhos, nabos e batatas – ciência que se transmite de geração em geração, nas escolas. E esse é um dos sentidos da ciência: receitas para a construção de ferramentas para a sobrevivência. Mas, por razões que se encontram além das razões científicas, talvez por obra do artista invisível que mora em nós, gastamos nosso tempo e nossas forças na produção de coisas inúteis, tais como violetas, orquídeas e rosas, coisas que não servem para nada e só dão trabalho... Nosso corpo não se alimenta só de pão. Ele tem fome de beleza. Creio que Jesus Cristo não se importaria e até mesmo sorriria se eu fizesse uma paráfrase da sua resposta ao Diabo, que o tentava com a solução prática: "não só de repolhos, nabos e batatas viverá o homem, mas também de violetas, orquídeas e rosas...".

Uma menina perguntou a Mario Quintana se era verdade que os machados públicos iriam cortar um maravilhoso pé de figueira que havia numa praça. Isso o levou de volta aos seus tempos de menino – no quintal de sua casa havia uma paineira enorme que, quando florescia, era uma glória. Até que um dia foi posta abaixo, simplesmente "porque prejudicava o desenvolvimento das árvores frutíferas. Ora, as árvores frutíferas! Bem sabes, meninazinha, que os nossos olhos também precisam de alimento...".

Penso que, desde que o objetivo da educação é permitir que vivamos melhor, nossas escolas deveriam tomar a natureza como sua mestra. Assim, já que tanto falam em Piaget, imaginei que poderiam adotar as conchas como símbolos – afinal de contas, foi no estudo dos moluscos que o seu pensamento sobre educação se iniciou... –, posto que nelas se encontra, em resumo, toda uma filosofia: foi o espanto diante das conchas que me fez filosofar... E quando, perguntados por pais e alunos sobre as razões de serem as conchas os símbolos da escola, os professores teriam uma ocasião para lhes dar a primeira aula de filosofia da educação:

O objetivo da educação é ensinar as novas gerações a construir casas. É preciso que as casas sejam sólidas, por causa da sobrevivência. Para isso as escolas ensinam a ciência. Mas não basta que nossas casas sejam sólidas. É preciso que sejam belas. A vida deseja alegria. Para isso as escolas ensinam as artes. É preciso educar os sentidos.

Hume, ao final do seu livro *Investigação sobre o entendimento humano*, propõe duas perguntas, somente duas, que, se feitas, produziriam uma assepsia geral do conhecimento. De forma semelhante, e inspirado pela sabedoria dos moluscos e suas conchas, quero propor duas perguntas a serem feitas a tudo aquilo que se ensina nas escolas. Primeira: isso que estou ensinando é uma ferramenta? Tem um uso prático? Aumenta o poder do meu aluno sobre o mundo que o cerca? De que forma ele pode usar isso que estou ensinando como ferramenta para construir a sua concha, a sua "casa"? Segunda: isso que estou ensinando contribui para que o meu aluno se torne mais sensível à beleza? Educa a sua sensibilidade? Aumenta suas possibilidades de alegria e espanto? Concluo com as palavras de Hume: se a resposta for negativa, então, "que seja lançado ao fogo" – porque nada tem a ver com a sabedoria da vida. Não passa de tolice e perda de tempo...

A SALA DA DIRETORA

Há um livro que nunca li, mas entendi só pelo título: *A linguagem do corpo*. O corpo tem uma linguagem silenciosa de gestos, o jeito das mãos, a posição das pernas, a música da voz. Nunca fique afundada na poltrona ao receber a visita de uma pessoa chata. Essa posição está dizendo que você está feliz. Para dar o sinal para ela ir embora, sem ser grosseira, sente-se na beirada da cadeira, com as mãos sobre os joelhos, os dedos tamborilando os joelhos...

O mesmo vale para as casas. As casas falam. Elas são mensagens aos visitantes. Tenho um conhecido muito rico. Seu apartamento é um luxo. Ele pensou que a melhor coisa era contratar um decorador. O decorador (mau psicólogo...) pôs-se a campo e comprou quadros, objetos de arte, tapetes. A decoração ficou rica. Mas a atmosfera é a de um mausoléu. Porque não existe nada no seu apartamento que se pareça com ele. A casa tem que ter a cara da gente. Casas são espelhos, revelam a alma.

Isso vale para todos os espaços: igrejas, escritórios, restaurantes, escolas. Você já notou que há restaurantes nos quais a gente gosta de ir por causa do ambiente físico? Há um que frequento que parece a extensão da minha cozinha em Minas... Há outros que, a despeito da decoração rica, nos deixam frios. Sinto-me desconfortável em ambientes cheios de espelhos. Os espelhos estão sempre me vigiando. Perco a naturalidade. Por isso que Edgar Allan Poe disse que um espelho nunca pode ser colocado num lugar onde a pessoa se veja refletida nele, sem querer. Espelhos são uma violência. Quem foi que disse que quero me ver? Especialmente se eu for careca, barrigudo e tiver barbela de nelore...

Faz uns tempos fui convidado a falar numa grande empresa estatal. O que lá vi, na visita preliminar pelas salas dos executivos, me obrigou a mudar o rumo da minha fala. Porque em todas as salas havia uma fotografia grande e solene do governador. Para que a fotografia do governador? Porque ele era bonito? Porque era amado? Ou porque era temido?

O que é que a sua sala, aquela sala em cuja porta está escrita a palavra "diretoria", está dizendo? Ela é a sala da "diretora", uma função de poder, ou é a sua sala? "Sua sala" quer dizer "a sala onde você colocou as suas marcas". Aquela sala é uma extensão de você, o seu espaço. Os bichos põem marcas no seu espaço. Os pássaros cantam: o espaço onde esse canto se ouve é deles. Os cachorros – bem, não vou dizer o que eles fazem para marcar o seu espaço.

Se a sua sala for um lugar de poder, todos deverão entrar nela pedindo licença. Conheci um reitor baixinho que tinha raiva de ser baixinho. E, para que sua sala tivesse a marca da sua autoridade, mandou fazer um estrado onde colocou sua mesa. Assim ele estava sempre por cima...

Mas esse não é o seu caso. Lembre-se do Roland Barthes: "maternagem", um espaço manso de acolhimento e liberdade. Sua presença deve ser uma presença tranquilizadora para os funcionários, as professoras e as crianças.

Que fotografias você tem lá? Por que elas estão lá? Por causa do poder ou da bondade? Há tantas pessoas que simbolizam bondade... São Francisco de Assis, Janusz Korczak, o barbudo ancião, Paulo

Freire. E há pôsteres lindos de crianças. A Unesco publica anualmente calendários com fotografias de crianças de todo o mundo.

E lá deverão estar fotografias suas quando você era criança. Você nenezinho, bilu-bilu, você aos sete anos, banguela, você adolescente mascando chicletes e, finalmente, você como é agora. Juro que sua sala vai se transformar num lugar querido.

O REI NU

Havia um rei muito tolo que adorava roupas bonitas. Os tolos gostam de roupas bonitas. Ele enviava emissários por todo o país para comprar roupas diferentes. Chegou ao cúmulo de mandar tecer uma faixa real nova com fios de ouro. Dois espertalhões ouviram falar da vaidade do rei e resolveram aproveitar-se dela para enriquecer. Dirigiram-se ao palácio e anunciaram-se: "Somos especialistas em tecidos mágicos". O rei nunca ouvira falar de tecidos mágicos. Ficou curioso. Ordenou que os dois fossem trazidos à sua presença. "Falem-me sobre o tecido mágico", ordenou o rei. Um dos espertalhões pôs-se a falar: "Majestade, o tecido que tecemos é mágico porque somente as pessoas inteligentes podem vê-lo. Vestindo uma roupa feita com esse tecido, Vossa Majestade saberá se aqueles que o cercam são inteligentes ou não". O rei imediatamente contratou os dois espertalhões. Passados alguns dias, o rei mandou chamar o ministro da Educação e ordenou-lhe que fosse examinar o tecido. O ministro dirigiu-se ao aposento onde os tecelões trabalhavam. "Veja, Excelência, a beleza do tecido", disseram eles com as mãos estendidas. O ministro da Educação não viu coisa alguma e entrou em pânico: "Meu Deus, eu não vejo o tecido, logo sou burro...". Resolveu, então, fazer de conta que era inteligente. Voltou à presença do rei e relatou: "Majestade, o tecido é maravilhoso".

O rei ficou muito feliz. Passados dois dias, o rei convocou o ministro da Guerra e ordenou-lhe examinar o tecido. Aconteceu a mesma coisa: "Meu Deus", ele pensou, "não sou inteligente. O ministro da Educação viu e eu não estou vendo...". Resolveu adotar a mesma tática do ministro da Educação. E o rei ficou muito feliz com o seu relatório. E assim aconteceu com todos os outros ministros. Até que o rei resolveu pessoalmente ver o tecido maravilhoso. Não vendo coisa alguma, ele pensou: "Os ministros da Educação, da Guerra, das Finanças, da Cultura e das Comunicações viram. Mas eu não vejo nada! Sou burro. Não posso deixar que eles saibam da minha burrice...". O rei se entregou então a elogios entusiasmados sobre o tecido que não havia. Marcou-se uma grande festa para que todos os cidadãos vissem o rei em suas novas roupas. No Dia da Pátria, a praça do palácio cheia de homens e mulheres, tocaram-se os clarins e ouviu-se uma voz pelos alto-falantes: "Cidadãos do nosso país! Dentro de poucos instantes a sua inteligência será colocada à prova. O rei vai desfilar usando a roupa que só os inteligentes podem ver". Canhões dispararam uma salva de seis tiros. Rufaram os tambores. Abriram-se os portões do palácio e o rei marchou, vestido com a sua roupa nova. Foi aquele "oh!" de espanto. Todos ficaram maravilhados. Como era linda a roupa do rei! Todos eram inteligentes. No alto de uma árvore estava um menino que via com seus olhos ignorantes. Não viu roupa nenhuma. O que viu foi o rei pelado, exibindo sua enorme barriga, suas nádegas murchas e as vergonhas dependuradas. Com uma gargalhada, deu um grito que a multidão inteira ouviu: "O rei está nu!". Fez-se um silêncio profundo seguido por uma gargalhada mais ruidosa que a salva de artilharia. E todos se puseram a gritar: "O rei está nu, o rei está nu...". O rei tratou de tapar as vergonhas com as mãos e voltou correndo para dentro do palácio.

* * *

Agora vou contar a mesma estória com um fim diferente. Ela é em tudo igual à versão de Andersen, até o momento do grito do menino. "O rei está nu!" Fez-se um silêncio profundo, seguido pelo grito da multidão enfurecida: "Menino louco! Não vê a roupa nova do rei que todos estamos vendo. Menino débil mental".

Com essas palavras, agarraram o menino e o internaram num manicômio.

* * *

Na versão de Andersen bastou que um menino que acreditava naquilo que seus olhos viam gritasse que o rei estava nu para que os olhos de todos se abrissem. A minha versão se baseia no fato de que, uma vez aprendida a lição de que "só os burros não veem a roupa do rei", as pessoas passam a acreditar mais na lição aprendida que nos seus olhos.

A VACA E OS BERNES

Era uma vez uma vaca feliz, saudável e bonita. Tudo era harmonia na vida da vaca.

Bem, quase tudo... Nada é perfeito. A vaca era mansa – o que era parte de sua perfeição. Mas, por causa da mansidão da vaca, alguns bernes se hospedaram nela e passaram a se alimentar de sua carne. Sendo mansa, a vaca não reagia contra os bernes. Na verdade ela não sabia como reagir.

Mas os bernes eram poucos e pequenos. A vaca e os bernes viviam em paz.

Aconteceu, entretanto, que os bernes começaram a se multiplicar. Os bernes aumentavam, mas a vaca não aumentava, confirmando a lei de Malthus que disse que os alimentos crescem em razão aritmética, enquanto as bocas crescem em razão geométrica.

O couro da vaca se encheu de calombos que indicavam a presença dos bernes. Mesmo assim a vaca continuava saudável. Ela tinha muita carne de sobra.

Foi então que uma coisa inesperada aconteceu: alguns bernes sofreram uma mutação genética e passaram a crescer em tamanho. Foram crescendo, ficando cada vez maiores, e com uma voracidade também cada vez maior. Os vermes magrelas e subdesenvolvidos ficaram com inveja dos vermes grandes e trataram de tomar providências para crescer também. Não era certo que só os grandões se aproveitassem da vaca.

O corpo da pobre vaca passou a ser uma orgia de crescimento. Os bernes só falavam numa coisa: "É preciso crescer!".

Cresciam os bernes e o seu apetite, mas a vaca não crescia. Ficava do mesmo tamanho. De tanto ser comida pelos bernes, a vaca ficou doente. Emagreceu. Mas os bernes não prestavam atenção na saúde da vaca em que moravam. Só prestavam atenção nos bifes que comiam. Para ver a vaca, seria preciso que eles estivessem fora da vaca. Mas os bernes estavam dentro da vaca. Assim, não percebiam que sua voracidade estava matando a vaca.

A vaca morreu. E com ela morreram os bernes. Fizeram a autópsia da vaca. O relatório do legista observou que os bernes mortos eram excepcionalmente grandes, bem-nutridos, muitos deles chegando à obesidade.

O QUE ENSINAR?

Hoje pela manhã – ainda não havia me levantado da cama –, pus-me a pensar em como vou usar a minha vida nos anos que me restam. É normal que isso aconteça com todos os velhos. Quando os anos são poucos, os dias se aceleram e o pensamento se põe a procurar, no meio das brumas e das espumas, o que é essencial.

Na minha sonolência, lembrei-me de Hermann Hesse, escritor que marcou a minha geração. Lembrei-me dele porque ele também se propôs a mesma pergunta. Levantei-me, fui ao escritório, tirei da estante o livro *O jogo das contas de vidro* e procurei nele as marcas que fiz quando o li, muitos anos atrás.

O personagem central do romance é Joseph Knecht, mestre supremo de "Castália". "Castália" era uma ordem monástica que se dedicava ao cultivo e ao gozo da beleza, cujo ponto culminante era uma celebração anual que tinha o nome de "Jogo das contas de vidro". Esse jogo se inspirava na brincadeira musical denominada "Variações sobre um tema". Brincar com a beleza. Knecht era o regente da beleza, *magister ludi*, o "mestre do jogo".

Mas agora ele estava velho. As cores da vida estavam esmaecendo e a alma se sentia dominada pela nostalgia da morte.

234

Havendo atingido o ponto máximo de sua carreira, ele se viu repentinamente invadido pelo desejo de deixar tudo e se dedicar a educar uma criança "que ainda não tivesse sido deformada pela escola". Decide-se então por abandonar sua posição de *magister ludi*, deixa a ordem monástica a que pertencia (como se o papa resolvesse, repentinamente, tornar-se professor de roça...) e se torna tutor de um menino.

Ele então explica seu gesto, dizendo:

A melhor coisa que a minha posição como *magister ludi* me deu foi a descoberta de que fazer música e tocar Bach não são as únicas atividades felizes na vida, e que ensinar e educar podem ser igualmente atividades que nos trazem grande felicidade. Aos poucos descobri, além disso, que ensinar me dá tanto mais prazer quanto mais jovens e não estragados pela deseducação os alunos são. Isso fez com que, ao passar dos anos, eu desejasse ser um professor numa escola primária...

Meditando sobre essa condição, ele descobre um poeminha de Rückert que continha o resumo da sua sabedoria de velho: "Nossos dias são preciosos, mas com alegria os vemos passando se no seu lugar encontramos uma coisa mais preciosa crescendo: uma planta rara e exótica, deleite de um coração jardineiro, uma criança que estamos ensinando, um livrinho que estamos escrevendo...".

Escrever um livrinho, plantar um jardim, ensinar uma criança...

Mas essas, precisamente, são as vocações que me comovem. Livrinhos para crianças, já escrevi muitos. Jardins, não sei quantos plantei. Agora eu sinto que gostaria de ser um professor de crianças ainda no curso primário. As crianças nos salvam do envelhecimento triste. "A infância não é uma coisa que morre em nós e seca uma vez cumprido o seu ciclo", escreveu Bachelard. "É o mais vivo dos tesouros e continua a nos enriquecer sem que o saibamos." Eu quero voltar às crianças para salvar a criança que mora em mim.

Se eu fosse seguir o caminho que Hesse escolheu para os últimos anos de sua vida, se eu resolvesse usar meu tempo para ensinar uma criança, o que é que eu gostaria de ensinar? O que é que tenho para dar a um menino ou menina e que eles queiram receber? Assim medito na minha cama.

SOBRE A INTERPRETAÇÃO

"Hoje vamos interpretar um poema", disse a professora de literatura. "Trata-se de um poema mínimo da extraordinária poetisa portuguesa Sophia de Mello Breyner Andresen", ela continuou. "O seu título é 'Intacta memória'. Por favor, prestem atenção." E com essas palavras começou a leitura:

Intacta memória – se eu chamasse
Uma por uma as coisas que adorei
Talvez que a minha vida regressasse
Vencida pelo amor com que a sonhei.

Ela tira os olhos do livro e fala: "O que é que a autora queria dizer ao escrever esse poema?".

Essa pergunta é muito importante. Ela é o início do processo de interpretação. Na vida estamos envolvidos o tempo todo em interpretar. Um amigo diz uma coisa que a gente não entende. A gente diz logo: "O que é que você quer dizer com isso?". Aí ele diz de uma outra forma e a gente entende. E a interpretação, todo mundo sabe disso, é aquilo que se deve fazer com os textos que se lê. Para que sejam compreendidos. Razão por que os materiais escolares estão cheios de testes de compreensão. Interpretar é compreender.

É claro que a interpretação só se aplica a textos obscuros. Se o meu amigo tivesse dito o que queria dizer de forma clara, eu não lhe teria feito a pergunta. Interpretar é acender luzes na escuridão. Lembram-se do poema de Robert Frost, "Os bosques são belos, sombrios, fundos..."? Acesas as luzes da interpretação na escuridão dos bosques, suas sombras desaparecem. Tudo fica claro.

"O que é que a autora queria dizer?" Note: a autora *queria* dizer algo. *Queria dizer, mas não disse.* Por que será que ela não disse o que queria dizer? Só existe uma resposta: "Por incompetência linguística". Ela queria dizer algo, mas o que saiu foi apenas um gaguejo, uma coisa que ela não queria dizer... A interpretação, assim, revela-se necessária para salvar o texto da incompetência linguística da autora... Os poetas são incompetentes verbais. Felizmente com o uso dos recursos das ciências da linguagem salvamos o autor de sua confusão e o fazemos dizer o que ele realmente queria dizer. Mas se o texto interpretado é aquilo que o autor queria dizer, por que não ficar com a interpretação e jogar o texto fora?

Claro que tudo o que eu disse é uma brincadeira verdadeira. É preciso compreender que o escritor nunca *quer dizer* alguma coisa. Ele simplesmente diz. O que está escrito é o que ele queria dizer. Se me perguntam: "O que é que você queria dizer etc.?", eu respondo: "Eu queria dizer o que disse. Se eu quisesse dizer outra coisa, eu teria dito outra coisa e não aquilo que eu disse".

Estremeço quando me ameaçam com interpretações de textos meus. Escrevi uma estória com o título "O gambá que não sabia sorrir". É a estória de um gambazinho chamado "Cheiroso", que ficava pendurado pelo rabo no galho de uma árvore. Uma escola me convidou para assistir à interpretação do texto que seria feita pelas crianças. Fui com alegria. Iniciada a interpretação, eu fiquei pasmado!

A interpretação começava com o gambá. O que é que o Rubem Alves queria dizer com o gambá? Foram ao dicionário e lá encontraram: "Gambá: nome de animais marsupiais do gênero *Didelphys*, de hábitos noturnos, que vivem em árvores e são fedorentos. São onívoros, tendo predileção por ovos e galinhas". Seguiam descrições científicas de todos os bichos que apareciam na estória. Fiquei a pensar: "O que é que fizeram com o meu gambá? Meu gambazinho não é um marsupial fedorento...".

Octavio Paz diz que a resposta a um texto nunca deve ser uma interpretação. Deve ser um outro texto. Assim, quando um professor lê um poema para os seus alunos, deve fazer-lhes uma provocação: "O que é que esse poema lhes sugere? O que é que vocês veem? Que imagens? Que associações?". Assim, o aluno, em vez de se entregar à duvidosa tarefa de descobrir o que o autor queria dizer, entrega-se à criativa tarefa de produzir o seu próprio texto literário.

Mas há um tipo de interpretação que eu amo. É aquela que se inspira na interpretação musical. O pianista interpreta uma peça. Isso não quer dizer que ele esteja tentando dizer o que o compositor queria dizer. Ao contrário, possuído pela partitura, ele a torna viva, transforma-a em objeto musical, tal como ele a vive na sua possessão. Os poemas, assim, podem ser interpretados, transformados em gestos, em dança, em teatro, em pintura. O meu amigo Laerte Asnis transformou a minha estória "A pipa e a flor" num maravilhoso espetáculo teatral. Pela arte do intérprete – o Laerte, palhaço –, o texto que estava preso no livro fica livre, ganha vida, movimento, música, humor. E com isso a estória se apossa daqueles que assistem ao espetáculo. E o extraordinário é que todos entendem, crianças e adultos. Eu chorei a primeira vez que o vi.

O que é que a Sophia de Mello Breyner Andresen queria dizer com o seu poema? Não sei. Só sei que o seu poema faz amor comigo.

CARO SENHOR MINISTRO DA EDUCAÇÃO

Acho, Senhor Ministro, que você ocupa a posição política mais importante do Brasil. Mais importante que a da presidência. Sobre o presidente paira uma maldição terrível, descrita por Maquiavel no seu livro *O príncipe*: a maldição do poder. O poder é um demônio que não dá descanso, não havendo exorcismo que o resolva. Demônio totalitário, ele se apossa do corpo e da alma, exige lealdade total e não deixa sobrar tempo para mais nada. Tal qual São Jorge, o presidente passa os dias e as noites lutando com um dragão que ressuscita a cada manhã, não lhe sobrando tempo para se dedicar às coisas que são essenciais.

O essencial, na vida de um país, é a educação. No Evangelho de João está escrito que "no princípio era o Verbo". "Princípio", em grego, é palavra filosófica que significa não apenas "princípio" no sentido de começo no tempo, mas fundamento, aquilo que é a base do que existe. Acho que o autor sagrado não ficaria bravo comigo se eu fizesse uma tradução livre do seu texto para os tempos modernos: "No princípio é a educação". Pois a educação, na sua essência, é precisamente isto: o exercício do Verbo.

Pensa-se, comumente, que a tarefa de um político é administrar o país: pôr a casa em ordem, construir coisas novas, consertar coisas

240

velhas, cuidar das finanças, da saúde, da segurança, da justiça, dos meios de comunicação, incluindo a administração dos meios de escolarização existentes, coisa de responsabilidade do Ministério da Educação.

Discordo. Existe uma diferença qualitativa entre aquilo que fazem os ministérios administrativos e aquilo que o Ministério da Educação deve fazer. A diferença entre eles é simples. Os ministérios administrativos cuidam do *hardware* do país. Eles lidam com a "musculatura" nacional. O Ministério da Educação tem ao seu cuidado o *software* do país. Ele cuida da "inteligência" nacional. Seu objetivo é fazer o povo pensar. Porque um país – ao contrário do que me ensinaram na escola – não se faz com as coisas físicas que se encontram no seu território, mas com os pensamentos do seu povo.

Explico: o que é que se encontra no início? O jardim ou o jardineiro? É o jardineiro. Havendo um jardineiro mais cedo ou mais tarde um jardim aparecerá. Mas havendo um jardim sem jardineiro, mais cedo ou mais tarde ele desaparecerá. O que é um jardineiro? Uma pessoa cujo pensamento está cheio de jardins. O que faz um jardim são os pensamentos do jardineiro. O que faz um povo são os pensamentos daqueles que o compõem.

Os grandes políticos não foram administradores de coisas. Foram criadores de povos. E o que é um povo? Santo Agostinho, 15 séculos atrás, disse que um povo é "um conjunto de seres racionais unidos por um mesmo objeto de amor". Ou seja, pessoas que partilham de um mesmo sonho. Émile Durkheim percebeu igual, e disse que os povos "não são feitos meramente da massa de indivíduos que os compõem, dos territórios que ocupam, das coisas que usam, dos movimentos que executam. Eles são feitos, sobretudo, com as ideias que os indivíduos têm de si mesmos". E foi precisamente isso que o Chico disse na "Banda". Cada um estava concentrado no seu sonhinho, a namorada, o faroleiro, o homem rico, a moça feia, o homem velho... Cada um na sua, não havia povo, tal como nós do Brasil, país que não tem povo porque não há sonhos belos a serem sonhados. Mas aí passou uma banda, e o que ela tocava era tão bonito que os sonhos de cada um logo ficaram pequenos e foram esquecidos. Esquecidos os sonhinhos individuais, formou-se a procissão dos que seguiam o sonhão que a banda tocava. Um povo nasceu. A "Banda" contém uma teoria política sobre o nascimento de um povo.

Uma vez publiquei uma carta inútil ao senhor Roberto Marinho. Usei de uma metáfora: o anúncio do Marlboro, que aparecia na televisão. Era lindo, com seus riachos cristalinos, raios de sol filtrados através da neblina que enchia os bosques de pinheiros, os cavalos selvagens. Eu, que não fumo, vendo o comercial, ficava encantado. A beleza seduz, me faz sonhar. Quero estar lá. Terminado o curto feitiço, aparecia uma advertência do Ministério da Saúde: "Fumo produz câncer". É conhecimento científico. Frase verdadeira. E morta. Não conheço ninguém que tenha deixado de fumar por causa das verdades que o conhecimento científico enuncia. Conheço muitas que vieram a fumar por causa da sedução da beleza.

Nossas escolas têm se dedicado a ensinar o conhecimento científico e todos os esforços têm sido feitos para que isso aconteça de forma competente. Isso é muito bom. A ciência é um meio indispensável para que os sonhos sejam realizados. Sem a ciência, não se pode nem plantar um jardim nem cuidar dele.

Mas há algo que a ciência não pode fazer. Ela não é capaz de fazer os homens *desejar* plantar jardins. Ela não tem o poder de fazer sonhar. Não tem, portanto, o poder de criar um povo. Porque o desejo não é engravidado pela verdade. A verdade não tem o poder de gerar sonhos. É a beleza que engravida o desejo. São os sonhos de beleza que têm o poder de transformar indivíduos isolados num povo.

As escolas se dedicam a ensinar os saberes científicos, visto que sua ideologia científica lhes proíbe lidar com os sonhos, coisa romântica. Assombra-me a incapacidade das escolas para criar sonhos! Enquanto isso, os meios de comunicação, principalmente a televisão, que conhecem melhor os caminhos dos seres humanos, vão seduzindo as pessoas com seus sonhos pequenos, frequentemente grotescos. Assombra-me a capacidade dos meios de comunicação para criar sonhos! Mas de sonhos pequenos e grotescos só pode surgir um povo de ideias pequenas e grotescas.

Se o Ministério da Educação for apenas um gerenciador dos meios escolares, será difícil ter esperança. Pensei, então, que o Ministério da Educação talvez tivesse poder e imaginação para integrar os meios de comunicação num projeto nacional de educação: semear os sonhos de beleza que se encontram no nascedouro de um povo. Assim ele estaria realizando sua vocação política de criar um povo. É por isso, Senhor Ministro, que considero sua posição de ministro da Educação a mais importante na vida política do Brasil. Da educação pode nascer um povo!

RAPOSA NÃO PEGA URUBU

O galinheiro estava em polvorosa. Cocorocós de galos, cacarejos de galinhas, *tofracos* de angolinhas, pios de pintinhos – tudo se misturava num barulho infernal. É que todos haviam sido convocados para uma assembleia para tratar de um assunto de grande importância, qual seja, o fato de vários ovos de um ninho terem sido comidos por um ladrão. E as pegadas eram inconfundíveis: o ladrão era uma raposa. Com um sonoro cocorocó, o galo Chantecler pediu silêncio, expôs o problema e franqueou a palavra.

Encarapitado no galho de uma goiabeira, um galinho garnisé cantou estridente, sacudiu a crista para um lado e a barbela para o outro e se pôs a discursar. Era o Mundico, que viera de uma cidade grande e era formado em sociologia. Ele adorava discursar.

Companheiros [ele começou], peço a sua atenção para as ponderações que vou fazer acerca da crise conjuntural em que nos encontramos. Charles Darwin foi o primeiro a mostrar que a história dos bichos é marcada pela luta de classes: os mais fortes devoram os mais fracos. Os leões comem os veados, os lobos comem os cordeiros, os gaviões comem as pombas, as raposas comem as galinhas. Os mais aptos sobrevivem; os outros morrem. Assim, a crise conjuntural em que nos encontramos nada mais é que uma manifestação da realidade estrutural que rege a história dos bichos. E o que é que faz com que as raposas sejam mais aptas do que nós? As raposas são mais aptas e nos devoram porque elas detêm o monopólio de um saber que nós não temos. Somente nos libertaremos do jugo das raposas quando nos apropriarmos dos saberes que elas têm. E como se transmitem os saberes? Por meio da educação. Sugiro então que empreendamos uma reforma em nossos currículos e programas. Se, até hoje, nossos currículos e programas ensinavam aos nossos filhos saberes galináceos, de hoje em diante eles ensinarão saberes de raposa. Primeiro, teremos de educar os nossos olhos para que eles passem a ver como veem as raposas. Onde é que as raposas têm os seus olhos? Na frente do focinho. E os nossos olhos onde estão? Do lado. Educaremos os nossos olhos para que eles aprendam a olhar para frente. Segundo: teremos de reeducar o nosso andar. Raposas andam com quatro patas. Por isso valem o dobro que nós, que só temos duas patas. Como transformar duas patas em quatro? É simples. Por meio de um processo de adição. Nós, galinhas e galos, bípedes, passaremos a andar aos pares, um na frente, outro atrás, o de trás segurando o traseiro do que vai à frente, e assim seremos quadrúpedes. Terceiro: as raposas têm pelos, enquanto nós temos penas. Teremos de nos livrar de nossas penas para que no seu lugar cresçam pelos. E os nossos rabos, ridículos uropígios, estimulados pelos pelos, se alongarão para trás e se transformarão em rabos de raposa. Quarto: as raposas têm focinhos e nós temos bicos. Mas o que é um focinho? Focinho é uma coisa sem bico. Ora, bastará então que extraiamos os nossos bicos para termos focinhos como as raposas. Assim, pela educação, nós nos apropriaremos dos saberes das raposas, espécie que por tantos milênios nos tem dominado. Será, então, o advento da liberdade!

Mundico se calou. Todos estavam *biquiabertos* com sua eloquência. Todos o aplaudiram. E todos concordaram com o seu projeto educacional. Galos e galinhas arrancaram uns aos outros as suas penas e, pelados, aguardavam o crescimento dos pelos. Por meio de exercícios apropriados, movimentavam seus olhos para que eles aprendessem a olhar para frente. Desbicaram-se, lixando seus bicos em pedras ásperas. E andavam, como Mundico dissera, aos pares, um na frente e outro agarrado atrás...

Mas parece que o currículo de raposa não deu resultado. A raposa continuou a comer ovos dos ninhos e chegou mesmo a devorar um pintinho distraído. Começaram, então, a imaginar que ela tivesse também devorado o Sesfredo, um galo velho de pescoço pelado, vermelho, que cantava com sotaque caipira e que desaparecera.

Convocou-se então uma outra assembleia para discutir providências a serem tomadas ante o fracasso do currículo proposto por Mundico. Toda a população do galinheiro compareceu – para surpresa de todos, até mesmo o Sesfredo, que tomou lugar num galho de uma árvore muito alta, onde nenhum galo ou galinha jamais fora. "A gente pensava que você tivesse sido devorado pela raposa", cantou o Godofredo, forte galo índio. "Que nada", disse Sesfredo. "É que me internei no *spa* do Urubuzão pra fazer uma reciclagem de voo. Urubu é ave como nós. Mas raposa não come urubu. Raposa não come urubu porque urubu sabe voar. Raposa come galos e galinhas porque desaprendemos o uso de nossas asas..."

Nesse momento uma angolinha que ficara de sentinela deu o alarme: "Aí vem a raposa, aí vem a raposa, aí vem a raposa!". Houve pânico, correria, cada um correndo para um lado. Mas ninguém sabia voar. A raposa, valendo-se da confusão, abocanhou uma galinha garnisé, já depenada e desbicada...

Todo mundo entrou em pânico. Menos o Sesfredo. Lá de cima ele abriu as asas e voou alto, muito alto, até parecia um urubu... Assim é: ave que sabe voar, não há raposa que consiga pegar...

* * *

Esta fábula me apareceu quando ouvi uma pessoa justificando os currículos de nossas escolas, dizendo que eles contêm os saberes das classes dominantes a serem aprendidos pelas classes dominadas.

OUTROS SIGNIFICATIVOS

Estudei sociologia e aprendi algumas coisas úteis, outras engraçadas. O jogo que as pessoas jogam para fazer a sociedade é muito divertido. Um desses conceitos que aprendi e não esqueci é o de "outros significativos".

"Outros significativos" é um conceito de sociologia de que me valho sempre. Estamos cercados por "outros": os caminhantes na rua, os que compram nas feiras, as torcidas de futebol, a gente nas igrejas, os doentes nos hospitais, os motoristas que guiam carros, os deputados e senadores... Todas as pessoas que não são "eu" são os "outros". Sei que esses outros existem, mas a maioria não me importa. Nada significam para mim. Mas nessa multidão anônima de outros há uns poucos outros que me são importantes. Em relação a eles eu organizo o meu pensamento e os meus sentimentos. Meus filhos, por exemplo. Meus amigos. Meus leitores. Importa-me o que os meus leitores sentem ao ler um texto meu. Esses são meus "outros significativos".

"Dize-me com quem andas e dir-te-ei quem és." Vou alterar esse ditado: "Dize-me quem são os teus outros significativos e dir-te-ei quem és". São os meus outros significativos que fazem de mim o que sou. Isso é uma lição importante para compreender as razões por que os meninos e os adolescentes, nas favelas, optam pela violência: porque aqueles que eles admiram, que têm coragem, que desafiam a polícia, que enfrentam a morte, aos quais damos os nomes de bandidos, são seus "outros significativos", seus heróis.

Dirigindo-me então a você, diretor, diretora, faço a pergunta: "Quem são seus outros significativos?". Ser diretor é pertencer a uma rede política de poder. A função de diretoria se abre para cima – pode chegar mesmo à Secretaria de Educação ou ao Ministério de Educação!

O mundo da burocracia é o mundo das pessoas sem face. Elas só têm existência como funções das estruturas burocráticas. Se, por acaso, uma diretora cair em desgraça diante de um superior, ela sabe o que lhe acontecerá. Nada de convites para reuniões para as quais ela deveria se vestir como diretora. Pois não é verdade isso, que há uma forma de vestir apropriada para as solenidades? Que honra ser convidada para compor a mesa! Se os seus outros significativos são aqueles que compõem a rede burocrática impessoal, então a sua cabeça estará cheia das coisas que a burocracia determina. Relatórios. Os burocratas são os modernos hereges. O evangelho diz: "No princípio era o Verbo". Os burocratas dizem: "No princípio é o relatório". Se está no relatório, existe, mesmo que não tenha existido de fato. Se não está no relatório, não existe, mesmo que tenha existido de fato.

Uma professora do sul de Minas fez uma pesquisa sobre o conteúdo das reuniões entre diretores e professoras de várias escolas. O que ela achou foi de arrepiar. Nas atas havia registro de todas as atividades burocráticas, mas não havia referências aos alunos. Os alunos só eram mencionados quando se tornavam "problemas disciplinares".

Para você descobrir quem são seus "outros significativos" é fácil. Anote quantas horas você gasta, por semana, lidando com papelada burocrática. Anote também quantas horas ou minutos você gasta misturando-se com os alunos (quem sabe brincando com eles...). Aí você saberá...

É BRINCANDO QUE SE APRENDE

No meu tempo, parte da alegria de brincar estava na alegria de *construir* o brinquedo. Fiz caminhõezinhos, carros de rolimã, caleidoscópios, periscópios, aviões, canhões de bambu, corrupios, arcos e flechas, cata-ventos, instrumentos musicais, um telégrafo, telefones, um projetor de cinema com caixa de sapato e lente feita com lâmpada cheia d'água, pernas de pau, balanços, gangorras, matracas de caixas de fósforo, papagaios, artefatos detonadores de cabeças de pau de fósforo, estilingues.

Fazendo estilingues, desenvolvi as virtudes necessárias à pesquisa: só se conseguia uma forquilha perfeita de jabuticabeira depois de longa pesquisa. Pesquisava forquilhas – as mesmas que inspiraram Salvador Dalí – exercendo minhas funções de "controle de qualidade" – arte que alguns anunciam como nova, mas que existiu desde a criação do mundo: Deus ia fazendo, testando e dizendo, alegre, que tinha ficado muito bom. Eu ia comparando a infinidade de ganchos que se encontravam nas jabuticabeiras com o gancho ideal, perfeito, simétrico, que existia em minha cabeça. Pois "controle de qualidade" é isto: comparar o "produto" real com o modelo ideal. As crianças já nascem sabendo o essencial. Na escola, esquecem.

Os grandes, morrendo de inveja, mas sem coragem para brincar, brincavam fazendo brinquedos. As mães faziam bonecas de pano, arte maravilhosa hoje só cultivada por poucas artistas. As mães modernas são de outro tipo, sempre muito ocupadas, correndo pra lá e pra cá, motoristas, levando as crianças para aula de balé, aula de judô, aula de inglês, aula de equitação, aula de computação – não lhes sobra tempo para fazer brinquedos para os filhos. (Será que as crianças de hoje sabem que os brinquedos podem ser fabricados por elas?) Hoje, quando a menina quer boneca, a mãe não faz a boneca: compra uma boneca pronta que faz xixi, engatinha, chora, fala quando a gente aperta um botão, e é logo esquecida no armário dos brinquedos. Pobres brinquedos prontos! Vindo já prontos, eles nos roubam a alegria de fazê-los. Brinquedo que se faz é arte, tem a cara da gente. Brinquedo pronto não tem a cara de ninguém. São todos iguais. Só servem para o tráfico de inveja que move pais e filhos, como esse tal "bichinho virtual"...

Fiquei com vontade de fazer uma sinuquinha. Naquele tempo não havia para se comprar. Mesmo que houvesse, não adiantava: a gente era pobre. Como tudo o que vale a pena neste mundo, a fabricação começava com um ato intelectual: *pensamento* – quem *deseja* pensa. O pensamento nasce no *desejo*. Era preciso, antes de construir a sinuquinha de verdade, construir a sinuquinha de mentira, na cabeça. Essa é a função da *imaginação*. Antes de Piaget, eu já sabia o essencial do *construtivismo*: meu conhecimento começava com uma *construção* mental do objeto. Diga-se, de passagem, que o homem vem praticando o construtivismo desde o período da Pedra Lascada. Piaget não descobriu nada: ele só descreveu aquilo que os homens (e mesmo alguns animais) sempre souberam.

Era preciso uma tábua larga e plana, flanela, madeiras e borracha de pneu de bicicleta para as tabelas; as caçapas seriam feitas de meias velhas. As bolas, de gude. Os tacos, cabos de vassoura. Preparei-me para fabricar o objeto dos meus sonhos. Meu pai, que era viajante, estava em casa naquele fim de semana. Ofereceu-se para me ajudar, contra a minha vontade. Valendo-se de sua autoridade, tomou a iniciativa. Pegou do serrote e pôs-se a serrar os cantos da tábua, no lugar das caçapas. Meu pai operou com uma lógica simples: se um buraquinho pequeno, que mal dá para passar uma bolinha, dá um x de prazer a uma criança, um buraco dez vezes maior dará à criança dez vezes mais prazer. E assim pôs-se a serrar buracos enormes nos ângulos da tábua. Eu protestava, desesperado: "Pai, não faz isso não!". Inutilmente. Confiante no seu saber, ele levou a sua lógica até as últimas consequências. Fez a sinuquinha. Só que nunca joguei uma única partida com os meus amigos. Por uma simples razão: quem começava o jogo encaçapava todas as bolinhas. Com buracos daquele tamanho, não tinha graça. Era fácil demais. A facilidade destruiu a alegria do brinquedo. *A alegria de um brinquedo está, precisamente, na sua dificuldade, isto é, no desafio que ele apresenta.*

Deliciei-me com uma história do Pato Donald. O professor Pardal, cientista, resolveu dar como presente de aniversário ao Huguinho, ao Zezinho e ao Luizinho brinquedos perfeitos. Fabricou uma pipa que voava sempre, mesmo sem vento. Um pião que rodava sempre, mesmo que fosse lançado do jeito errado. E um taco de beisebol que sempre acertava na bola, mesmo que o jogador não estivesse olhando para ela. Mas a alegria foi de curta duração. Que graça há em se empinar uma pipa, se não existe a luta com o vento? Que graça há em fazer rodar um pião, se qualquer pessoa, mesmo uma que nunca tenha visto um pião, o faz rodar? Que graça há em ter um taco que joga sozinho? Os brinquedos perfeitos foram logo para o monte de lixo, e os meninos voltaram aos desafios e alegrias dos brinquedos antigos.

Todo brinquedo bom apresenta um desafio. A gente olha para ele, e ele nos convida para medir forças. Aconteceu comigo, faz pouco tempo: abri uma gaveta e um pião que estava lá, largado, fazia tempo, me desafiou: "Veja se você pode comigo!". Foi o início de um longo processo de medição de forças, no qual fui derrotado muitas vezes. É preciso que haja a possibilidade de ser derrotado pelo brinquedo para que haja desafio e alegria. A alegria vem quando a gente ganha. No brinquedo a gente exercita o que Nietzsche denominou "vontade de poder".

Brinquedo é qualquer desafio que a gente aceita pelo simples prazer do desafio – sem nenhuma utilidade. São muitos os desafios. Alguns são desafios que têm a ver com a habilidade e a força física: salto com vara, encaçapar a bola de sinuca; enfiar o pino do bilboquê no buraco da bola de madeira. Outros têm a ver com nossa capacidade para resolver problemas lógicos, como o xadrez, a dama, a quina. Já os quebra-cabeças são desafios à nossa paciência e à nossa capacidade de reconhecer padrões.

É brincando que a gente se educa e aprende. Cada professor deve ser um *magister ludi* como no livro do Hermann Hesse. Alguns, ao ouvir isso, me acusam de querer tornar a educação uma coisa fácil. Essas são pessoas que nunca brincaram e não sabem o que é o brinquedo. Quem brinca sabe que a alegria se encontra precisamente no desafio e na dificuldade. Letras, palavras, números, formas, bichos, plantas, objetos (ah! o fascínio dos objetos!), estrelas, rios, mares, máquinas, ferramentas, comidas, músicas – todos são desafios que olham para nós e nos dizem: "Veja se você pode comigo!". Professor bom não é aquele que dá uma aula perfeita, explicando a matéria. Professor bom é aquele que transforma a matéria em brinquedo e *seduz* o aluno a brincar. Depois de seduzido o aluno, não há quem o segure.

"MUITO CEDO PARA DECIDIR"

Gandhi se casou menino. Foi casado menino. O contrato, foram os grandes que assinaram. Os dois nem sabiam direito o que estava acontecendo, ainda não haviam completado dez anos de idade, estavam interessados em brincar. Ninguém era culpado: todo mundo estava sendo levado de roldão pelas engrenagens dessa máquina chamada sociedade, que tudo ignora sobre a felicidade e vai moendo as pessoas nos seus dentes. Os dois passaram o resto da vida se arrastando, pesos enormes, cada um fazendo a infelicidade do outro.

Vocês dirão que felizmente esse costume nunca existiu entre nós: obrigar crianças que nada sabem a entrar por caminhos nos quais terão de andar pelo resto da vida é coisa muito cruel e... burra! Além disso já existe entre nós remédio para casamento que não dá certo. Antigamente, quando se queria dizer que uma decisão não era grave e podia ser desfeita, dizia-se: "isso não é casamento!". Naquele tempo, sim, casamento era decisão irremediável, para sempre, até que a morte os separasse, eterna comunhão de bens e comunhão de males. Mas agora os casamentos fazem-se e desfazem-se até mesmo contra a vontade do papa, e os dois ficam livres para começar tudo de novo...

Pois dentro de poucos dias vai acontecer com nossos adolescentes coisa igual ou pior do que aconteceu com o Gandhi e a mulher dele, e ninguém se horroriza, ninguém grita, os pais até ajudam, concordam, empurram, fazem pressão, o filho não quer tomar a decisão, refuga, está com medo. "Tomar uma decisão para o resto da minha vida, meu pai! Não posso agora!", e o pai e a mãe perdem o sono, pensando que há algo errado com o menino ou a menina, e invocam o auxílio de psicólogos para ajudar...

Está chegando para muitos o momento terrível do vestibular, quando vão ser obrigados por uma máquina, do mesmo jeito como o foram Gandhi e Casturbai (era esse o nome da menina), a escrever num espaço em branco o nome da profissão que vão ter.

Do mesmo jeito, não: a situação é muito mais grave. Porque casar e descasar são coisas que se resolvem rápido. Às vezes, antes de se descasar de uma ou de um, a pessoa já está com uma outra ou um outro. Mas com a profissão não tem jeito de fazer assim.

Para casar, basta amar.

Mas, na profissão, além de amar, tem de saber. E o saber leva tempo para crescer.

A dor que os adolescentes enfrentam agora é que, na verdade, eles não têm condições de saber o que é que eles amam. Mas a máquina os obriga a tomar uma decisão para o resto da vida, mesmo sem saber.

Saber que a gente gosta disso e gosta daquilo é fácil. O difícil é saber qual, dentre todas, é aquela de que a gente gosta supremamente. Pois, por causa dela, todas as outras terão de ser abandonadas. A isso que se dá o nome de "vocação"; que vem do latim, *vocare,* que quer dizer "chamar". É um chamado, que vem de dentro da gente, o sentimento de que existe alguma coisa bela, bonita e verdadeira à qual a gente deseja entregar a vida.

Entregar-se a uma profissão é igual a entrar para uma ordem religiosa. Os religiosos, por amor a Deus, fazem votos de castidade,

254

pobreza e obediência. Pois, no momento em que você escrever a palavra fatídica no espaço em branco, você estará fazendo também os seus votos de dedicação total à sua ordem. Cada profissão é uma ordem religiosa, com seus papas, bispos, catecismos, pecados e inquisições.

Se você disser que a decisão não é tão séria assim, que o que está em jogo é só o aprendizado de um ofício para se ganhar a vida e, possivelmente, ficar rico, eu posso até dizer: "Tudo bem! Só que fico com dó de você! Pois não existe coisa mais chata que trabalhar só para ganhar dinheiro".

É o mesmo que dizer que, no casamento, amar não importa. Que o que importa é se o marido – ou a mulher – é rico. Imagine-se agora nesta situação: você é casado ou casada, não gosta do marido ou da mulher, mas é obrigado a, diariamente, fazer carinho, agradar e fazer amor. Pode existir coisa mais terrível que isso? Pois é a isso que está obrigada uma pessoa casada com uma profissão sem gostar dela. A situação é mais terrível que no casamento, pois no casamento sempre existe o recurso de umas infidelidades marginais. Mas o profissional, pobrezinho, gozará do seu direito de infidelidade com que outra profissão?

Não fique muito feliz se o seu filho já tem ideias claras sobre o assunto. Isso não é sinal de superioridade. Significa, apenas, que na mesa dele há um prato só. Se ele só tem nabos cozidos para comer, é claro que a decisão já está feita: comerá nabos cozidos e engordará com eles. A dor e a indecisão vêm quando há muitos pratos sobre a mesa e só se pode escolher um.

Um conselho aos pais e aos adolescentes: não levem muito a sério esse ato de colocar a profissão naquele lugar terrível. Aceitem que é muito cedo para uma decisão tão grave. Considerem que é possível que vocês, daqui a um ou dois anos, mudem de ideia. Eu mudei de ideia várias vezes, o que me fez muito bem. Se for necessário, comecem de novo. Não há pressa. Que diferença faz receber o diploma um ano antes ou um ano depois?

Em tudo isso o que causa a maior ansiedade não é nada sério: é aquela sensação boba que domina pais e filhos de que a vida é uma corrida e que é preciso sair correndo na frente para ganhar. Dá uma aflição danada ver os outros começando a corrida, enquanto a gente fica para trás.

Mas a vida não é uma corrida em linha reta. Quando se começa a correr na direção errada, quanto mais rápido for o corredor, mais longe ele ficará do ponto de chegada. Lembrem-se daquele maravilhoso aforismo de T.S. Eliot: "Num país de fugitivos, os que andam na direção contrária parecem estar fugindo".

Assim, não se aflija. A vida é uma ciranda com muitos começos.

Coloque lá a profissão que você julgar a mais de acordo com o seu coração, sabendo que nada é definitivo. Nem o casamento. Nem a profissão. Nem a própria vida...

AMOR AO SABER

Que me deem uma boa razão para que os jovens se apaixonem pela Ciência. Para isso seria necessário que os cientistas fossem também contadores de estórias, inventores de mitos, presenças mágicas em torno das quais se ajuntassem crianças e adolescentes, à semelhança do flautista de Hamelin, feiticeiro que tocava sua flauta encantada e os meninos o seguiam...

Todo início contém um evento mágico, um encontro de amor, um deslumbramento no olhar... É aí que nascem as grandes paixões, a dedicação às causas, a disciplina que põe asas na imaginação e faz os corpos voarem. Olho para os nossos estudantes, e não me parece que seja este o seu caso. E eles me dizem que os mitos não puderam ser ouvidos. O ruído da guerra e o barulho das moedas eram fortes demais. Quanto à flauta, parece que estava desafinada. O mais provável é que o flautista se tivesse esquecido da melodia...

Não, não se espantem. Mitos e magia não são coisas de mundos defuntos. E os mais lúcidos sabem disso, porque não se esqueceram de sonhar. Em 1932, Freud escreveu uma carta a Einstein que fazia uma estranha pergunta/afirmação: "Não será verdade que toda Ciência contém, em seus fundamentos, uma mitologia?". Dirão os senhores que não pode ser assim. Que mitologia é coisa da fantasia, de falsa consciência, de cabeça desregulada. Já a Ciência é fala de gente séria, pés no chão, olhos nas coisas, imaginação escrava da observação...

Pode ser. Mas muita gente pensa diferente. Primeiro amar, depois conhecer. Conhecer para poder amar. Porque, se se ama, os olhos e os pensamentos envolvem o objeto, como se fossem mãos, para colhê-lo. Pensamento a serviço do corpo, Ciência como genitais do desejo, para penetrar no objeto, para se dar ao objeto, para experimentar união, para o gozo. Lembram-se de Nietzsche? Pensamento, pequena razão, instrumento e brinquedo da grande razão, o corpo.

Sei que tais pensamentos são insólitos. E me perguntarão onde foi que os aprendi. Direi baixinho, por medo de anátema, que foi na leitura de minha *Bíblia*, coisa que ainda faço, hábitos de outrora. E naquele mundo estranho e de cabeça para baixo, como Pinóquio às avessas ou nas inversões do espelho das aventuras de Alice, conhecimento não é coisa de cabeça nem de pensamento. É coisa do corpo inteiro, dos rins, do coração, dos genitais. E diz lá, numa candura que tomamos por eufemismo, que "Adão conheceu sua mulher. E ela concebeu e pariu um filho". Conhecimento é coisa erótica, que engravida. Mas é preciso que o desejo faça o corpo se mover para o amor. Caso contrário, permanecem os olhos, impotentes e inúteis... Para conhecer, é preciso primeiro amar.

E é esta a pergunta que estou fazendo: Que mágico, dentre nós, será capaz de conduzir o fogo do amor pela Ciência? Que estórias contamos para explicar a nossa dedicação? Que mitos celebramos que mostrem aos jovens o futuro que desejamos?

Ah! É isto. Parece que as utopias se foram. Ciência e cientistas já não sabem mais falar sobre esperanças. Só lhes resta mergulhar nos detalhes do projeto de pesquisa, financiamentos, organização – porque as visões que despertam o amor e os símbolos que fazem sonhar desapareceram no ar, como bolhas de sabão. Especialistas que conhecem cada vez mais de cada vez menos têm medo de falar sobre mundos que só existem no desejo.

Claro que não foi sempre assim. Houve tempo em que o cientista era ser alado, imaginação selvagem, que explicava às crianças e aos jovens os gestos de suas mãos e os movimentos do seu pensamento, apontando para um novo mundo que se anunciava no horizonte. Terra sem males, a natureza a serviço dos homens, o fim da dor, a expansão da compreensão, o domínio da justiça. Claro, o saber iria tornar os homens mais tolerantes. Compreenderiam o absurdo da violência. Deixariam de lado o instrumento de tortura pela persuasão suave do ensino. Os campos ficariam mais gordos e perfumados. As máquinas libertariam os corpos para o brinquedo e o amor. E os exércitos progressivamente seriam desativados, porque mais vale o saber que o poder. As espadas seriam transformadas em arados e as lanças em podadeiras. Realização do sonho do profeta Isaías, de harmonia entre bichos, coisas e pessoas.

Interessante. Esses eram mitos que diziam de amor, harmonia, felicidade, essas coisas que fazem bem à vida e invocam sorrisos. Quem não se alistaria como sacerdote de tão bela esperança?

Foram-se os mitos do amor.

Restaram os mitos do poder.

As guerras entre os mundos, os holocaustos nucleares, os super-heróis de cara feia, punhos cerrados e poder imbatível. Ah! Quem poderia pensar num deles jogando bolinha de gude, ou soprando bolhas de sabão, ou fazendo amor? Certamente que bolas, bolhas e corpos se estraçalhariam ante o impacto do poder. Não é por acidente que isso aconteceu. É que a Ciência, de realizadora do desejo, metamorfoseou-se em aliada da espada e do dinheiro. Os cientistas protestarão, é claro, lavando suas mãos de sangue ou de lucro. E com razão. Mas este não é o problema. É que a Ciência é coisa cara demais e o desejo, pobre demais. E, na vida real, as princesas caras não se casam com plebeus sem dinheiro. A Ciência mudou de lugar. E, com isso, mudaram-se também os mitos.

Que estórias contaremos para fazer nossas crianças e nossos jovens amar o futuro que a Ciência lhes oferece?

Falaremos sobre o fascínio das usinas nucleares?

Quem sabe os levaremos a visitar Cubatão... Protestarão de novo, dizendo que não é Ciência. Como não? Cubatão não será filha, ainda que bastarda, da química, da física, da tecnologia, em seu casamento com a política e a economia?

Poderemos fazer um passeio de barco no Tietê. Sei que não foi intenção da Ciência, sei que não foi planejado pelos cientistas. Mas ele é um sinal, um aperitivo, uma amostra, do mundo do futuro. De fato, o futuro será chocante. Só que não da forma como Toffler pensa.

Parece que só nos resta o recurso ao embuste e à mentira, dos mitos da Terceira Onda. Mas como levar a sério um mito sorridente que não chora ante a ameaça da guerra? "Se um cego guiar outro cego, cairão ambos na cova..."

Que me deem uma boa razão para que os jovens se apaixonem pela Ciência. Sem isso, a parafernália educacional permanecerá flácida e impotente. Porque sem uma grande paixão não existe conhecimento.

"O HOMEM DEVE REENCONTRAR O PARAÍSO..."

Era uma família grande, todos amigos. Viviam como todos nós: moscas presas na enorme teia de aranha que é a vida da cidade. Todo dia a aranha lhes arrancava um pedaço. Ficaram cansados. Resolveram mudar de vida; um sonho louco: navegar! Um barco, o mar, o céu, as estrelas, os horizontes sem fim: liberdade. Venderam o que tinham, compraram um barco capaz de atravessar mares e sobreviver a tempestades.

Mas pra navegar não basta sonhar. É preciso saber. São muitos os saberes necessários para se navegar. Puseram-se então a estudar cada um aquilo que teria de fazer no barco: manutenção do casco, instrumentos de navegação, astronomia, meteorologia, as velas, as cordas, as polias e roldanas, os mastros, o leme, os parafusos, o motor, o radar, o rádio, as ligações elétricas, os mares, os mapas... Disse certo o poeta: "navegar é preciso", a ciência da navegação é saber preciso, exige aparelhos, números e medições. Barcos se fazem com precisão, astronomia se aprende com o rigor da geometria, velas se fazem com saberes exatos sobre tecidos, cordas e ventos, instrumentos de navegação não informam "mais ou menos". Assim, eles se tornaram cientistas, especialistas, cada um na sua – juntos para navegar.

Chegou então o momento da grande decisão – para onde navegar. Um sugeria as geleiras do sul do Chile, outro, os canais dos fiordes da Noruega, um outro queria conhecer os eróticos mares e praias das ilhas do Pacífico, e houve mesmo quem quisesse navegar as rotas de Colombo. E foi então que compreenderam que, quando o assunto era a escolha do destino, as ciências que conheciam para nada serviam. De nada valiam números, tabelas, gráficos, estatísticas. Os computadores, coitados, chamados a dar o seu palpite, ficaram em silêncio. Computadores não têm preferências – falta-lhes essa sutil capacidade de "gostar", que é a essência da vida humana. Perguntados sobre o porto de sua escolha, disseram que não entendiam a pergunta, que não lhes importava para onde se estava indo. Se os barcos se fazem com ciência, a navegação se faz com os sonhos. Infelizmente a ciência, utilíssima, especialista em saber "como as coisas funcionam", tudo ignora sobre o coração humano. É preciso sonhar para se decidir sobre o destino da navegação. Mas o coração humano, lugar dos sonhos, ao contrário da ciência, é coisa imprecisa. Disse certo o poeta "viver não é preciso". Primeiro vem o impreciso desejo de navegar. Só depois vem a precisa ciência de navegar.

Naus e navegação têm sido uma das mais poderosas imagens na mente dos poetas. Ezra Pound inicia os seus *Cânticos* dizendo: "E pois com a nau no mar, / assestamos a quilha contra as vagas...". Cecília Meireles: "Foi, desde sempre, o mar. / A solidez da terra, monótona, / parece-nos fraca ilusão. / Queremos a ilusão do grande mar / multiplicada em suas malhas de perigo". E Nietzsche: "Amareis a terra de vossos filhos, terra não descoberta, no mar mais distante. Que as vossas velas não se cansem de procurar esta terra! Nosso leme nos conduz para a terra dos nossos filhos...". Viver é navegar no grande mar!

Não só os poetas: C. Wright Mills, um sociólogo sábio, comparou a nossa civilização a uma galera que navega pelos mares. Nos porões estão os remadores. Remam com precisão cada vez maior. A cada novo dia recebem remos novos, mais perfeitos. O ritmo das remadas se acelera. Sabem tudo sobre a ciência do remar. A galera navega cada vez mais rápido. Mas, perguntados sobre o porto do destino, respondem os remadores: "o porto não nos importa. O que importa é a velocidade com que navegamos".

C. Wright Mills usou esta metáfora para descrever a nossa civilização por meio de uma imagem plástica: multiplicam-se os meios técnicos e científicos ao nosso dispor, que fazem com que as mudanças sejam cada vez mais rápidas; mas não temos ideia alguma de "para onde" navegamos.

"Para onde?" Somente um navegador louco ou perdido navegaria sem ter ideia do "para onde". Em relação à vida da sociedade, ela contém a busca de uma utopia. Utopia, na linguagem comum, é usada como "sonho impossível de ser realizado". Mas não é isso. Utopia é um ponto inatingível que indica uma direção. Mario Quintana explicou a utopia com um verso de sabor pitanga: "Se as coisas são inatingíveis... ora! / Não é motivo para não querê-las... / Que tristes os caminhos, se não fora / A mágica presença das estrelas!".

Karl Mannheim, outro sociólogo sábio que poucos leem, já na década de 1920 diagnosticava a doença da nossa civilização: "não temos consciência de direções, não escolhemos direções. Faltam-nos estrelas que nos indiquem o destino. Hoje", ele dizia, "as únicas perguntas que são feitas, determinadas pelo pragmatismo da tecnologia (o importante é produzir o objeto) e pelo objetivismo da ciência (o importante é saber como ele funciona), são: 'como posso fazer tal coisa? Como posso resolver esse problema concreto particular?'". E conclui: "E em todas essas perguntas sentimos o eco otimista: 'não preciso preocupar-me com o todo, ele tomará conta de si mesmo'".

Em nossas escolas é isso que se ensina: a precisa ciência da navegação, sem que os estudantes sejam levados a sonhar com as estrelas. A nau navega veloz e sem rumo. Nas universidades essa doença assume a forma de peste epidêmica: cada especialista se dedica, com paixão e competência, a fazer pesquisas sobre o seu parafuso, a sua polia, a sua vela, o seu mastro. Dizem que seu dever é produzir conhecimento. Se bem-sucedidas, suas pesquisas serão publicadas em revistas internacionais. Quando se pergunta a eles: "para onde o seu barco está navegando?", eles respondem: "isso não é científico. Os sonhos não são objetos de conhecimento científico...". E assim ficam os homens comuns abandonados por aqueles que, por conhecerem mares e estrelas, lhes poderiam mostrar o rumo.

Não posso pensar a missão das escolas, começando com as crianças e continuando com os cientistas, como outra que a realização do dito pelo poeta: "Navegar é preciso. Viver não é preciso". É necessário ensinar os precisos saberes da navegação, ciência. Mas é necessário apontar com imprecisos sinais para os destinos da navegação: "a terra dos filhos dos meus filhos, no mar distante...". Na verdade, a ordem verdadeira é a inversa. Primeiro os homens sonham com navegar. Depois aprendem a ciência da navegação. É inútil ensinar a ciência da navegação para quem mora nas montanhas...

Meu sonho para a educação foi dito por Bachelard: "o universo tem um destino de felicidade. O homem deve reencontrar o Paraíso". Paraíso é jardim, lugar de felicidade, prazeres e alegrias para os homens e mulheres.

Mas há um pesadelo que me atormenta: o deserto. Houve um momento em que se viu, entre as estrelas, um brilho chamado "progresso". Está na bandeira nacional... E "quilha contra as vagas" – a galera navega em direção ao progresso, velocidade cada vez maior, ninguém questiona a direção. E é assim que as florestas são destruídas, os rios se transformam em esgotos de fezes e veneno, o ar se enche de gases, os campos se cobrem de lixo – e tudo ficou feio e triste.

Sugiro aos educadores que pensem menos nas tecnologias do ensino – psicologias e quinquilharias – e tratem de sonhar com seus alunos sonhos de um Paraíso.

RESUMINDO...

1. "Melhor é ter um único desejo que ter muitos" (Nietzsche). "Pureza de coração é desejar uma só coisa" (Kierkegaard). "Melhor é ter um único diamante que ter uma coleção de bijuterias" (Jesus Cristo, paráfrase minha). "A vida é composta como uma partitura musical. O ser humano, guiado pelo sentido da beleza, escolhe um tema que fará parte da partitura da sua vida. Voltará ao tema, repetindo-o, modificando-o, desenvolvendo-o, transpondo-o, como faz um compositor com os temas de uma sonata. O homem, inconscientemente, compõe sua vida segundo as leis da beleza, mesmo nos instantes do mais profundo desespero" (Milan Kundera). Sem que o saibamos, estamos em busca do tema que dará sentido à nossa vida. Se vocês não sabem disso, esse é o objetivo da psicanálise, pelo menos da psicanálise que pratico: temos que descobrir a música que toca dentro do nosso corpo, inaudivelmente, a despeito dos ruídos da estática que enchem nosso espaço.

2. Um amigo querido, Hugo Assmann, há anos, disse-me, com um sorriso: "Rubem, faz anos que você fala sempre sobre a mesma coisa". É verdade. Não importa sobre o que eu esteja falando: eu falo sobre o tema que enche minha alma de alegria.

3. Por vezes o tema é um sonho impossível. Os homens realistas, banqueiros, empresários, burocratas (lembram-se da lógica dos

macacos?), ao verem o nosso sonho, dizem, com um sorriso de desdém: "Sonhador romântico! Os sonhos nunca se realizarão". Respondo com um poeminha do Mario Quintana: "Se as coisas são inatingíveis...ora! / Não é motivo para não querê-las... / Que tristes os caminhos, se não fora / A mágica presença das estrelas!".

4. Meu único desejo, meu tema musical, meu diamante é a educação. Não acredito que exista coisa mais bela que ser um educador. Sabedoria de Nietzsche: "a única felicidade está na razão. A mais alta razão se encontra na obra do artista. Mas há algo que poderia resultar numa felicidade ainda maior: gerar e educar um ser humano".

5. Minha estrela é a educação. Educar não é ensinar matemática, física, química, geografia, português. Essas coisas podem ser aprendidas nos livros e nos computadores. Dispensam a presença do educador. Educar é outra coisa. De um educador pode-se dizer o que Cecília Meireles disse de sua avó – que foi quem a educou: "teu corpo era um espelho pensante do universo". O educador é um corpo cheio de mundos. A Cecília olhava para o corpo de sua avó e via um universo refletido nele. Lembram-se da estória do Gabriel García Márquez, "O afogado mais bonito do mundo"? Por isso o educador e seus discípulos estão ligados por laços de amor.

6. A primeira tarefa da educação é ensinar a ver. O mundo é maravilhoso, está cheio de coisas assombrosas. A contemplação das coisas assombrosas que enchem o mundo é um motivo de riso e felicidade. Zaratustra ria vendo borboletas e bolhas de sabão. A Adélia ria vendo tanajuras em voo e um pé de mato que dava flor amarela. Eu rio vendo conchas, teias de aranha e pipoca. Quem vê bem nunca fica entediado com a vida. O educador aponta e sorri – e contempla os olhos do discípulo. Quando seus olhos sorriem, ele se sente feliz. Estão vendo a mesma coisa. O fato de gastarmos horas na contemplação das imagens banais e grosseiras da televisão e de não gastarmos nenhum tempo comparável na contemplação dos assombros da natureza é uma

indicação do ponto a que a nossa cegueira chegou. As coisas não são assombrosas para todos. Só para aqueles que aprenderam a ver. A visão tem que ser aprendida. Os olhos precisam ser educados. Alberto Caeiro disse que a primeira coisa que o Menino Jesus lhe ensinou foi "a olhar para as coisas". O Menino Jesus lhe "apontava todas as coisas que há nas flores" e lhe mostrava "como as pedras são engraçadas quando a gente as tem na mão e olha devagar para elas". Ver bem é uma experiência mística, sagrada. Quando digo que minha paixão é a educação estou dizendo que desejo ter a alegria de ver: os olhos dos meus discípulos, especialmente os olhos das crianças.

7. Ver não é o bastante. O assombro das coisas vistas provoca o pensamento. Queremos entender o que vemos. As crianças não cansam de perguntar "por quê?". Os olhos buscam o entendimento, a razão. Aristóteles estava certo ao iniciar a sua *Metafísica* dizendo que "todos nós temos, naturalmente, o desejo de entender". Mas, é claro, o desejo de entender, que frequentemente tem o nome de curiosidade, só aparece quando a inteligência é espicaçada pelo assombroso das coisas. Se não houver essa experiência de assombro, a inteligência fica dormindo. O educador é um mostrador de assombros. Tudo é assombroso. Por exemplo: os *flamboyants* floridos pela cidade, fogo saindo das flores, grande incêndio. Pergunto: que professor levou seus alunos a ver os *flamboyants* incendiados? Primeiro, o prazer estético diante do assombroso. Depois, o prazer de compreender. Mas, para compreender, é preciso pensar. O pensamento é um filho do assombroso. Quando passamos do assombro das coisas para o desejo de pensar, passamos do visível para o invisível. Compreender é ver o invisível. Foi assim que nasceram as ciências. Copérnico: primeiro, o assombro dos céus estrelados; depois, a compreensão matemática (invisível!) dos movimentos das estrelas. Darwin: primeiro, o assombro diante da variedade das espécies vegetais e animais; depois, a compreensão (invisível!) da sua origem.

8. Diz Manoel de Barros: "Deus deu a forma. Os artistas desformam. É preciso desformar o mundo". Um jardim é uma "desformação" do mundo. Também uma moqueca. Uma bicicleta. Um balanço. Um par de óculos. Um sapato. Uma casa. Uma lâmpada. Um forno. Nenhuma dessas coisas apareceu naturalmente, ao lado de pedras e árvores. Coisa maravilhosa esta: que os seres humanos, vendo as coisas assombrosas de que o mundo é feito e compreendendo o seu assombro, não fiquem satisfeitos. Querem fazer com as coisas assombrosas que estão no mundo outras coisas assombrosas que não se encontram lá. A educação, assim, além de implicar a aprendizagem da arte de ver, a aprendizagem da arte de pensar, implica também a aprendizagem da arte de inventar. Coisa deliciosa é ver a alegria da criança que aprendeu a dar um laço no sapato. Laço no sapato também é uma invenção, desformação.

9. Ver, pensar, inventar: essas são ferramentas e brincadeiras do corpo. O corpo vê, pensa e inventa em virtude da necessidade de viver. Dizem que os esquimós são capazes de identificar várias dezenas de *nuances* do branco. No mundo em que vivem, de neve permanente, a percepção das sutilezas do branco é vital. O branco do urso adormecido – sua caça, comida e sobrevivência – é diferente do branco do monte de neve em que ele se esconde. A inteligência dos beduínos nômades dos desertos jamais vai tentar entender as leis da navegação nem se ocupará da ciência da construção de barcos. O conhecimento surge sempre em resposta a desafios vitais práticos.

10. Metáfora: o corpo carrega sempre duas caixas. Numa mão, uma caixa de ferramentas. Na outra mão, uma caixa de brinquedos. Essas duas caixas definem os objetivos da educação.

11. Caixa de ferramentas: nela se encontram os objetos necessários para compreender e inventar. Úteis, indispensáveis à sobrevivência. Na caixa de ferramentas se encontram guardadas desde coisas concretas, como fogo, redes, facas, machados, hortas, bicicletas, computadores,

até coisas abstratas, como palavras, operações matemáticas, teorias científicas.

12. Caixa de brinquedos: nela se encontram objetos inúteis que, sendo inúteis, são usados pelo prazer e pela alegria que produzem: música, literatura, pintura, dança, brinquedos, jardins, instrumentos musicais, poemas, livros, culinária...

13. Com a caixa de ferramentas e a caixa de brinquedos os seres humanos não só sobrevivem, mas sobrevivem com alegria. A caixa de ferramentas, sozinha, produz poder sem alegria. Vida forte, mas vida boba, sem sentido. Os seres humanos ficam embrutecidos. O conhecimento, sozinho, é embrutecedor. A caixa de brinquedos, sozinha, está cheia de prazeres e alegrias. Mas os prazeres e alegrias, sozinhos, são fracos. E a vida, sem poder, é vida fraca, incapaz de responder aos desafios práticos da sobrevivência. E vem a morte. Sábio é aquele que possui as duas caixas... O homem sábio planta hortas – coisas boas para comer e viver – e planta jardins – coisas boas de ver, cheirar, degustar...

14. Tarefa do educador: ajudar os discípulos a construir suas caixas de ferramentas e suas caixas de brinquedos... Pergunto se as escolas fazem isso. Talvez seja necessário ver, pensar e inventar – uma escola diferente... Esse é o meu sonho!

Especificações técnicas

Fonte: Gatineau 11,5 p
Entrelinha: 17 p
Papel (miolo): Pólen Bold 90 g
Papel (capa): Supremo 250 g
Impressão e acabamento: Paym